« Mais pourquoi ne parle-t-elle pas ? »

Euripide, *Alceste*

DANS SON SILENCE

ALEX MICHAELIDES

DANS SON SILENCE

*Traduit de l'anglais (Grande-Bretagne)
par Elsa Maggion*

Titre original :
THE SILENT PATIENT
Première publication : Orion Books,
imprint de Orion Publishing Group Ltd (UK), 2019

© Astramare Ltd, 2019

Pour la traduction française :
© Calmann-Lévy, 2019

COUVERTURE
Maquette : Louise Cand
Illustration : "Dark Thoughts", Stevie Taylor,
2015 / Private Collection © Bridgeman Images

ISBN 978-2-7021-6492-1

PROLOGUE

Journal d'Alicia Berenson

14 juillet

J'ignore encore pourquoi j'écris ces mots.
Non, c'est faux. Peut-être que je le sais, mais que je refuse simplement de me l'avouer.
J'ignore même comment appeler ce que je commence à écrire. Journal intime me paraît légèrement prétentieux. Ce n'est pas comme si j'avais quelque chose à dire. Anne Frank, Samuel Pepys en tenaient un ; quelqu'un comme moi, non. Et puis le terme de « journal » a un côté trop scolaire. Je me sentirais obligée de m'y consacrer tous les jours, et je n'en ai pas envie. Si cela devient une corvée, je ne m'y astreindrai jamais.
Peut-être que je ne lui donnerai pas de nom. Ce sera un simple cahier dont je me servirai de temps en temps. Voilà qui me plaît davantage. Une fois qu'on a nommé une chose, on ne la voit plus en entier, on ne sait plus pourquoi elle a de l'importance. On se focalise sur le mot, la plus infime partie en réalité, la partie émergée de l'iceberg. Je n'ai jamais été très à l'aise avec les mots, je pense toujours en images, je m'exprime avec des images, alors je ne m'y serais jamais risquée sans Gabriel.

La dépression me gagne ces derniers temps, pour plusieurs raisons. Je pensais parvenir à le lui cacher, mais il l'a remarqué, bien entendu, il remarque tout. Il m'a demandé comment avançait le tableau, je lui ai répondu qu'il n'avançait pas. Il m'a apporté un verre de vin, et je me suis assise à la table de la cuisine pendant qu'il préparait le repas.

J'aime regarder Gabriel s'affairer dans la cuisine. C'est un cuisinier gracieux, élégant, ordonné. Contrairement à moi. Qui mets tout sens dessus dessous.

Il m'a dit : Parle-moi.

Je lui ai répondu : Il n'y a rien à dire. C'est tellement confus dans ma tête quelquefois. J'ai l'impression de patauger dans la boue.

Il m'a demandé : Pourquoi tu n'essaies pas de noter tout cela ? D'en garder une trace écrite. Cela pourrait t'aider.

Oui, j'imagine. Je vais essayer, ai-je répondu.

Ne te contente pas de le dire, mon amour. Fais-le.

Je vais le faire.

Il n'a pas cessé de me houspiller, mais je n'ai rien fait. Et puis, quelques jours plus tard, il m'a offert ce carnet. La couverture est en cuir noir et les pages sont blanches et épaisses. J'ai caressé la première, sa surface lisse, puis j'ai taillé mon crayon et je me suis lancée.

Il avait raison, bien sûr. Je me sens déjà mieux. Ce cahier est une sorte de libération, un exutoire, un espace où m'exprimer. Un peu comme une thérapie, j'imagine.

Gabriel ne me l'a pas avoué, mais je sais qu'il s'inquiète pour moi. Et pour être honnête, et autant l'être, la vraie raison pour laquelle j'ai accepté de tenir ce journal, c'est pour le rassurer, lui prouver que je vais bien. L'idée qu'il se fasse du souci pour moi m'est insupportable. Je veux ne jamais lui faire de peine, le rendre malheureux ou le faire souffrir. Je l'aime tant. Gabriel est incontestablement l'amour de ma vie. J'éprouve pour lui des sentiments si profonds qu'ils menacent parfois de me submerger. Quelquefois je me dis…

Non, je ne veux pas en parler.

Je vais écrire ici des idées joyeuses et des images qui m'inspirent, des choses qui ont un impact créatif sur moi. Il y aura seulement des pensées positives, gaies, normales.

Aucune pensée délirante n'est autorisée.

PREMIÈRE PARTIE

« Celui qui a des yeux pour voir et des oreilles pour entendre constate que les mortels ne peuvent cacher aucun secret. Celui dont les lèvres se taisent bavarde avec le bout des doigts ; il se trahit par tous les pores. »
Sigmund Freud, *Cinq psychanalyses*

Chapitre 1

Alicia Berenson avait trente-trois ans quand elle a tué son mari.
Ils étaient mariés depuis sept ans et tous les deux artistes. Alicia peignait et Gabriel s'était fait un nom dans la photographie de mode. Il avait un style caractéristique, il photographiait des femmes à demi faméliques, à demi nues, sous des angles étranges et peu flatteurs. Depuis sa mort, ses clichés ont atteint des prix astronomiques. Pour être honnête, je les trouve assez superficiels. Ils n'ont rien de la profondeur viscérale des meilleures toiles d'Alicia. Bien entendu, mes connaissances limitées en art ne me permettent pas de dire si l'œuvre d'Alicia Berenson passera l'épreuve du temps. Son talent sera toujours éclipsé par sa notoriété, alors il est difficile d'être objectif. Et vous pourriez aussi m'accuser de partialité. Tout ce que j'ai à offrir, c'est mon opinion, pour ce qu'elle vaut. Et à mes yeux, Alicia était une sorte de génie. Au-delà de la maîtrise technique, ses tableaux ont cet étrange pouvoir de frapper votre attention, de la capter, de la retenir, presque comme dans les mâchoires d'un étau.
Gabriel Berenson a été assassiné il y a six ans. Il avait quarante-quatre ans. Les faits se sont produits le 25 août, par un été caniculaire ; peut-être vous en souvenez-vous, ce furent les températures les plus élevées jamais enregistrées. Le jour de sa mort a été le plus chaud de l'année.

Le dernier matin de sa vie, Gabriel s'était levé tôt. Une voiture était venue le chercher à 5 heures devant la maison où il vivait avec Alicia dans le nord-ouest de Londres, en bordure d'Hampstead Heath, et l'avait conduit à un shooting à Shoreditch. Il avait passé la journée à photographier des mannequins sur un toit pour *Vogue*.

On en sait peu sur la journée d'Alicia. Elle allait bientôt exposer et elle avait pris du retard dans son travail. Il est probable qu'elle l'avait passée à peindre dans le pavillon au fond du jardin qu'elle avait récemment converti en atelier. Finalement, le shooting de Gabriel s'était prolongé et le chauffeur ne l'avait reconduit chez lui qu'à 23 heures.

Une demi-heure plus tard, leur voisine Barbie Hellmann entendait plusieurs coups de feu. Elle appelait la police, et une voiture du poste de Haverstock Hill était envoyée à 23 h 35. En un peu moins de trois minutes, elle arrivait chez les Berenson.

La porte d'entrée était ouverte et la maison plongée dans l'obscurité ; aucun interrupteur ne fonctionnait. Les agents de police traversèrent le couloir jusqu'au salon et inspectèrent la pièce munis de leurs lampes torches. Ils découvrirent Alicia près de la cheminée, vêtue d'une robe d'un blanc presque spectral. Elle ne paraissait pas consciente de la présence de la police. Elle était pétrifiée, figée – une statue sculptée dans la glace –, et une peur étrange se lisait sur son visage. Elle semblait affronter une menace invisible.

Un pistolet gisait sur le sol. À côté, dans la pénombre, Gabriel était assis, immobile, les chevilles et les poignets ligotés à une chaise avec du fil de fer. Tout d'abord, les agents le crurent vivant. Sa tête reposait légèrement sur son épaule, comme s'il s'était évanoui. Le faisceau d'une lampe torche révéla ensuite qu'il avait été atteint à plusieurs reprises au visage. Ses traits élégants à jamais effacés laissaient place à une bouillie carbonisée, noircie, sanguinolente. Le mur derrière lui était maculé de fragments de crâne, de cervelle, de cheveux et de sang.

Du sang, il y en avait partout : des projections sur les murs et des ruisselets sombres qui s'écoulaient le long des rainures du plancher. Les agents présumèrent qu'il s'agissait de celui de Gabriel. Mais il y en avait trop. Puis, aux pieds d'Alicia, un couteau étincela. Un autre faisceau mit en évidence les éclaboussures sur sa robe. Un agent lui saisit les bras et les leva pour les examiner. Elle présentait de profondes coupures aux poignets, récentes, qui saignaient abondamment.

Alicia résista aux tentatives de la secourir ; il fallut trois policiers pour la maîtriser. Elle fut conduite au Royal Free Hospital, à quelques minutes de là. Pendant le trajet, elle s'écroula, puis s'évanouit. Elle avait perdu beaucoup de sang, mais elle survécut.

Le lendemain, elle occupait un lit dans une chambre privée. La police l'interrogea en présence de son avocat. Elle ne prononça pas un mot pendant l'interrogatoire. Ses lèvres étaient pâles, exsangues, elles tressaillaient de temps en temps sans qu'aucun son sorte de sa bouche. Elle ne répondit à aucune question. Elle ne pouvait, ne voulait pas parler. Elle ne dit rien non plus lorsqu'elle fut mise en examen pour le meurtre de Gabriel. Elle resta muette quand on l'arrêta, se refusa à nier ou avouer sa culpabilité.

Alicia ne parla plus jamais.

Son silence tenace transforma cette banale tragédie domestique en une affaire de bien plus grande ampleur : un mystère, une énigme, qui accapara les gros titres et nourrit l'imagination du public au cours des mois suivants.

Alicia resta muette, mais elle fit une déclaration. Un tableau. Elle le commença à sa sortie de l'hôpital, quand elle fut assignée à résidence en attendant le procès. D'après l'infirmière psychiatrique nommée par la justice, elle s'alimentait peu et dormait à peine ; la peinture était sa seule activité.

D'ordinaire, elle travaillait pendant des semaines, des mois même, avant d'entreprendre un nouveau tableau. Elle réalisait d'innombrables croquis, arrangeait et réarrangeait la composition, faisait des essais de couleurs et de formes ; c'était le fruit d'une longue gestation et d'une très longue naissance au cours de laquelle elle appliquait chaque touche avec minutie. Mais, cette fois, elle modifia radicalement son processus créatif. Elle termina la toile quelques jours à peine après la mort de son mari.

Cela suffisait à l'estimer coupable. Retourner à l'atelier si vite après le décès de Gabriel trahissait un extraordinaire manque de sensibilité. La monstrueuse absence de remords d'une tueuse sans pitié.

Peut-être. Mais si Alicia Berenson est une meurtrière, elle n'en demeure pas moins une artiste. Aussi est-il parfaitement compréhensible, du moins pour moi, qu'elle ait pris ses pinceaux et ses tubes de couleurs pour exprimer sur la toile la complexité de ses émotions. Et il n'y a rien d'étonnant à ce que, pour une fois, peindre lui ait été aussi facile ; si l'on peut dire d'un deuil qu'il est facile.

C'était un autoportrait. Elle a inscrit le titre dans l'angle gauche en bas, en caractères grecs bleu pâle.

Un mot : ALCESTE.

Chapitre 2

Alceste est l'héroïne d'un mythe grec, une histoire d'amour d'une profonde tristesse. Elle a consenti à sacrifier sa vie pour son mari, Admète, en mourant à sa place quand personne d'autre ne se dévouait. Le lien entre ce troublant mythe d'abnégation et la situation d'Alicia est resté flou très longtemps. Jusqu'à ce qu'un jour la vérité soit révélée.

Mais je vais trop vite. Je brûle les étapes. Je dois commencer par le commencement et laisser les événements parler d'eux-mêmes. Je ne dois ni les fausser, ni les déformer, ni raconter des mensonges. Je vais procéder étape par étape, lentement, avec prudence. Mais par où commencer ? Il faudrait que je me présente, mais peut-être pas encore ; après tout, je ne suis pas le héros de ce récit. Il s'agit de l'histoire d'Alicia Berenson, alors c'est elle qui devrait apparaître au début. Elle, et son *Alceste*.

Le tableau, un autoportrait, représente Alicia dans son atelier, les jours qui ont suivi le meurtre, debout devant un chevalet et une toile, un pinceau à la main. Elle est nue. Son corps est peint sans complaisance : longues mèches de cheveux roux tombant sur des épaules maigres et anguleuses, veines bleues visibles sous la peau diaphane, cicatrices récentes aux deux poignets. De la peinture rouge goutte du pinceau qu'elle tient entre ses doigts. Ou est-ce du sang ? Alicia est en train de peindre, et pourtant la toile est vierge et son visage inexpressif. Elle tourne la tête, nous fixe du regard. Bouche ouverte, lèvres entrouvertes. Muette.

Durant le procès, Jean-Félix Martin, gérant de la petite galerie de Soho qui présentait ses œuvres, prit la décision, controversée et décriée par beaucoup pour son sensationnalisme et son caractère macabre, d'exposer l'*Alceste*. La présence de l'artiste sur le banc des accusés pour le meurtre de son mari incita le public, pour la première fois depuis l'ouverture de la galerie, à se presser devant sa porte.

Je fis la queue avec le reste des amateurs d'art voyeurs, attendant mon tour sous les néons rouges du sex-shop voisin. Nous entrâmes lentement, un par un. Une fois à l'intérieur, nous fûmes conduits à la file menant au tableau, telle la foule excitée d'une fête foraine pénétrant dans la maison hantée. Finalement, mon tour arriva. Et je me retrouvai face à l'*Alceste*.

Je contemplai la toile avec attention, observai le visage d'Alicia, tentai de déchiffrer l'expression de son regard, mais le portrait me mettait au défi de le comprendre. Elle me fixait – masque impassible, indéchiffrable, impénétrable. Je ne décelai en elle aucun signe d'innocence ni de culpabilité.

Pour d'autres, l'interprétation semblait plus simple.

— Diabolique, murmura la femme derrière moi.

— N'est-ce pas ? acquiesça son compagnon. Une salope sans pitié !

La sentence était un peu injuste si l'on gardait à l'esprit que la culpabilité d'Alicia restait à prouver. Mais, en réalité, le verdict était déjà tombé. Les tabloïds l'avaient campée en criminelle dès le début : une femme fatale, une veuve noire. Un monstre.

Les faits, en eux-mêmes, étaient simples. Alicia avait été retrouvée seule en présence du corps de Gabriel et l'arme portait uniquement ses empreintes. Il semblait évident qu'elle avait tué Gabriel. La raison de son geste, pourtant, demeurait un mystère.

Le meurtre fut analysé dans les médias et diverses théories virent le jour dans la presse, la radio et les talk-shows matinaux. On sollicita des experts pour expliquer, condamner, justifier les actes d'Alicia. À l'évidence, elle était victime de violences conjugales, elle avait été poussée à bout et avait fini par exploser. Une autre théorie supposait un jeu sexuel qui aurait mal tourné. Le mari avait bien été retrouvé attaché. Certains soupçonnaient tout simplement un crime passionnel. Une maîtresse, sans doute ? Mais durant le procès, le frère de Gabriel décrivit un mari dévoué, profondément amoureux de sa femme. Une question d'argent alors ? La mort de son époux aurait peu profité à Alicia car elle détenait le patrimoine, hérité de son père.

Les spéculations se poursuivaient, sans fin, sans apporter de réponses, seulement davantage d'interrogations quant au mobile d'Alicia et au silence qui s'ensuivait. Pourquoi refusait-elle de parler ? Que pouvait signifier ce mutisme ? Cachait-elle quelque chose ? Protégeait-elle quelqu'un ? Et si oui, qui ? Et pourquoi ?

À l'époque, je me souviens avoir pensé que tout le monde devisait, écrivait, se querellait à propos d'elle, mais qu'au cœur de cette activité frénétique et bruyante demeurait un vide, un silence. Un sphinx.

Au cours du procès, le juge Alverstone vit d'un mauvais œil son refus obstiné de s'exprimer. Les innocents, souligna-t-il, tendent à clamer leur innocence, et à maintes reprises. Alicia, non contente de rester muette, ne manifestait aucun signe tangible de remords. Elle ne versa pas une larme pendant les débats, un fait dont la presse fit grand cas. Son visage demeura impassible, froid. Figé.

La défense disposa de peu d'options, sinon plaider la responsabilité atténuée. Alicia avait des antécédents psychiatriques, déclara-t-on, qui remontaient à l'enfance. Le juge récusa nombre de ces arguments, les qualifiant de ouï-dire, mais se laissa pour finir influencer par le professeur Lazarus Diomedes, qui enseignait la psychiatrie en milieu pénitentiaire à l'Imperial College, et par ailleurs chef de clinique du Grove, un service de médecine pénitentiaire sécurisé situé dans le nord de Londres. Le professeur Diomedes soutint que le refus de parler d'Alicia constituait en lui-même une preuve de grave trouble psychique et que la peine devait être prononcée en conséquence.

Il y avait là un moyen détourné de suggérer ce que les psychiatres détestent formuler clairement.

Diomedes affirmait qu'Alicia était folle.

C'était la seule explication logique : pour quelle autre raison attacherait-on l'homme qu'on aime à une chaise, avant de lui tirer une balle dans le visage à bout portant? Sans manifester ensuite le moindre remords, sans fournir aucune explication, sans même parler? Elle devait être folle.

Forcément.

Au bout du compte, le juge Alverstone accepta la responsabilité atténuée et conseilla au jury d'aller dans ce sens. Alicia fut ensuite admise au Grove, sous la surveillance du même professeur Diomedes, dont le témoignage avait eu tant d'influence sur le juge.

À dire vrai, si Alicia n'était pas folle, si son silence relevait d'une mise en scène, d'une comédie destinée au jury, la tactique avait fonctionné. Elle échappa à une longue peine de prison. De plus, si elle parvenait à la guérison complète, il se pouvait qu'elle obtienne sa libération au bout de quelques années. Le moment devait donc être venu de commencer à simuler cette fausse guérison. De prononcer quelques mots de-ci de-là, puis davantage ; d'exprimer peu à peu une sorte de remords. Mais non. Les semaines et les mois se succédèrent, les années passèrent, et Alicia ne parlait toujours pas.

Silence absolu.

Et ainsi, sans nouvelle révélation à venir, les médias, déçus, se désintéressèrent peu à peu d'Alicia Berenson. Elle rejoignit les rangs des meurtriers à la célébrité fugace ; des visages dont on se souvient, des noms qu'on oublie.

À quelques exceptions. Certains, dont je fais partie, continuèrent à éprouver de la fascination pour le mythe d'Alicia Berenson et pour son mutisme tenace. En tant que psychothérapeute, il ne faisait aucun doute pour moi que la mort de Gabriel avait engendré chez elle un traumatisme sévère et ce silence en était une manifestation. Incapable d'accepter son geste, elle avait, comme un moteur qui se noie, hoqueté, puis s'était arrêtée. Je voulais l'aider à redémarrer, aider Alicia à se raconter, à guérir et à se remettre. Je voulais la réparer.

Sans vouloir me vanter, je pensais être particulièrement qualifié pour l'aider. Psychothérapeute en milieu pénitentiaire, j'ai l'habitude de travailler avec les plus abîmés et les plus vulnérables d'entre nous. Et quelque chose dans l'histoire d'Alicia résonnait en moi ; dès le début, j'ai ressenti une profonde empathie pour elle.

Malheureusement, à cette époque, je travaillais encore à Broadmoor, et traiter Alicia serait resté – aurait dû rester – de l'ordre du fantasme si, contre toute attente, le sort ne s'en était pas mêlé.

Presque six ans après l'admission d'Alicia, un poste de psychothérapeute au Grove se libéra. Dès que je vis l'offre d'emploi, je sus que je n'avais pas le choix. Je suivis mon instinct et postulai.

Chapitre 3

Je m'appelle Theo Faber. J'ai quarante-deux ans. Je suis devenu psychothérapeute parce que j'étais perturbé. C'est la vérité, mais j'ai fourni une autre explication lorsqu'on m'a posé la question le jour de l'entretien.

Les yeux braqués sur moi par-dessus ses lunettes de hibou, Indira Sharma m'avait demandé :

— Pourquoi vous êtes-vous orienté vers la psychothérapie, selon vous ?

Indira était psychothérapeute au Grove. Elle approchait de la soixantaine, avait un beau visage rond et de longs cheveux noir de jais entremêlés de mèches grises. Elle m'adressait un mince sourire, comme pour m'assurer qu'il s'agissait d'un coup d'essai, d'une question simple qui en précédait de plus difficiles.

J'hésitais. Je sentais sur moi le regard des autres membres du jury. Je continuais volontairement de fixer mon interlocutrice tandis que je lui servais une réponse toute faite, une sympathique fable à propos d'un emploi à temps partiel dans un foyer d'accueil à l'adolescence et de la façon dont cela avait éveillé mon intérêt pour la psychologie qui, à son tour, m'avait conduit à un troisième cycle universitaire de psychothérapie, et ainsi de suite.

— Je voulais aider les gens, je suppose, tentai-je en haussant les épaules. C'est ça, je crois.

Mais c'était n'importe quoi.

Enfin si, bien entendu, je voulais aider les gens. Mais il s'agissait d'un objectif secondaire, en particulier au début de mes études. La véritable motivation était purement égoïste. Je cherchais un moyen d'améliorer mon état. Je pense que c'est le cas de la plupart des gens qui s'orientent vers les métiers de la santé « psychique ». Nous sommes attirés vers ces professions-là parce que nous souffrons, et nous étudions la psychologie pour nous soigner. Que nous soyons prêts à l'admettre ou non est une autre question.

Les premières années d'un être humain résident dans une contrée antérieure aux souvenirs. Nous aimons nous imaginer émergeant d'un brouillard primitif, le caractère entièrement formé telle Aphrodite éclose, parfaite, de l'écume. Mais grâce à des recherches de plus en plus nombreuses sur le développement du cerveau, nous savons que ce n'est pas le cas. Nous naissons avec un cerveau à moitié formé, plus proche du bloc d'argile que de la déesse de l'Olympe. Comme l'a formulé le psychanalyste Donald Winnicott : « Un bébé, ça n'existe pas. » Le développement de notre personnalité ne se produit pas dans l'isolement, mais en relation avec l'autre. Nous sommes façonnés par des forces invisibles dont nous ne conservons pas le souvenir, à savoir nos parents.

C'est effrayant, pour des raisons évidentes. Qui sait quelles humiliations nous avons subies, quelles souffrances et maltraitances, dans cette contrée antérieure aux souvenirs ? Notre caractère s'est formé à notre insu. J'ai pour ma part grandi dans un état de nervosité, de peur et d'anxiété. Cette anxiété semblait précéder mon existence et exister indépendamment de moi. Mais je soupçonne qu'elle trouvait son origine dans ma relation avec mon père, auprès duquel je n'étais jamais en sécurité.

Ses crises de rage imprévisibles et injustifiées transformaient toute situation, même anodine, en potentiel champ de mines. Une remarque inoffensive ou un ton désapprobateur déclenchaient sa colère et provoquaient une série d'explosions auxquelles on ne pouvait échapper. La maison tremblait quand il hurlait, et je fuyais dans ma chambre à l'étage. Je plongeais sous mon lit, et me glissais contre le mur. Je respirais l'odeur des plumes, priant pour que les briques m'avalent et que je disparaisse. Mais sa main m'attrapait, me traînait vers mon sort. Il retirait sa ceinture qui sifflait dans l'air avant de s'abattre ; chaque coup m'ébranlait, me brûlait la peau. Puis la raclée prenait fin de manière aussi abrupte qu'elle avait commencé. J'étais jeté au sol où j'atterrissais recroquevillé. Poupée de chiffon abandonnée par un bambin en colère.

Je ne savais jamais ce que j'avais fait pour susciter sa rage ni si je la méritais. Je demandais à ma mère pourquoi mon père était toujours aussi furieux contre moi. Elle me répondait par un haussement d'épaules désespéré accompagné d'un : « Comment le saurais-je ? Ton père est complètement fou. »

Quand elle le disait fou, elle ne plaisantait pas. S'il était soumis à une expertise psychiatrique aujourd'hui, je soupçonne qu'on lui diagnostiquerait un trouble de la personnalité, une pathologie qui n'aura jamais été soignée. Cela eut pour conséquence une enfance et une adolescence dominées par l'hystérie et la violence physique : menaces, larmes et verre brisé.

Bien sûr, il y eut des moments heureux ; en général quand mon père était loin. Je me souviens d'un hiver où il était parti en voyage d'affaires tout un mois en Amérique. Trente jours pendant lesquels ma mère et moi eûmes le champ libre dans la maison et le jardin sans être surveillés. Il neigea avec abondance à Londres ce mois de décembre là, et le jardin se retrouva entièrement enfoui sous un épais tapis de neige prête à craqueler. Maman et moi fîmes un bonhomme de neige. Inconsciemment ou non, nous le créâmes à l'image de notre maître absent : je le baptisai « papa » et, avec son gros ventre, deux pierres noires en guise d'yeux et deux brindilles obliques en guise de sourcils sévères, la ressemblance était troublante. Nous complétâmes l'illusion en l'affublant des gants, du chapeau et du parapluie de mon père. Après quoi nous le bombardâmes de boules de neige en gloussant comme des enfants espiègles.

Une forte tempête souffla cette nuit-là. Ma mère alla se coucher ; je fis semblant de dormir, puis je sortis furtivement dans le jardin et me tins immobile sous les flocons. Paumes ouvertes, j'en attrapais, les regardais disparaître au bout de mes doigts. C'était gai et frustrant à la fois. Et j'eus une révélation que je ne pouvais exprimer car mon vocabulaire était trop limité. Mes mots étaient un filet à la trame trop lâche pour la retenir. D'une certaine manière, tenter de capturer des flocons éphémères équivalait à tenter de saisir le bonheur ; une prise laissant aussitôt place au néant. Cela me rappelait qu'il existait un monde au-delà de cette maison, un monde immense, d'une beauté inimaginable, un monde qui, pour l'instant, restait hors de ma portée. Ce souvenir m'est revenu à maintes reprises au fil des ans. La souffrance qui entourait ce bref moment de liberté semblait le faire briller d'un éclat plus fort encore ; une lueur dans l'obscurité.

Mon unique espoir de survie, je m'en rendis compte, consistait à battre en retraite, autant physiquement que psychiquement. Je devais m'enfuir, très loin. Alors seulement, je serais en sécurité. Et enfin, à dix-huit ans, j'obtins les notes dont j'avais besoin pour entrer à l'université. Je quittai cette prison mitoyenne dans le Surrey en pensant être libre.

Je me méprenais.

Je l'ignorais à l'époque, mais il était trop tard. Par un processus d'internalisation et d'introjection, j'avais enfoui mon père profondément dans mon inconscient. Aussi loin que je m'éloignais de lui, je le portais en moi partout où j'allais. J'étais poursuivi par un chœur infernal et incessant de Furies, me hurlant que j'étais un bon à rien, un fils indigne, un raté.

Lors de mon premier semestre à l'université, durant ce premier hiver redoutable, les voix devinrent si présentes, si paralysantes, qu'elles me contrôlaient. Paralysé par la peur, j'étais incapable de sortir, de rencontrer des gens, de me faire des amis. C'était sans espoir. J'étais vaincu, pris au piège. Acculé dans un coin. Sans aucune issue.

Une seule solution se présentait.

Je me procurai des boîtes de paracétamol dans plusieurs pharmacies. J'en achetai seulement quelques-unes à la fois pour éviter d'éveiller les soupçons. Mais je n'aurais pas dû m'inquiéter. Personne ne m'accordait la moindre attention ; j'étais aussi invisible que je le pensais.

Ma chambre était glaciale et, de mes doigts engourdis, je détachai maladroitement les cachets. Les avaler tous me demanda un immense effort. Mais je me forçai à les ingurgiter l'un après l'autre, si amers fussent-ils. Après quoi je me couchai sur mon lit étroit et inconfortable. Je fermai les yeux et attendis la mort.

Mais la mort ne vint pas.

À la place, je ressentis une douleur cuisante à l'estomac et me tordis de douleur. Plié en deux, je vomis, me couvrant de bile et de comprimés à demi digérés. Je restai allongé dans le noir, le ventre en feu, pendant ce qui me sembla être une éternité. Et puis, lentement, dans l'obscurité, je pris conscience de quelque chose.

Je ne voulais pas mourir. Pas encore, pas sans avoir vécu.

Et cela m'apporta une forme d'espoir, si trouble et mal défini fût-il. Cela me poussa en tout cas à admettre que je ne pouvais pas agir seul. J'avais besoin d'aide.

Et je la trouvai, sous les traits de Ruth, une psychothérapeute recommandée par le service d'aide psychologique de l'université. Avec ses cheveux blancs et sa silhouette rebondie, elle ressemblait à une grand-mère attentionnée. Elle avait un sourire bienveillant, un sourire auquel j'avais envie de croire. Elle resta assez silencieuse au début. Elle se contentait de m'écouter. Je décrivis mon enfance, mes parents, notre foyer. Et au fur et à mesure de mon récit, je remarquai que, même quand je relatais des détails bouleversants, je ne ressentais rien. J'étais déconnecté de mes émotions, comme une main sectionnée détachée du poignet. Je parlais de souvenirs douloureux et de pulsions suicidaires, sans rien ressentir.

De temps à autre, je regardais son visage. Et, à ma grande surprise, ses yeux se remplissaient de larmes tandis qu'elle écoutait. Cela peut sembler difficile à concevoir, mais ces larmes ne lui appartenaient pas.

C'étaient les miennes.

À l'époque, je ne comprenais pas. Mais la thérapie fonctionne de cette manière. Le patient délègue en quelque sorte ses émotions intolérables à son thérapeute, qui retient tout ce qu'il a peur de ressentir et le ressent pour lui. Puis, très lentement, il lui restitue ses émotions. Ruth m'avait rendu les miennes.

Nous avons continué de nous voir pendant plusieurs années, Ruth et moi. Elle est demeurée mon repère. À travers elle, j'ai internalisé une nouvelle forme de relation avec un autre être humain, une relation fondée sur le respect mutuel, l'honnêteté et la gentillesse, et non le reproche, la colère et la violence. Lentement, j'ai commencé à changer. Je me sentais moins vide, moins effrayé, plus capable d'éprouver des émotions et des sentiments. L'odieux chœur intérieur ne me quittait jamais complètement, mais, à présent, la voix de Ruth était là pour le contrer, et j'y prêtais moins d'attention. Ainsi, les voix dans ma tête se firent plus discrètes et disparurent temporairement. Je me sentais tranquille, heureux même parfois.

Il ne faisait aucun doute que la psychothérapie m'avait sauvé la vie, au sens littéral. Et, plus important encore, elle avait transformé la qualité de cette vie. La cure par la parole joua un rôle majeur dans mon évolution. Elle me définit, très profondément.

Elle était, je le savais, ma vocation.

Après l'université, j'ai suivi une formation de psychothérapeute à Londres et j'ai continué de voir Ruth. Elle m'a soutenu et encouragé, mais m'a conseillé de considérer avec lucidité la voie dans laquelle je m'engageais.

« Ce n'est pas du gâteau. » Tels furent ses mots. Elle avait raison. Travailler avec des patients, mettre les mains dans le cambouis se révéla loin d'être confortable.

Je me rappelle ma première visite dans une unité fermée de psychiatrie. Quelques minutes seulement après mon arrivée, un patient avait baissé son pantalon, s'était accroupi et avait déféqué devant moi. Un tas de merde puant. Et d'autres incidents suivirent, qui retournaient moins l'estomac, mais demeuraient tout aussi dramatiques : suicides ratés et sales, tentatives d'automutilation, déchaînements d'hystérie et débordements de chagrin. Cela me semblait plus que je ne pouvais en supporter. Mais chaque fois, curieusement, je puisais dans une réserve de résilience jusque-là inexploitée. La tâche devint plus facile.

Il est étrange de découvrir la vitesse à laquelle on s'adapte à l'univers étrange d'un service psychiatrique. On se familiarise avec la folie. Et pas seulement avec celle des autres, avec la sienne aussi. Nous sommes tous fous, je crois, d'une certaine façon.

C'est pour cette raison que je me suis senti proche d'Alicia Berenson. J'étais un de ceux qui ont de la chance. Grâce à une intervention thérapeutique quand j'étais encore jeune, j'ai pu éviter de sombrer dans les ténèbres. Cependant, je ne perds pas de vue l'autre possiblité : j'aurais pu devenir fou, et terminer mes jours enfermé dans une institution, comme Alicia. Il aurait pu s'agir de moi.

Bien entendu, je ne pouvais rien en dire à Indira Sharma, quand elle me demanda pourquoi j'étais devenu psychothérapeute. Je passais un entretien d'embauche, après tout, et je connaissais les règles du jeu.

— Au bout du compte, je crois que c'est la pratique qui fait le psychothérapeute, répondis-je. Quelles que soient ses intentions de départ.

Indira hocha sagement la tête.

— Oui, c'est juste. C'est très vrai.

L'entretien se déroula bien. Comme le souligna Indira, mon expérience à Broadmoor me donnait un avantage, elle démontrait mon aptitude à gérer la détresse psychologique extrême. On me proposa le poste sur-le-champ, et je l'acceptai.

Un mois plus tard, j'étais en chemin pour le Grove.

Chapitre 4

J'arrivai au Grove pourchassé par un vent de janvier saisissant. Des arbres nus bordaient la route tels des squelettes. Le ciel était blanc, chargé de neige prête à tomber.

Devant l'entrée, je sortis mes cigarettes de ma poche. Je n'avais pas fumé depuis plus d'une semaine. Je m'étais promis que, cette fois, c'était sérieux, pour de bon. Et pourtant, je capitulai. J'en allumai une, fâché contre moi-même. Les psychothérapeutes ont tendance à considérer le tabagisme comme une conduite addictive non résolue, sur laquelle tout thérapeute digne de ce nom devrait avoir travaillé et qu'il devrait avoir vaincue. Comme je ne voulais pas empester le tabac, je pris deux chewing-gums et les mâchais en fumant, sautillant d'un pied sur l'autre.

Je frissonnais, mais, pour être honnête, c'était sous le coup de l'appréhension plus que du froid. Je doutais, soudain. Mon conseiller à Broadmoor n'avait pas tourné autour du pot, il m'avait dit que je commettais une erreur. Il avait laissé entendre que mon départ abrégeait une carrière prometteuse et avait dédaigné le Grove, et en particulier le professeur Diomedes.

— C'est un excentrique. Il s'appuie beaucoup sur la thérapie de groupe, il a travaillé avec Foulkes pendant un moment. Il a dirigé une sorte de communauté à visée thérapeutique dans le Hertfordshire durant les années 80. Mais elles ne sont pas viables d'un point de vue financier, ces thérapies. Surtout de nos jours.

Il hésita une seconde, puis poursuivit à voix basse.

— Je n'essaie pas de vous faire peur, Theo. Mais j'ai entendu des rumeurs selon lesquelles on opérait des coupes franches dans cet établissement. Vous pourriez vous retrouver au chômage dans six mois. Êtes-vous sûr de ne pas vouloir reconsidérer la question ?

J'hésitai à mon tour, mais par pure politesse.

— Assez sûr.

— Selon moi, c'est du suicide professionnel. Mais si c'est votre décision...

Je ne lui avais pas parlé d'Alicia Berenson, de mon désir de la soigner. J'aurais pu le formuler de façon qu'il comprenne : travailler avec elle pouvait conduire à la publication d'un ouvrage. Mais je savais que cela n'aurait servi à rien ; il m'aurait quand même affirmé que je commettais une erreur. Peut-être avait-il raison. J'allais bientôt le découvrir.

J'éteignis ma cigarette, chassai ma nervosité et entrai.

Le Grove était situé dans la partie la plus ancienne de l'hôpital Edgware. La bâtisse d'origine en brique rouge avait depuis longtemps été encerclée et éclipsée par des annexes et des extensions, moins esthétiques pour la plupart. Le Grove se trouvait au centre de ce complexe. Seule la rangée de caméras de surveillance perchées sur les palissades tels des oiseaux de proie à l'affût laissait deviner la dangerosité de ses résidents. À l'accueil, tous les efforts imaginables avaient été déployés pour rendre l'endroit agréable : grands canapés bleus, œuvres d'art simplistes et enfantines des patients scotchées aux murs. Cela tenait davantage de l'école maternelle que du service psychiatrique sécurisé.

Un homme très grand surgit près de moi. Il m'adressa un large sourire et me tendit la main. Il se présenta sous le nom de Yuri, infirmier psychiatrique en chef.

— Bienvenue au Grove. Ça n'est pas vraiment un comité d'accueil, j'en ai peur. Il n'y a que moi.

Yuri était séduisant, bien bâti, et devait approcher des quarante ans. Il avait les cheveux bruns, un tatouage tribal qui lui grimpait dans le cou, au-dessus du col, et il dégageait une odeur de tabac et de lotion après-rasage doucereuse aspergée en grande quantité. Bien qu'il s'exprimât avec un accent, son anglais était parfait.

— Je suis arrivé de Lettonie il y a sept ans et je ne parlais pas un mot d'anglais. Mais en un an, je parlais couramment.

— C'est très impressionnant.

— Pas vraiment. L'anglais est une langue facile. Vous devriez essayer le letton.

Il rit et se saisit d'un porte-clés qui cliquetait à sa ceinture. Il en retira un jeu qu'il me confia.

— Vous en aurez besoin pour les chambres individuelles. Et voici les codes pour les salles.

— Il y en a beaucoup. J'en avais moins à Broadmoor.

— Eh bien, oui, nous avons renforcé la sécurité récemment. Depuis que Stephanie nous a rejoints.

— Qui est Stephanie ?

Yuri ne répondit pas, mais adressa un signe de tête à la femme qui sortait du bureau situé derrière le guichet de l'accueil. Antillaise, la quarantaine, coupe au carré bien nette.

— Je me présente : Stephanie Clarke. Directrice du Grove, me dit-elle.

Elle me gratifia d'un sourire convenu. Quand je lui tendis la main, je remarquai qu'elle la serrait plus fermement que Yuri et avec moins de chaleur.

— En tant que directrice de ce service, la sécurité est ma priorité. Celle des patients et celle du personnel. Si vous n'êtes pas en sécurité, vos patients ne le sont pas non plus, expliqua-t-elle.

Elle me remit un petit appareil : une alarme personnelle.

— Portez-la avec vous en permanence. Ne la laissez pas dans votre bureau.

Je résistai à l'envie de répondre : « Oui, madame. » Mieux valait rester dans ses bonnes grâces si je voulais me faciliter la vie. J'avais utilisé cette tactique avec de précédents chefs de service autoritaires. Éviter la confrontation et ne pas me faire remarquer.

— Ravi de vous rencontrer, Stephanie, lui répondis-je en souriant.

Elle hocha la tête, mais ne me sourit pas.

— Yuri va vous montrer votre bureau.

Elle fit volte-face et regagna le sien d'un pas déterminé, sans me prêter davantage d'attention.

Yuri me demanda de le suivre et me conduisit dans la salle à la grande porte en acier blindé par laquelle on entrait. À côté, un agent de sécurité manipulait un détecteur de métaux.

— J'imagine que vous connaissez la procédure, me dit Yuri. Pas d'objets coupants, rien qui puisse servir d'arme.

L'agent de sécurité me fouilla, retira mon briquet de ma poche et me décocha un regard réprobateur.

— Pas de briquets, me lança-t-il.

— Désolé. J'ai oublié que je l'avais, m'excusai-je.

Yuri me fit de nouveau signe de le suivre.

— Je vais vous conduire à votre bureau. Tout le monde est en réunion, alors c'est plutôt calme.

— Puis-je y assister ?

— Déjà ? me demanda-t-il, l'air surpris. Vous ne voulez pas d'abord vous installer ?

— Je le ferai plus tard. Si ça ne pose pas de problème.

Il haussa les épaules.

— Comme vous voulez. Par ici.

Il me guida dans des couloirs ponctués de portes fermées. Claquements, verrous, clés tournées dans les serrures en rythme, nous avancions lentement.

On voyait bien que l'entretien du bâtiment n'avait pas fait l'objet d'investissement depuis plusieurs années : la peinture des murs s'écaillait et un remugle de moisissure et de pourriture envahissait les couloirs.
Yuri s'arrêta devant une porte, hocha la tête.
— Ils sont là. Après vous.
— Très bien. Merci.
J'hésitai, me préparai. Puis je poussai la porte.

Chapitre 5

La réunion avait lieu dans une longue pièce aux grandes fenêtres à barreaux donnant sur un mur de brique rouge. Il flottait une odeur de café mêlée à de légers effluves de l'after-shave de Yuri. Environ trente personnes étaient assises en cercle. La plupart d'entre elles, un gobelet en carton de thé ou de café à la main, bâillaient et s'efforçaient de se réveiller. Certains, qui avaient terminé leur boisson, tripotaient leur gobelet vide, le froissaient, l'aplatissaient ou le déchiraient en morceaux.

La réunion se tenait une à deux fois par jour. Elle se situait à mi-chemin de la réunion administrative et de la thérapie de groupe. La discussion portait sur des sujets relevant de l'organisation du service ou du soin des résidents. C'était, comme se plaisait à dire le professeur Diomedes, une tentative d'impliquer les patients dans leur traitement et de les encourager à prendre en charge leur bien-être. Bien entendu, cette tentative ne portait pas toujours ses fruits. L'expérience de Diomedes en matière de thérapie de groupe signifiait qu'il affectionnait les réunions de toutes sortes et qu'il privilégiait le travail de groupe. Il ne semblait jamais aussi heureux que devant un public. Quand il se leva pour m'accueillir, je lui trouvai un petit air d'imprésario de théâtre. Les mains tendues en signe de bienvenue, il me fit signe d'approcher.

— Theo. Vous voilà. Venez. Venez vous joindre à nous.

Il parlait avec un léger accent grec, à peine décelable. Il l'avait en grande partie perdu car il vivait en Angleterre depuis plus de trente ans. Il avait fière allure et paraissait moins âgé que ses soixante ans. Son attitude juvénile et malicieuse faisait davantage penser à un oncle impertinent qu'à un psychiatre. Mais cela ne l'empêchait pas de se dévouer à ses patients ; il arrivait avant les agents d'entretien le matin, restait bien après que l'équipe de nuit avait pris la relève de celle de jour et dormait parfois sur le canapé dans son bureau. Divorcé deux fois, il répétait souvent avec humour que son troisième mariage, le plus réussi, était celui avec le Grove.

— Venez vous asseoir ici. Je vous en prie, asseyez-vous, me dit-il en désignant la chaise vide à côté de lui.

Je m'exécutai. Il poursuivit, s'accompagnant d'un geste théâtral.

— Permettez-moi de vous présenter notre nouveau psychothérapeute, Theo Faber. J'espère que vous vous joindrez à moi pour accueillir Theo dans notre petite famille.

Pendant qu'il parlait, je cherchai Alicia des yeux parmi les participants. Mais je ne la vis pas. Hormis le professeur Diomedes, impeccable dans son costume-cravate, ils portaient surtout des chemises à manches courtes ou des tee-shirts. Il était difficile de distinguer les patients des membres de l'équipe soignante.

Néanmoins, je reconnus deux visages. Tout d'abord, Christian. Je l'avais rencontré à Broadmoor. Psychiatre rugbyman au nez cassé et à la barbe brune, il était beau dans le genre amoché. Il avait quitté l'établissement peu après mon arrivée. Je ne l'appréciais pas beaucoup, mais pour être honnête je l'avais peu côtoyé. Nous n'avions pas collaboré longtemps.

Et, bien entendu, je reconnus Indira, qui avait mené l'entretien. Elle me sourit ; je lui en fus reconnaissant car elle était bien la seule à avoir l'air aimable. La plupart des patientes avaient des traits durs, des visages ridés, balafrés. Elles me lançaient des regards noirs, méfiants, mais je ne leur en voulais pas. Les mauvais traitements qu'elles avaient subis – abus physiques, sexuels, violence psychologique – laissaient supposer qu'elles mettraient longtemps à m'accorder leur confiance, si toutefois elles y consentaient un jour. Elles avaient vécu des heures difficiles, souffert d'horreurs qui les avaient conduites à se retirer dans le no man's land de la maladie mentale. Leur parcours était gravé sur leur visage ; on ne pouvait pas s'y tromper.

Et Alicia Berenson ? Où était-elle ? Je jetai de nouveau un coup d'œil panoramique, en vain ; quand je me rendis compte soudain que j'étais précisément en train de la regarder. Alicia était assise juste en face de moi.

Je ne l'avais pas vue parce qu'elle était invisible.

Elle était écroulée sur le bord de sa chaise ; elle prenait manifestement de fortes doses de sédatifs. D'une main tremblante, elle tenait un gobelet d'où ruisselait un filet de thé. Je me retins d'aller vers elle pour le redresser. Son état d'hébétude était tel que, si je l'avais fait, elle ne s'en serait probablement pas aperçue.

Je n'avais pas imaginé la découvrir en si mauvaise forme. On devinait la belle femme qu'elle avait été : des yeux d'un bleu profond, un visage d'une symétrie parfaite. Mais elle était trop maigre et semblait négligée. Ses longs cheveux roux lui tombaient sur les épaules, sales et emmêlés. Ses ongles étaient rongés et cassés. On distinguait des cicatrices estompées à ses deux poignets, les mêmes que j'avais vues fidèlement rendues dans l'*Alceste*. Ses doigts ne cessaient de trembler, sans doute sous l'effet du cocktail de médicaments qu'elle ingurgitait. De la rispéridone et divers antipsychotiques. Elle avait la bouche ouverte et de la bave luisante s'accumulait aux commissures de ses lèvres. La salivation excessive était un autre effet secondaire du traitement.

Je sentis le regard de Diomedes sur moi. Je détournai les yeux et me concentrai sur lui.

— Je crois que vous vous présenterez mieux que je ne pourrais le faire, Theo. Voulez-vous dire quelques mots ?

— Merci, répondis-je. Je n'ai pas grand-chose à ajouter. Simplement que je suis très heureux d'être ici. Enthousiaste, intimidé et plein d'espoir. Et j'ai hâte de faire la connaissance de tout le monde, en particulier des patients. Je…

La porte s'ouvrit et je fus interrompu par un fracas soudain sur le battant. Tout d'abord, je crus à une hallucination. Une géante surgit dans la pièce, une tige de bois pointu dans chaque main, qu'elle leva au-dessus de sa tête, puis nous décocha comme des lances. Une des patientes se couvrit les yeux et hurla.

Je m'attendais presque à ce que ces lances nous transpercent, mais elles se contentèrent d'atterrir violemment par terre au centre du cercle. Je compris alors qu'il ne s'agissait pas de lances, mais d'une queue de billard coupée en deux. L'imposante patiente, une quadragénaire brune, cria :

— Ça me gonfle ! La queue de billard est cassée depuis une semaine et vous l'avez pas encore remplacée !

— Surveille ton langage, Elif, lui intima Diomedes. Je ne suis pas prêt à aborder la question de la queue de billard avant que nous ayons décidé s'il convient de te permettre de te joindre à la réunion aussi tard.

Il tourna la tête vers moi et m'interrogea.

— Qu'en pensez-vous, Theo ?

Je clignai des yeux et m'accordai une seconde pour trouver comment répondre.

— Je pense qu'il est important de respecter les horaires et d'arriver à la réunion à l'heure.

— Comme vous, vous voulez dire ? me lança un des participants.

Je tournai la tête et constatai que la remarque venait de Christian. Il rit, content de sa plaisanterie. Je me forçai à sourire, puis me tournai de nouveau vers Elif.

— Il a raison, j'étais en retard aussi ce matin. Alors c'est peut-être une leçon que nous pouvons apprendre ensemble.

— De quoi tu parles ? Et qui t'es d'abord ? demanda Elif.

— Elif, surveille ton langage, lui répéta Diomedes. Ne m'oblige pas à te mettre en isolement. Assieds-toi.

Elle resta debout.

— Et la queue de billard, alors ?

Elle adressait la question à Diomedes, qui me regarda, attendant que j'y réponde.

— Elif, je vois que tu es en colère à cause de la queue de billard. Je suppose que la personne qui l'a cassée l'était elle aussi. Ça soulève la question de savoir comment gérer cette émotion dans une institution comme celle-ci. Et si nous restions là-dessus et que nous parlions un peu de la colère ? Tu veux bien t'asseoir ?

Elle leva les yeux au ciel. Mais elle s'assit.

Indira hocha la tête. Elle semblait satisfaite. Nous amorçâmes une discussion sur la colère, elle et moi, en essayant d'inciter les patientes à évoquer les moments où elles en ressentaient. Je trouvais que nous travaillions bien ensemble. Je sentais que Diomedes observait, évaluait ma prestation. Il approuvait, je crois.

Puis je jetai un coup d'œil à Alicia. Et, à ma grande surprise, je me rendis compte qu'elle me regardait, ou, du moins, qu'elle regardait dans ma direction. Ses yeux embués brouillaient un peu l'expression de son visage, comme si elle luttait pour y voir.

Si vous m'aviez dit que cette coquille brisée avait été la brillante Alicia Berenson, décrite par ceux qui la connaissaient comme une femme éblouissante, fascinante, pleine de vie, je ne vous aurais tout simplement pas cru. J'eus aussitôt la certitude d'avoir pris la bonne décision en venant au Grove. Tous mes doutes se dissipèrent. Je me résolus à ne reculer devant aucun obstacle pour qu'Alicia devienne ma patiente.

Le temps pressait : elle était perdue. Elle avait disparu.

Et j'avais l'intention de la retrouver.

Chapitre 6

Le bureau du professeur Diomedes était situé dans la partie la plus décrépite de l'hôpital. Des toiles d'araignées occupaient les angles et seules deux ampoules fonctionnaient dans le couloir. Je frappai à la porte. Il y eut un moment de silence avant qu'il me dise d'entrer.

Je tournai la poignée et la porte grinça quand je l'ouvris. Je fus immédiatement frappé par l'odeur qui régnait dans la pièce, différente de celle d'antiseptique et d'eau de Javel du reste de l'hôpital ; assez curieusement, elle avait un parfum de fosse d'orchestre. Elle sentait le bois, les cordes et les archets, l'encaustique et la cire. Lorsque mes yeux se furent habitués à la pénombre, je remarquai le piano droit, objet incongru dans un hôpital, contre un mur. Une vingtaine de pupitres à musique luisaient dans l'ombre et une haute pile de partitions recouvrait une table, véritable tour de papier instable s'élevant vers le ciel. Un violon était posé sur une autre table, à côté d'un hautbois et d'une flûte. Et, près d'eux, une harpe, énorme, au magnifique cadre en bois et à l'avalanche de cordes.

Je contemplai tout cela bouche bée. Diomedes se mit à rire.

— Ces instruments vous étonnent ? me demanda-t-il.

Assis derrière son bureau, il gloussait.

— Ils sont à vous ?

— Oui. La musique est mon hobby. Non, je mens, c'est ma passion.

Il pointa le doigt en l'air avec un effet théâtral. Plein d'entrain, il s'accompagnait de tout un éventail de gestes pour souligner ses propos, comme s'il dirigeait un orchestre invisible.

— J'anime un groupe de musique informel, ouvert à tous ceux qui veulent y participer, les membres du personnel comme les patients. Je trouve que la musique est un outil thérapeutique très efficace.

Après une pause, il ajouta, d'un ton emphatique et chantant :

— La musique possède des charmes qui apaisent les cœurs féroces. Vous êtes d'accord ?

— Je suis sûr que vous avez raison.

— Hum.

Diomedes me dévisagea un instant, puis me demanda :

— Vous jouez ?

— Si je joue ?

— Oui, de quoi ? Le triangle, c'est un début.

Je hochai la tête.

— Je n'ai pas vraiment l'oreille musicale. J'ai un peu pratiqué la flûte à bec à l'école. Mais ça s'arrête là.

— Alors vous savez déchiffrer une partition ? C'est un avantage. Bien. Choisissez un instrument. Je vais vous apprendre.

Je souris et hochai de nouveau la tête.

— Je crains de ne pas être assez patient.

— Non ? Eh bien, la patience est une qualité que vous devriez pourtant cultiver en tant que psychothérapeute. Vous savez, dans ma jeunesse, j'hésitais entre une carrière de musicien, de prêtre, ou de médecin.

Il rit.

— Et aujourd'hui, je suis les trois.

— J'imagine que c'est vrai.

— Vous savez, j'ai été une voix déterminante dans votre embauche, enchaîna-t-il. Le vote décisif, en quelque sorte. Je me suis fermement exprimé en votre faveur. Vous savez pourquoi ? Je vais vous le dire. J'ai vu quelque chose en vous, Theo. Vous me faites penser à moi. Qui sait ? dans quelques années, vous pourriez diriger cet établissement.

Il laissa un instant sa phrase en suspens, puis soupira :

— S'il existe toujours, bien sûr.

— Vous pensez qu'il va fermer ?

— Qui sait ? Trop peu de patients, trop de personnel. Nous travaillons en proche collaboration avec le Trust pour voir si l'on pourrait trouver un modèle plus « financièrement viable ». Ce qui signifie que nous sommes en permanence observés, évalués, espionnés. Comment peut-on mener un travail thérapeutique dans de telles conditions, me demanderez-vous ? Comme l'a dit Winnicott : « On ne peut pas pratiquer la thérapie dans un bâtiment en feu. »

Il secoua la tête et, l'air éreinté et las, il fit soudain son âge. Il baissa la voix et reprit dans un murmure conspirateur.

— Je pense que la directrice, Stephanie Clarke, est de mèche avec eux. C'est le Trust qui la paie, après tout. Observez-la, et vous verrez ce que je veux dire.

Je le trouvais un peu paranoïaque, mais c'était peut-être compréhensible. Ne souhaitant pas aborder de sujet inopportun, j'observai quelques instants un silence courtois, puis me risquai :

— Je veux vous poser une question. À propos d'Alicia.

— Alicia Berenson ? demanda-t-il en me lançant un regard étrange. Que voulez-vous savoir ?

— Je m'interroge sur le travail thérapeutique mené avec elle. Suit-elle une thérapie individuelle ?

— Non.

— Y a-t-il une raison à cela ?

— Nous l'avons tentée, puis abandonnée.
— Pourquoi ? Qui l'a reçue ? Indira ?
— Non. J'ai vu Alicia personnellement, pour tout vous dire.
— Je vois. Que s'est-il passé ?
Il haussa les épaules.
— Comme elle refusait de venir dans mon bureau, j'ai commencé à lui rendre visite dans sa chambre. Pendant les séances, elle restait simplement assise sur son lit à regarder par la fenêtre. Elle refusait de parler, bien entendu. Elle refusait même de se tourner vers moi.
Il leva les bras au ciel, exaspéré.
— J'ai jugé que c'était une perte de temps.
J'opinai.
— Je suppose, enfin… je me posais la question du transfert.
— Oui ? dit-il en me considérant avec curiosité. Allez-y.
— Il est possible qu'elle ait senti en vous une présence autoritaire, vous ne croyez pas ? Peut-être potentiellement punitive ? J'ignore à quoi ressemblait sa relation à son père, mais…
Diomedes écoutait, un petit sourire aux lèvres, comme si on lui racontait une histoire drôle dont il attendait la chute.
— Mais vous pensez qu'elle pourrait plus facilement parler à quelqu'un de plus jeune ? Laissez-moi deviner… Quelqu'un comme vous ? Vous pensez pouvoir l'aider, Theo. Vous pouvez sauver Alicia ? L'amener à parler ?
— La sauver, je ne sais pas, mais j'aimerais l'aider. J'aimerais essayer.
Il sourit, toujours avec ce même air amusé.
— Vous n'êtes pas le premier. Je croyais réussir. Mais Alicia est une sirène muette, mon garçon ; elle nous attire vers les rochers contre lesquels nos ambitions thérapeutiques

se brisent. Elle m'a appris une précieuse leçon, concernant l'échec. Peut-être avez-vous besoin de l'apprendre aussi.

Je le défiai du regard.

— À moins, bien entendu, que je ne réussisse.

Son sourire s'évanouit, remplacé par une expression plus difficile à déchiffrer. Il resta silencieux un moment, puis reprit.

— Nous verrons, d'accord ? Tout d'abord, il faut que vous la rencontriez. Vous n'avez pas encore été présentés, je crois.

— Pas encore, non.

— Alors, demandez à Yuri d'organiser la rencontre. Et venez m'en rendre compte ensuite.

— Bien. Je n'y manquerai pas, répondis-je en tentant de dissimuler mon excitation.

Chapitre 7

La pièce où étaient reçues les patientes, exiguë, consistait en un rectangle étroit aussi nu qu'une cellule de prison, voire davantage. La fenêtre à barreaux était fermée. Posée sur une petite table, une boîte de mouchoirs rose vif apportait une note gaie discordante. Sans doute y avait-elle été placée par Indira. Je n'imaginais pas Christian offrant des mouchoirs à ses patientes.

Je m'assis dans l'un des deux fauteuils usés au tissu fané. Les minutes passèrent. Aucun signe d'Alicia. Peut-être ne viendrait-elle pas. Peut-être avait-elle refusé de me voir. Elle en aurait parfaitement eu le droit.

Impatient, anxieux, nerveux, je me levai d'un bond, me dirigeai vers la fenêtre et, entre les barreaux, j'observai la cour, trois étages plus bas.

Elle avait la superficie d'un court de tennis et était ceinte de murs en brique rouge trop hauts pour être escaladés, bien qu'il ne fît aucun doute que certaines avaient essayé. On conduisait les patientes dehors pour profiter d'une demi-heure d'air frais chaque après-midi, qu'elles le veuillent ou non, et, par ce temps glacial, je trouvais leur réticence bien légitime. Certaines ne bougeaient pas, s'isolaient et marmonnaient, d'autres faisaient les cent pas tels des zombies sans but. D'autres encore, blotties en petits groupes, discutaient, fumaient, se querellaient. Des voix, des cris, d'étranges rires montaient jusqu'à moi.

Il me fallut un petit moment pour repérer Alicia. Elle se tenait seule au fond de la cour, près du mur. Immobile, comme une statue. Yuri traversa pour la rejoindre. Il parla à l'infirmière postée à un mètre de là. Elle hocha la tête. Il aborda Alicia avec prudence, lentement, comme on approcherait un animal imprévisible.

Je lui avais demandé de ne pas trop entrer dans les détails, simplement d'informer Alicia que le nouveau psychothérapeute du service désirait la rencontrer. J'avais précisé qu'il le formule sous forme de requête, pas d'exigence. Alicia resta immobile pendant qu'il s'adressait à elle. Elle ne hochait la tête ni dans un sens ni dans l'autre et rien dans son attitude ne montrait qu'elle l'avait entendu. Il y eut une courte pause ; Yuri se tourna, puis s'éloigna.

Eh bien voilà, songeai-je, *elle ne viendra pas. J'aurais dû m'en douter. Tout cela n'aura été qu'une perte de temps.*

Puis, à ma grande surprise, elle avança d'un pas. D'une démarche mal assurée, elle traversa la cour derrière Yuri, et je ne les vis plus.

Elle venait, donc. Je tentai de contenir ma nervosité et de me préparer. J'essayai de réduire au silence les voix intérieures malveillantes — toutes sonnaient comme celle de mon père — qui me répétaient que je n'étais pas à la hauteur, que j'étais un bon à rien, un imposteur. Je leur intimai de se taire, encore et encore.

Deux minutes plus tard, on frappa à la porte.

— Entrez, dis-je.

La porte s'ouvrit. Alicia se tenait à côté de Yuri dans le couloir. Je la regardai. Mais elle ne m'imita pas ; ses yeux restaient baissés.

Yuri m'adressa un sourire fier.

— La voici.

— Oui, je vois ça. Bonjour, Alicia.

Elle ne réagit pas.

— Voulez-vous entrer ?

Yuri se pencha comme pour la pousser un peu, mais il ne la toucha pas. Au lieu de cela, il murmura :

— Vas-y, ma grande. Entre, assieds-toi.

Elle hésita un instant, lui jeta un coup d'œil, puis se décida. Elle entra dans la pièce en titubant un peu et s'installa ensuite sur une chaise aussi silencieusement qu'un chat, ses mains tremblantes posées sur les genoux.

J'étais sur le point de refermer la porte, mais Yuri ne partait pas. Je baissai la voix.

— Je peux me débrouiller, merci.

Il semblait inquiet.

— Mais elle est en tête à tête. Et Diomedes a précisé…

— J'en prends l'entière responsabilité. Il n'y a aucun problème.

Je sortis mon alarme personnelle de ma poche.

— Regarde, je l'ai. Mais je n'en aurai pas besoin.

Je jetai un coup d'œil à Alicia. Elle ne semblait pas m'avoir entendu. Yuri haussa les épaules, visiblement contrarié.

— Je serai derrière la porte, au cas où tu aurais besoin de moi.

— Ce ne sera pas nécessaire, mais je te remercie.

Yuri partit. Je fermai la porte, posai l'alarme sur le bureau, puis m'assis en face d'Alicia. Elle ne leva pas les yeux. Je la regardai un petit moment. Sous l'effet des sédatifs, son visage n'était qu'un masque inexpressif, atone. Je me demandai ce qui se cachait dessous.

— Je suis heureux que vous ayez accepté de me voir, lui dis-je.

J'attendis une réponse. Je savais qu'il n'y en aurait pas. Je poursuivis.

— J'ai l'avantage d'en savoir plus sur vous que vous n'en savez sur moi. Votre réputation vous précède. Votre réputation de peintre, j'entends. Je suis un grand amateur de votre œuvre.

Aucune réaction. Je changeai légèrement de position sur mon siège.

— J'ai demandé au professeur Diomedes si nous pouvions nous entretenir et il a aimablement organisé ce rendez-vous. Je vous remercie de l'avoir accepté.

J'espèrais qu'elle m'adresserait un signe, un clignement d'yeux, un hochement de tête, un froncement de sourcils. Rien ne se produisit. J'essayai de deviner ses pensées. Peut-être était-elle trop médicamentée pour penser quoi que ce soit.

Je songeai à Ruth. Comment aurait-elle procédé ? Elle considérait que nous sommes constitués de différentes parties, certaines bonnes, d'autres mauvaises, et qu'un esprit sain peut tolérer cette ambivalence et jongler avec le bon et le mauvais en même temps. La maladie mentale correspond précisément à l'absence de cette faculté : nous finissons par perdre le contact avec les parties inacceptables de nous-mêmes. Si je devais aider Alicia, il allait me falloir localiser les parties qu'elle s'était dissimulées à elle-même, en marge de sa conscience, et relier les divers points dans son paysage psychique. À ce moment-là seulement pourrions-nous mettre en contexte les terribles événements de la nuit où elle avait tué son mari. Le processus serait lent et laborieux.

D'ordinaire, lorsqu'on entreprend un travail avec un patient, il n'y a pas de sentiment d'urgence, pas d'agenda thérapeutique prédéterminé. En temps normal, on commence par de nombreux mois de parole. Dans un monde idéal, Alicia me parlerait d'elle, de sa vie, de son enfance. J'écouterais, construirais lentement une image jusqu'à ce qu'elle soit assez complète pour me permettre d'élaborer des interprétations précises et utiles. Dans le cas d'Alicia, il n'y aurait pas de parole. Pas d'écoute. Et les données dont j'aurais besoin devraient être rassemblées grâce à des indices non verbaux tels que mon contre-transfert, à savoir les émotions qu'elle engendrerait chez moi pendant les séances, et des informations issues d'autres sources que je pourrais collecter.

Autrement dit, j'avais conçu une méthode pour aider Alicia sans bien savoir comment la mettre en pratique. Et à présent je devais l'appliquer pas uniquement pour faire mes preuves auprès de Diomedes, mais, et c'était bien là le plus important, pour remplir mon devoir envers Alicia : lui venir en aide.

À la regarder, assise en face de moi, plongée dans un brouillard médicamenteux, de la bave aux commissures des lèvres, les doigts agités telles des mites crasseuses, je ressentis un déchirement violent et inattendu. J'éprouvai une peine incommensurable pour elle et pour ses semblables, pour nous tous, tous les êtres blessés et perdus.

Bien entendu, je ne lui en dis rien. J'agis comme l'aurait fait Ruth.

Et nous restâmes simplement assis en silence.

Chapitre 8

J'ouvris le dossier d'Alicia, fourni par Diomedes.
— Vous devez lire mes notes. Elles vous seront utiles, m'avait-il affirmé.
Je n'avais aucune envie de les consulter. Je connaissais déjà son opinion. Je devais me forger la mienne. Mais j'avais malgré tout accepté poliment et lui avais répondu : « Merci. Cela me sera d'un grand secours. »
Mon bureau, exigu et peu meublé, était caché au fond du bâtiment à côté de la sortie de secours. Je regardai par la fenêtre. Un minuscule merle picorait dans un carré d'herbe gelée, sans beaucoup d'espoir.
Je frissonnai. Il régnait un froid glacial dans la pièce. Le petit radiateur placé sous la fenêtre ne fonctionnait plus. Yuri avait proposé de demander qu'on le répare, mais avait ajouté que le plus sûr serait d'en parler avec Stephanie ou d'aborder le sujet en réunion. J'éprouvai alors une soudaine empathie à l'égard d'Elif, qui se battait pour faire remplacer la queue de billard cassée.
Je parcourus le dossier d'Alicia sans en attendre beaucoup. La plus grande partie des informations dont j'avais besoin se trouvait dans la base de données en ligne. Cependant, Diomedes, comme de nombreux membres plus âgés du personnel, préférait rédiger ses rapports à la main et, sans prendre en considération les remarques incessantes

de Stephanie, continuait de procéder ainsi, d'où le dossier corné sous mes yeux.

Je le feuilletai sans m'attarder sur les interprétations psychanalytiques quelque peu dépassées et me concentrai sur les notes de transmission quotidiennes des infirmiers qui rendaient compte du comportement d'Alicia. Je les lus avec une grande attention. Je cherchais des informations factuelles, des chiffres, des détails. Il me fallait savoir exactement dans quoi je m'engageais, ce que j'aurais à traiter et si je devais m'attendre à des surprises.

En définitive, le dossier en dévoilait peu. À son arrivée, Alicia s'était tailladé les poignets et s'était automutilée avec tous les objets qu'elle avait trouvés. Elle avait été mise en observation, en « deux pour un » pendant les six premiers mois, à savoir que deux infirmiers la surveillaient en permanence, puis elle était finalement passée au « un pour un », dispositif plus souple. Alicia ne faisait aucun effort pour interagir avec les patientes ou le personnel, restait impénétrable et solitaire, et la plupart des autres résidentes la laissaient tranquille. Si une personne ne réagit pas quand on s'adresse à elle et n'engage jamais la conversation, on oublie vite sa présence. Alicia s'était rapidement fondue dans le décor, elle était devenue invisible.

Seul un incident faisait exception. Il s'était produit à la cantine, quelques semaines après son admission. Elif l'avait accusée de lui voler sa place. Les détails restaient flous, mais la situation s'était rapidement envenimée. Apparemment, Alicia s'était montrée violente. Elle avait brisé une assiette et tenté de trancher la gorge d'Elif avec le bord ébréché. On avait dû la maîtriser, la mettre sous sédatif et la placer en isolement.

Je ne savais pas vraiment pourquoi cet incident retenait mon attention. Mais il me semblait étrange. Je décidai d'aller questionner Elif.

Je déchirai une feuille de bloc-notes et attrapai mon stylo. Une vieille habitude qui remontait à mes années d'université. J'ignore pourquoi, mais écrire m'aide à organiser mes pensées. J'ai toujours éprouvé des difficultés à formuler une opinion avant de l'avoir couchée sur le papier.

Je commençai à griffonner des idées, des notes, des objectifs, à concevoir un plan d'attaque. Pour aider Alicia, j'avais besoin de la comprendre et de comprendre sa relation avec Gabriel. L'aimait-elle ? Le détestait-elle ? Qu'était-il arrivé pour qu'elle en vienne à le tuer ? Et pour quelle raison avait-elle refusé de parler du meurtre ou de quoi que ce soit d'autre ? Aucune réponse, pour l'instant. Juste des questions.

J'écrivis un mot et le soulignai : ALCESTE.

L'autoportrait avait de l'importance, je le savais, et déterminer laquelle serait crucial pour démêler ce mystère. Cette toile constituait sa seule démarche de communication, son seul témoignage. Et elle exprimait quelque chose qu'il me fallait découvrir. Je notai pour me le rappeler de retourner à la galerie pour observer de nouveau le tableau.

J'écrivis un autre mot : ENFANCE. Si je devais donner du sens au meurtre de Gabriel, j'avais besoin de décoder non seulement les événements de la nuit où Alicia l'avait tué, mais aussi ceux d'un passé plus lointain. Les actes commis durant les quelques minutes où elle avait tiré sur son mari résultaient de traumatismes anciens. La rage meurtrière, la rage homicide ne naît pas dans l'instant. Elle tire son origine dans la contrée antérieure aux souvenirs, le pays de la petite enfance, dans la maltraitance et les abus subis à un très jeune âge, bombe à retardement qui finit par exploser, souvent sur la mauvaise cible. Il me fallait savoir comment son enfance l'avait façonnée et, si elle refusait de me l'apprendre ou n'était pas en mesure de le faire, je devais trouver quelqu'un qui m'aiguillerait. Quelqu'un qui l'avait connue avant le crime et pourrait me permettre de comprendre son histoire, la personne qu'elle était, et comment elle en était arrivée là.

Le dossier mentionnait sa tante, Lydia Rose, comme plus proche parent. Elle l'avait élevée après la mort de sa mère survenue dans un accident de voiture. Alicia se trouvait elle aussi dans le véhicule au moment de l'accident, mais avait survécu. Le traumatisme avait dû profondément affecter la fillette. J'espérais que Lydia pourrait m'en parler.

Le seul autre contact était celui de l'avocat d'Alicia, Max Berenson, le frère de Gabriel. Ses liens familiaux faisaient de lui un témoin privilégié de la relation du couple. Quant à savoir s'il se confierait à moi, rien n'était moins sûr. Une approche de la famille par le psychothérapeute non consentie s'avérait peu orthodoxe. Je pressentais que Diomedes désapprouverait la démarche. Mieux valait ne pas lui demander sa permission, au cas où il la refuserait.

Avec le recul, je suis conscient qu'il s'agissait de ma première transgression de la déontologie dans le traitement d'Alicia, et elle constitua un fâcheux précédent pour la suite. J'aurais dû m'arrêter là. Mais il était déjà trop tard. De bien des façons, mon destin était déjà scellé, comme dans une tragédie grecque.

Je décrochai le téléphone et composai d'abord le numéro de Max Berenson. La sonnerie retentit plusieurs fois avant qu'on décroche.

— Cabinet de maîtres Elliot, Barrow et Berenson, récita une réceptionniste très enrhumée.

— Je souhaite joindre maître Berenson.

— Puis-je savoir qui le demande ?

— Je suis Theo Faber, psychothérapeute au Grove. Je me demandais s'il serait possible de m'entretenir avec maître Berenson au sujet de sa belle-sœur.

Il y eut une courte pause avant la réponse.

— Oh, je vois. Eh bien, maître Berenson est absent pour la semaine. Il est en déplacement à Édimbourg pour voir un client. Si vous me laissez votre numéro, il vous rappellera à son retour.

Je donnai mon numéro, raccrochai, puis appelai la personne suivante mentionnée dans le dossier, la tante d'Alicia. Cette fois, on décrocha à la première sonnerie. Une femme âgée, essoufflée et au ton irrité, répondit :

— Oui ? De quoi s'agit-il ?

— Vous êtes madame Rose ?

— Qui êtes-vous ?

— Je vous appelle au sujet de votre nièce, Alicia Berenson. Je suis psychothérapeute et j'exerce au…

— Allez vous faire voir, éructa-t-elle.

Et elle raccrocha.

J'étais contrarié.

Cela s'annonçait mal.

Chapitre 9

J'avais désespérément besoin d'une cigarette. En quittant le Grove, je fouillai dans mes poches mais ne trouvai pas le paquet.
— Tu cherches quelque chose ?
Je me retournai. Yuri se tenait juste derrière moi. Je ne l'avais pas entendu et fus un peu surpris de le découvrir si près.
— Je l'ai ramassé dans la salle des infirmiers. Il a dû tomber de ta poche, me dit-il en me tendant mon paquet avec un grand sourire.
Je le remerciai, sortis une cigarette et l'allumai. Je lui en proposai une. Il hocha la tête.
— Je ne fume pas. Pas de cigarettes en tout cas, plaisanta-t-il. Mais tu as l'air d'avoir besoin d'un verre. Viens, je te paie une pinte.
J'hésitai. Mon instinct me dictait de refuser. Je n'ai jamais été de ceux qui fréquentent leurs collègues. Et je doutai que Yuri et moi ayons eu beaucoup de centres d'intérêt communs. Mais il connaissait sans doute mieux Alicia que quiconque au Grove et son point de vue pourrait s'avérer utile.
— Oui. Pourquoi pas, répondis-je.
Nous allâmes dans un pub près de la gare, *The Slaughtered Lamb*. Sombre et miteux, il avait connu des jours meilleurs. De même que les vieux messieurs qui somnolaient au-dessus

de leurs pintes à demi vides. Yuri nous en commanda deux et nous nous assîmes à une table au fond de la salle.

Il but une bonne gorgée, s'essuya la bouche puis me dit :
— Alors ? Parle-moi d'Alicia.
— Alicia ?
— Comment tu l'as trouvée ?
— Je ne suis pas sûr de l'avoir trouvée.

Yuri me lança un regard perplexe, puis sourit.
— Elle ne veut pas qu'on la trouve, c'est vrai. Elle se cache.
— Tu es proche d'elle. Ça se voit.
— Je m'en occupe particulièrement. Personne ne la connaît comme moi, même pas Diomedes.

On sentait de la vantardise dans sa voix. Cela m'agaça. Je me demandais s'il la connaissait vraiment ou s'il frimait.
— Comment interprètes-tu son silence ? Que crois-tu qu'il signifie ? lui demandai-je.

Il haussa les épaules.
— Je suppose qu'elle n'est pas prête à parler. Elle parlera quand elle le sera.
— Prête, mais pour quoi ?
— Pour la vérité.
— C'est-à-dire ?

Il inclina légèrement la tête, il m'examinait. Et la question qu'il posa me surprit.
— Tu es marié, Theo ?
— Oui, répondis-je.
— C'est ce que je pensais. J'ai été marié aussi. Ma femme et moi, on a quitté la Lettonie pour venir ici. Mais elle ne s'est pas aussi bien adaptée que moi. Elle n'a pas fait d'efforts, tu vois ; elle n'a pas appris l'anglais. Bref, je n'étais pas... Je n'étais pas heureux, mais j'étais dans le déni, je me mentais.

Il vida sa pinte, puis termina sa phrase.

— Jusqu'à ce que je tombe amoureux.
— Vraisemblablement, pas de ta femme.
Il se mit à rire et secoua la tête.
— Non. D'une femme qui vivait près de chez moi. Très belle. Ç'a été le coup de foudre. Je l'ai vue dans la rue. Il m'a fallu longtemps avant de trouver le courage de l'aborder. Je la suivais. Je l'observais quelquefois, à son insu. Je restais devant sa porte et je regardais, espérant qu'elle apparaîtrait à la fenêtre.
Il rit de nouveau.
Cette histoire commençait à me mettre mal à l'aise. Je terminai ma bière, puis jetai un coup d'œil à ma montre dans l'espoir que Yuri saisirait le sous-entendu. Mais il n'y prêta aucune attention.
— Un jour, poursuivit-il, j'ai essayé de lui parler. Mais je ne l'intéressais pas. J'ai essayé plusieurs fois, jusqu'à ce qu'elle me demande d'arrêter de la harceler.
Et comment le lui reprocher? pensai-je. J'étais sur le point de prendre congé, mais il poursuivit.
— Ç'a été très dur à accepter. J'étais sûr qu'on était faits pour être ensemble. Elle m'a brisé le cœur. J'ai été très en colère contre elle. Furieux.
Curieux malgré tout, je lui demandai :
— Et que s'est-il passé?
— Rien.
— Rien? Tu es resté avec ta femme?
— Non. C'était fini avec elle. Mais il m'a fallu tomber amoureux d'une autre pour l'admettre, pour affronter la vérité sur moi et ma femme. Parfois ça demande du courage, tu vois, et du temps, d'être honnête.
— Je vois. Et tu penses qu'Alicia n'est pas prête à affronter la vérité à propos de son mariage? C'est ce que tu veux dire? Tu pourrais bien avoir raison.
Yuri haussa les épaules.

— Et maintenant je suis fiancé avec une chouette Hongroise. Elle travaille dans un spa. Elle parle bien anglais. On s'est bien trouvés. On s'amuse bien.

Je hochai la tête, regardai de nouveau ma montre, récupérai mon manteau.

— Il faut que j'y aille. Je dois retrouver ma femme et je suis déjà en retard.

— OK, pas de problème. Comment s'appelle-t-elle ?

Pour une raison qui m'échappait, je n'avais pas envie de le lui dire. Je ne voulais pas que Yuri sache quoi que ce soit d'elle. Mais c'était idiot.

— Kathryn. Elle s'appelle Kathryn. Mais je l'appelle Kathy.

Yuri m'adressa un curieux sourire.

— Laisse-moi te donner un conseil. Rentre la retrouver. Rentre retrouver Kathy, qui t'aime. Et oublie Alicia.

Chapitre 10

Je rejoignis Kathy au café du National Theatre, sur la rive sud de la Tamise, où les comédiens se réunissent souvent après les répétitions. Elle était assise au fond, en pleine conversation avec deux autres comédiennes. Quand j'approchai, elles levèrent la tête.

— Tu as les oreilles qui sifflent, mon chéri ? me demanda Kathy en m'embrassant.

— Je devrais ?

— Je raconte tout sur toi aux filles.

— Ah. Il faut que je parte ?

— Ne sois pas bête. Assieds-toi. Le timing est parfait. J'en étais à notre rencontre.

Je m'assis, et elle poursuivit son récit. Elle aimait raconter cette histoire. De temps en temps, elle me jetait un coup d'œil et souriait, comme pour m'inclure, mais elle le faisait simplement pour la forme, parce que c'était son récit, pas le mien.

— J'étais assise au bar quand il est arrivé. Alors que j'avais abandonné l'espoir de le trouver, enfin il entrait, l'homme de mes rêves. Mieux vaut tard que jamais. Je pensais être mariée à vingt-cinq ans, vous voyez ? À trente, avoir deux enfants, un petit chien, un gros emprunt. Mais voilà, j'avais la trentaine et tout ne s'était pas passé comme prévu.

Kathy dit cela avec un sourire espiègle et adressa un clin d'œil aux filles.

— Bref, je sortais avec un Australien, Daniel. Mais il ne voulait ni se marier ni avoir d'enfants tout de suite, alors je savais que je perdais mon temps. Et un soir où on était sortis ça s'est soudain produit. *Mister Right* est entré…

Kathy me regarda, sourit, leva les yeux au ciel et ajouta :

— … avec sa petite amie.

Cette partie de l'histoire requérait un traitement prudent afin de conserver la sympathie de l'auditoire. La vérité, c'est que Kathy et moi étions tous les deux en couple quand nous nous sommes rencontrés. Et une double infidélité n'est ni de bon augure ni très séduisante pour un début de relation, d'autant plus que nous avons été présentés par nos partenaires respectifs. Ils se connaissaient pour une raison ou pour une autre, j'ai oublié les détails. Marianne était sortie avec un colocataire de Daniel, peut-être, ou l'inverse. Je ne me souviens pas exactement de quelle manière nous avons été présentés, mais je me souviens de l'instant où j'ai aperçu Kathy. Ç'a été comme une décharge électrique. Ces longs cheveux bruns, ces yeux verts perçants, cette bouche. Elle était magnifique, exquise. Un ange.

À ce moment de son récit, Kathy marqua une pause, sourit et prit ma main.

— Tu te souviens, Theo ? Comment on a parlé ? Tu m'as dit que tu faisais des études pour devenir psy. Et je t'ai dit que j'étais folle, et que, du coup, on était vraiment faits l'un pour l'autre.

Cette remarque provoqua un éclat de rire chez les filles. Kathy rit aussi et, sincère, inquiète, chercha à croiser mon regard.

— Non mais, chéri, sérieusement, c'était un coup de foudre, non ?

C'était le signal pour mon intervention. Je hochai la tête et l'embrassai sur la joue.

— Bien sûr. Le véritable amour.

Ces mots suscitèrent le regard approbateur de ses amies. Mais je ne jouais pas la comédie. Elle avait raison, nous avions eu un coup de foudre. Ou du désir, en tout cas. Même si cette nuit-là j'étais venu avec Marianne, je n'arrivais pas à détourner les yeux de Kathy. Je l'avais observée de loin parler à Daniel, avec animation, puis j'avais vu ses lèvres bouger et lu les mots : « Va te faire foutre. » Ils se disputaient. Cela semblait houleux. Daniel s'était tourné, puis était parti.

— Tu es bien silencieux, m'avait dit Marianne. Qu'est-ce qu'il y a ?

— Rien, avais-je répondu.

— Rentrons alors. Je suis fatiguée.

— Pas encore, avais-je distraitement objecté. Prenons encore un verre.

— Je veux rentrer tout de suite.

— Alors rentre.

Marianne m'avait lancé un regard blessé, avait attrapé sa veste, puis était sortie. Je savais qu'il y aurait une dispute le lendemain, mais je m'en moquais. J'étais allé rejoindre Kathy au bar.

— Est-ce que Daniel revient ? lui avais-je demandé.

— Non. Et Marianne ?

J'avais hoché la tête.

— Non. Tu reprends quelque chose ?

— Oui, je veux bien.

Nous avions donc commandé deux autres verres et étions restés à discuter au bar. Je me souviens avoir parlé de ma formation de psychothérapeute et Kathy de son passage éclair à l'école de théâtre. Elle ne l'avait pas fréquentée longtemps parce qu'elle avait signé avec un agent à la fin de la première année. Et depuis, elle exerçait le métier de comédienne. J'imaginais, sans bien savoir pourquoi, qu'elle devait être plutôt talentueuse.

— Les études, ce n'était pas pour moi, m'avait-elle expliqué. Je voulais sortir de là, m'amuser et... tu vois ?
— Quoi ? Jouer ?
— Non. Vivre.
Elle avait penché la tête, m'avait regardé de ses yeux vert émeraude.
— Alors, Theo. Comment as-tu la patience de continuer ? Les études, je veux dire.
— Peut-être que je ne veux pas sortir et «vivre». Peut-être que je suis lâche.
— Non, si tu étais lâche, tu serais rentré avec ta copine.
Elle avait ri. D'un rire étonnamment coquin. J'avais eu envie de l'attraper et de l'embrasser à pleine bouche. Je n'avais jamais ressenti de désir physique aussi irrésistible auparavant. Je voulais la serrer contre moi, sentir ses lèvres et la chaleur de son corps contre le mien. Elle avait ajouté :
— Je suis désolée. Je n'aurais pas dû dire ça. Je dis toujours ce qui me passe par la tête. Je t'ai expliqué, je suis un peu folle.
Kathy le faisait souvent, clamer sa folie. « Je suis folle », « je suis cinglée », « je suis dingue », mais je ne l'ai jamais crue. Elle riait trop facilement et trop souvent pour que je puisse croire qu'elle avait jamais enduré le même genre de souffrance que moi. Il y avait une telle spontanéité en elle, une telle légèreté. Elle prenait plaisir à vivre et était sans cesse amusée par l'existence. Malgré ses protestations, elle me semblait être la personne la moins folle que j'eusse jamais rencontrée. À ses côtés, je me sentais plus sain d'esprit.
Le soir de notre rencontre, Kathy m'apprit qu'elle était américaine et qu'elle était née et avait grandi à Manhattan dans l'Upper West Side. Britannique par sa mère, elle possédait la double nationalité. Mais elle n'avait rien d'une Anglaise. Elle était résolument, incontestablement non anglaise. Et cela ne se résumait pas à sa façon de parler.

Cela concernait sa façon de voir le monde, de l'aborder. Une telle confiance, une telle exubérance ; je n'avais jamais vu quelqu'un comme elle auparavant.

Nous quittâmes le bar, hélâmes un taxi et je donnai l'adresse de mon appartement. Nous parcourûmes la courte distance en silence. Quand nous arrivâmes, elle pressa doucement ses lèvres contre les miennes. Je sortis de ma réserve et l'attirai contre moi. Nous continuâmes de nous embrasser pendant que je bataillais avec la clé de la porte d'entrée. Nous étions tout juste entrés que nous nous déshabillions déjà en titubant jusqu'à la chambre où nous tombâmes sur le lit.

Cette nuit-là fut la plus érotique, la plus merveilleuse de ma vie. Je passai des heures à explorer le corps de Kathy. Nous fîmes l'amour toute la nuit, jusqu'à l'aube. Je me souviens qu'il y avait du blanc partout : rais blancs du soleil grimpant sur le bord des rideaux, murs blancs, draps blancs. Le blanc de ses yeux, de ses dents, de sa peau. J'ignorais qu'une peau pouvait être aussi lumineuse, aussi translucide : blanc ivoire, parcourue de veines bleues à peine visibles, comme des nervures de couleur dans du marbre. Elle était une statue de déesse grecque prenant vie entre mes mains.

Nous restâmes allongés dans les bras l'un de l'autre. Ses yeux étaient si proches des miens qu'ils en devenaient flous. Je regardais un océan vaporeux.

— Eh bien ? dit-elle.

— Eh bien ?

— Et Marianne ?

— Marianne ?

— Ta petite amie, répondit-elle avec un léger sourire.

— Ah oui. Oui.

J'hésitai, ne sachant trop quoi dire.

— Je ne sais pas pour Marianne. Et Daniel ?

Kathy leva les yeux au ciel.

— Oublie Daniel. Moi, je l'ai oublié.
— Vraiment ?
Elle me répondit par un baiser.
Avant de partir, elle prit une douche. Pendant ce temps, je téléphonai à Marianne. Je voulais fixer un rendez-vous, pour lui annoncer en personne. Mais elle était fâchée et insista pour que l'on règle le problème tout de suite, au téléphone. Elle ne s'attendait pas à ce que je la quitte. Mais c'est ce que je fis, avec autant de délicatesse que possible. Elle pleura, se mit en colère. Je finis par lui raccrocher au nez. C'était brutal, oui, et cruel. Je ne suis pas fier de ce coup de fil. Mais sur le moment cela me sembla la seule chose honnête à faire. J'ignore toujours comment j'aurais pu agir différemment.

Pour notre premier vrai rendez-vous, Kathy et moi nous retrouvâmes aux Kew Gardens, les jardins botaniques. C'était son idée. Elle fut étonnée que je ne m'y sois encore jamais rendu.
— Tu plaisantes ? Tu n'as jamais visité les serres ? s'étonna-t-elle. Il y a la grande avec toutes les orchidées tropicales où il fait si chaud qu'on se croirait dans un four. Quand j'étais à l'école de théâtre, j'y allais juste pour me réchauffer. Et si on se retrouvait là-bas, après ta journée de travail ?
Puis elle hésita, doutant soudain.
— Mais c'est peut-être trop loin pour toi ?
— J'irai au-delà des Kew Gardens pour toi, mon cœur.
— Idiot, me gronda-t-elle.
Et elle m'embrassa.
Quand j'arrivai, elle m'attendait à l'entrée. Elle portait un énorme manteau et une écharpe. Elle me fit signe de la main, comme une enfant tout excitée.
— Viens, viens. Suis-moi, me dit-elle.

Elle me conduisit dans la boue glacée jusqu'à la grande structure en verre qui abrite les plantes tropicales. Elle poussa la porte et s'engouffra à l'intérieur. Je lui emboîtai le pas et fus tout de suite frappé par la soudaine élévation de température, un assaut de chaleur. J'arrachai mon écharpe et mon manteau. Kathy sourit.

— Tu vois ? Je t'avais dit, c'est comme un sauna. C'est pas super ?

Nous longeâmes les chemins, nos manteaux sous le bras, main dans la main, admirant les fleurs exotiques.

Je ressentais un bonheur inhabituel en sa compagnie, comme si une porte secrète avait été ouverte et que Kathy m'avait invité à franchir le seuil d'un monde magique de chaleur, de lumière, de couleurs, au milieu de centaines d'orchidées, éblouissants confettis bleus, rouges et jaunes.

Je me sentais fondre dans cette chaleur, alangui telle une sorte de tortue émergeant au soleil après un long sommeil hivernal et qui se réveille en clignant des yeux. Kathy me faisait cet effet-là, elle était mon invitation à la vie ; une invitation que je saisissais des deux mains.

Je me souviens avoir pensé : alors c'est ça l'amour.

Je le reconnus avec certitude. Et il ne faisait aucun doute que je n'avais jamais rien éprouvé de tel auparavant. Mes précédentes relations amoureuses avaient été brèves, décevantes pour les deux parties. Étudiant, j'avais trouvé le courage, aidé par une considérable quantité d'alcool, de perdre ma virginité avec une étudiante canadienne en sociologie du nom de Meredith, affublée d'un appareil dentaire en métal coupant qui m'entaillait les lèvres à chaque baiser. Puis s'ensuivit une série de relations insipides. Visiblement, je ne trouvais jamais le lien particulier que je désirais. Je m'étais cru trop abîmé, incapable de supporter l'intimité. Mais là, chaque fois que j'entendais le rire contagieux de Kathy, un frisson d'excitation me parcourait. Par une sorte d'effet d'osmose, j'absorbai son exubérance juvénile, son absence de gêne et sa joie. Je disais oui à toutes ses suggestions et toutes ses fantaisies. Je ne me reconnaissais pas. J'aimais cette nouvelle personne, cet homme intrépide qu'elle révélait. Nous faisions l'amour sans arrêt. J'étais consumé de désir en permanence, je n'étais jamais rassasié. J'avais besoin de la toucher, je n'étais jamais assez près d'elle.

Kathy emménagea avec moi en décembre, dans mon deux-pièces à Kentish Town, un appartement en sous-sol, froid et humide, doté d'une épaisse moquette et de soupiraux, mais sans vue. Notre premier Noël ensemble, nous étions bien décidés à le fêter comme il se doit. Nous achetâmes un sapin à un stand à côté de la station de métro et l'ornâmes de décorations hétéroclites achetées au marché.

Je conserve un souvenir précis de l'odeur des épines de pin, du bois, des bougies allumées; et des yeux de Kathy plongés dans les miens, scintillant comme les guirlandes lumineuses sur l'arbre. Je parlai sans réfléchir. Les mots sortirent tout seuls.

— Veux-tu m'épouser?

Kathy me dévisagea.

— Quoi?

— Je t'aime Kathy. Veux-tu m'épouser?

Elle se mit à rire. Et pour ma plus grande joie et à ma grande surprise, elle répondit : « Oui. »

Le lendemain, nous sortîmes et elle choisit une bague. Et la réalité de la situation m'apparut. Nous étions fiancés.

Curieusement, les premières personnes à qui je pensai furent mes parents. Je voulais la leur présenter. Je voulais qu'ils voient à quel point j'étais heureux : je m'étais finalement échappé, j'étais libre. Nous prîmes donc le train pour le Surrey. Avec le recul, je sais que c'était une mauvaise idée. Une entreprise vouée à l'échec dès le début. Mon père m'accueillit avec son hostilité habituelle.

— Tu as mauvaise mine, Theo. Tu es trop maigre. Tes cheveux sont trop courts. Tu as l'air d'un repris de justice.
— Merci, papa. Moi aussi, je suis content de te voir, répliquai-je.

Ma mère semblait dans un état dépressif plus sévère que d'ordinaire. Elle était plus silencieuse, plus rabougrie, comme si elle n'était pas vraiment présente. Mon père, lui, prenait toute la place, se montrait désagréable, austère. Il fixait Kathy de son regard glacial. Le déjeuner se révéla pénible. Mes parents ne semblaient ni apprécier Kathy ni être particulièrement contents pour nous. J'ignore pourquoi cela me surprit.

Après le déjeuner, mon père disparut dans son bureau et n'en émergea plus. Au moment où ma mère nous dit au revoir, elle m'étreignit trop longtemps, de trop près, elle chancelait. Je me sentis terriblement triste. Quand Kathy et moi quittâmes la maison, une partie de moi y demeura, je le savais, restait derrière. J'étais un enfant à jamais prisonnier. Je me sentais perdu, désespéré, proche des larmes. Et puis Kathy me surprit, comme toujours. Elle jeta ses bras autour de moi et me serra contre elle.

— Je comprends maintenant, murmura-t-elle à mon oreille. Je comprends tout. Je t'aime tellement plus maintenant.

Elle ne fournit pas davantage d'explications. Ce n'était pas nécessaire.

Nous nous mariâmes en avril, dans une petite mairie près de Euston Square. Aucun parent invité, aucun dieu. Rien de religieux, sur l'insistance de Kathy. Mais je récitai une prière secrète pendant la cérémonie. Je Le remerciai en silence de m'avoir gratifié d'un bonheur aussi inattendu, aussi immérité. Je voyais les choses clairement à présent, je comprenais Son grand dessein. Il ne m'avait pas abandonné pendant l'enfance, quand je m'étais senti si seul et effrayé. Il gardait Kathy en réserve, Il attendait de me la présenter, tel un habile magicien.

Je vivais chaque seconde que nous passions ensemble avec humilité et gratitude. J'étais consciente de cette chance incroyable, consciente de vivre un amour intense et rare, consciente que les autres n'en recevaient pas autant. La plupart de mes patients n'étaient pas aimés. Alicia Berenson ne l'était pas.

Il est difficile d'imaginer deux femmes aussi différentes que Kathy et Alicia. Kathy m'évoque la lumière, la chaleur, la couleur et le rire. Quand je pense à Alicia, je ne vois qu'abîmes, ténèbres, tristesse.

Silence.

DEUXIÈME PARTIE

« Les émotions non exprimées ne meurent jamais. Elles sont enterrées vivantes et libérées plus tard de façon plus laide. »

Sigmund Freud

Chapitre 1

16 juillet

Je n'aurais jamais cru désirer autant la pluie. Nous entamons la quatrième semaine de canicule et cela ressemble à une épreuve d'endurance. Chaque jour paraît plus chaud que le précédent. On n'a pas l'impression de se trouver en Angleterre. Plutôt à l'étranger, en Grèce ou ailleurs.

J'écris ceci à Hampstead Heath. Le parc entier est jonché de corps à demi nus comme sur une plage ou un champ de bataille, des oisifs au visage écarlate étendus sur des couvertures, dans l'herbe ou sur des bancs. Je suis assise sous un arbre, à l'ombre. Il est 18 heures et la température commence à baisser. Le soleil est bas, rouge sur un ciel doré. Le parc change d'aspect sous cette lumière – ombres plus épaisses, couleurs plus vives. Le gazon semble en feu, des flammes vacillent sous mes pieds.

J'ai ôté mes chaussures en cours de route et j'ai marché pieds nus. Cela m'a rappelé mon enfance lorsque je jouais dehors. Cela m'a rappelé un autre été, chaud comme celui-ci – l'été où maman est morte –, passé à m'amuser avec Paul. Nous roulions à bicyclette à travers les champs dorés parsemés de pâquerettes, explorions les maisons laissées à l'abandon et les vergers hantés. Dans mes souvenirs, l'été dure pour toujours. Je me remémore maman et les hauts qu'elle portait, à fines bretelles jaunes, si légers et délicats – comme elle. Elle était si frêle... un petit oiseau. Elle allumait la radio, me soulevait et me faisait danser sur des chansons pop. Je me souviens de son odeur de shampoing, de cigarette et de crème Nivea pour les mains, avec une note de vodka. Quel âge avait-elle à l'époque ? Vingt-huit ans ? Vingt-neuf ? Elle était plus jeune que moi aujourd'hui.

C'est une pensée étrange.

En chemin, j'ai aperçu sur le sentier un petit oiseau qui gisait près des racines d'un arbre. Je l'ai cru tombé de son nid. Comme il ne bougeait pas, je me suis demandé s'il s'était brisé les ailes. D'un doigt, je lui ai doucement caressé la tête. Il n'a pas réagi. Je l'ai un peu poussé, puis je l'ai retourné – son ventre avait disparu, dévoré, il ne restait qu'une cavité pleine d'asticots. Gros, blancs, visqueux, qui s'enroulaient, se tortillaient... J'en ai eu l'estomac retourné. J'ai cru que j'allais vomir. C'était tellement infect, tellement dégoûtant – morbide.

Je ne parviens pas à chasser cette image de mon esprit.

17 juillet

J'ai pris l'habitude de m'abriter de la chaleur dans un café climatisé de la grande rue, le Cafe de l'Artista. *Il y fait un froid terrible, on se croirait dans un réfrigérateur. Près de la fenêtre, il y a une table que j'affectionne où je m'assieds pour savourer* un café frappé. Parfois je lis, je dessine des croquis ou je prends des notes. Mais le plus souvent je laisse mes pensées vagabonder, je m'abandonne avec délice à la fraîcheur. La jolie serveuse derrière le comptoir semble s'ennuyer, elle fixe son téléphone du regard, consulte sa montre, et bâille régulièrement. Hier après-midi, ses bâillements m'ont paru particulièrement longs – et j'ai compris qu'elle attendait mon départ pour fermer. Je suis partie à contrecœur.

Par cette canicule, marcher donne l'impression de patauger dans la boue. La chaleur m'use, me bat, me roue de coups. Nous ne sommes pas équipés contre elle, pas dans ce pays. Gabriel et moi n'avons pas de climatisation à la maison – qui en a ? Mais il est impossible de dormir sans. La nuit, nous rejetons les couvertures et restons allongés dans le noir, nus, trempés de sueur. Nous laissons les fenêtres ouvertes, mais il n'y a pas la moindre brise. Juste de l'air torride et sec.

Hier, j'ai acheté un ventilateur. Je l'ai installé au pied du lit sur la commode et Gabriel a aussitôt commencé à se plaindre.

— Il est trop bruyant. On ne va jamais arriver à dormir.

— On n'arrive pas à dormir, de toute façon. Au moins, on ne sera pas couchés dans un sauna.

Il a ronchonné, mais, en fin de compte, il s'est endormi avant moi. J'ai écouté le ventilateur. J'aime le son qu'il produit, ce doux ronron. Je peux fermer les yeux, l'écouter et disparaître.

Je le transporte dans la maison avec moi, je le branche et le débranche selon mes déplacements. Cet après-midi, je l'ai apporté à l'atelier au fond du jardin. Grâce à lui, l'atmosphère est à peu près *supportable. Mais la chaleur demeure tout de même trop écrasante pour travailler de manière efficace. Je prends du retard. Et j'ai trop chaud pour m'en soucier.*

J'ai fait une découverte peut-être décisive – j'ai enfin compris ce qui cloche dans le dessin du Christ. Pourquoi il n'est pas vraisemblable. Le problème ne réside pas dans la composition – le Christ sur la Croix. Il ne représente simplement pas le Christ. Il n'y a même aucune ressemblance – quelle que soit l'apparence qu'on Lui prête. Parce qu'il ne s'agit pas du Christ.

C'est Gabriel.

Incroyable que cela m'ait échappé jusque-là. Sans en avoir l'intention, j'ai accroché Gabriel là-haut à sa place. C'est son visage que j'ai peint, son corps. N'est-ce pas fou ? Je n'ai pourtant pas d'autre choix que l'accepter – et faire ce que le tableau exige de moi.

Je sais à présent que lorsque j'ai une idée précise du résultat que je souhaite obtenir, de la toile achevée, cela ne fonctionne jamais. Elle reste mort-née, sans vie. Mais si je me montre vraiment attentive, vraiment vigilante, j'entends parfois une voix, un murmure, qui me guide dans la bonne direction. Et si je l'écoute, comme dans un acte de foi, elle me conduit dans un lieu inattendu, non pas celui où j'avais l'intention de me rendre, mais dans un endroit intensément vivant, merveilleux – et le résultat existe indépendamment de moi, mu par sa propre énergie vitale.

Je suppose que je redoute de m'abandonner à l'inconnu. J'aime savoir où je vais. C'est pour cela que je réalise toujours tant de croquis, pour essayer de maîtriser mon tableau jusqu'au bout, et pas étonnant si rien ne prend vie : je ne réagis pas vraiment à la réalité qui se présente à moi. Il me faut ouvrir les yeux et regarder *— et avoir conscience de la vie telle qu'elle se passe, et pas simplement comme je la voudrais. À présent, je sais que je crée un portrait de Gabriel et je peux y retourner. Je peux recommencer.*

Je lui demanderai de poser pour moi. Il ne l'a pas fait depuis longtemps. J'espère que l'idée lui plaira — et qu'il n'y verra aucun sacrilège.

Il réagit bizarrement parfois.

18 juillet

Ce matin, j'ai descendu la colline pour me rendre au marché de Camden. Cela faisait des années que je n'y étais pas retournée, pas depuis l'après-midi où Gabriel et moi étions partis en quête de sa jeunesse perdue. Il le fréquentait adolescent après avoir passé une nuit blanche à danser, boire et discuter avec ses amis. Ils s'y rendaient au petit matin, regardaient les commerçants installer leurs stands, puis essayaient d'acheter de l'herbe aux dealers rastas qui traînaient sur le pont de l'écluse de Camden. Mais les dealers n'étaient plus là quand nous y sommes revenus, au grand dépit de Gabriel.

— Je ne reconnais plus cet endroit. C'est un piège à touristes aseptisé, avait-il regretté.

En flânant aujourd'hui, je me suis demandé si sa déception tenait au fait que le marché avait changé ou si c'était Gabriel qui avait changé. Le lieu est toujours peuplé d'adolescents de seize ans qui profitent du soleil, affalés de part et d'autre du canal. Un fouillis de corps : des garçons, torse nu, au short remonté sur les cuisses, des filles en bikini ou soutien-gorge, de la peau partout, de la chair brûlante, rougissante. L'énergie sexuelle était palpable – leur impétueuse soif de vivre. J'ai éprouvé un soudain désir pour Gabriel, pour son corps et ses jambes puissantes, ses cuisses épaisses sur les miennes. Quand nous faisons l'amour, je ressens toujours une soif de lui insatiable – je me languis de cette sorte d'union entre nous, une force qui me dépasse, qui nous dépasse, au-delà des mots. Une force sacrée.

Soudain, j'ai aperçu un sans-abri. Assis près de moi sur le trottoir, il me dévisageait. Son pantalon était maintenu par de la ficelle, ses chaussures retenues par du ruban adhésif. Son visage était couvert de plaies et de boutons. J'ai ressenti une brusque tristesse et de la révulsion. Il empestait la sueur et l'urine. L'espace d'une seconde, j'ai cru qu'il me parlait. Mais il jurait seulement dans sa barbe – saloperie de ci et saloperie de ça. J'ai fouillé dans mon sac pour lui donner un peu de monnaie.

Puis je suis rentrée, j'ai remonté la colline, lentement, un pas après l'autre. Elle semblait beaucoup plus escarpée à présent. Cela m'a pris une éternité par cette chaleur étouffante. J'ignore pourquoi, mais je n'ai cessé de penser au sans-abri. À la pitié s'ajoutait un autre sentiment, innommable, une sorte de peur. Je me le représentais bébé dans les bras de sa mère. Avait-elle jamais imaginé que son enfant finirait fou, sale, puant, recroquevillé sur le trottoir à marmonner des obscénités ?

J'ai pensé à ma mère. Était-elle folle ? Est-ce pour cette raison qu'elle m'a attachée sur le siège passager de sa Mini jaune et a foncé dans un mur en brique *rouge ? J'avais toujours aimé cette voiture, son joyeux jaune canari. Le même que dans ma boîte de couleurs. Maintenant, je déteste cette teinte – quand je l'utilise, je songe à la mort.*

Pourquoi a-t-elle fait cela ? Je ne le saurai sans doute jamais. Autrefois, je croyais à un suicide. Aujourd'hui, je suis persuadée que c'était une tentative de meurtre. Car je me trouvais dans le véhicule aussi. Parfois je me dis que j'étais la victime désignée – qu'elle essayait de me tuer. Mais c'est fou. Pourquoi aurait-elle voulu me tuer ?

Mes yeux s'emplirent de larmes. Je ne pleurais ni pour ma mère – ou moi-même – ni pour ce pauvre sans-abri. Je pleurais pour nous tous. Il y a tant de souffrance partout et nous fermons les yeux. La vérité, c'est que nous avons tous peur. Nous sommes terrifiés par les autres. Je suis terrifiée par moi-même – et par ma mère en moi. Sa folie coule-t-elle dans mes veines ? Est-elle vraiment folle ? Vais-je...

Non. Stop. Stop.

Je ne vais pas me mettre à écrire cela.

20 juillet

Hier soir, Gabriel et moi sommes sortis dîner. C'est ce que nous faisons en général le vendredi. « La soirée rendez-vous », comme il le dit, avec un accent américain absurde.

Gabriel minimise toujours ses sentiments et tourne en dérision tout ce qu'il considère « gnangnan ». Il aime se voir en homme cynique et froid. Mais en réalité il est extrêmement romantique – de cœur, sinon en paroles. Les actes sont plus éloquents

que les mots, n'est-ce pas ? Et à travers les actes de Gabriel, je me sens complètement aimée. Je lui ai demandé :
— *Où veux-tu aller ?*
— Tu as droit à trois essais.
— *Chez* Augusto *?*
— Tu as deviné du premier coup.

Augusto *est le restaurant italien du quartier, en bas de la rue. Il n'a rien de particulier, mais nous nous y sentons comme chez nous et y avons passé de nombreuses soirées heureuses. Nous sommes arrivés vers 20 heures. La climatisation ne fonctionnait pas, alors nous nous sommes assis près de la fenêtre ouverte dans l'air chaud, humide, sans la moindre brise, et nous avons bu du vin blanc sec bien frais. Je me sentais un peu ivre à la fin, et nous avons beaucoup ri, de tout et de rien. Nous nous sommes embrassés devant le restaurant et nous avons fait l'amour en rentrant.*

Heureusement, Gabriel a fini par accepter le ventilateur, au moins quand nous nous sommes couchés. Je l'ai placé devant nous et nous sommes restés allongés, effleurés par son souffle froid, enlacés. Gabriel m'a caressé les cheveux et m'a embrassée. Il m'a murmuré « je t'aime ». Je n'ai rien dit. Je n'en avais pas besoin. Il connaît mes sentiments.

Et puis j'ai tout gâché, bêtement, par maladresse, en lui demandant s'il voulait poser pour moi.
— *J'ai envie de te peindre.*
— Encore ? Tu l'as déjà fait.
— *C'était il y a quatre ans. Je veux te peindre à nouveau.*

Il n'a pas paru très enthousiaste.
— *Quel genre de toile as-tu en tête ?*

J'ai hésité – et puis j'ai répondu qu'il s'agissait du portrait du Christ. Gabriel s'est redressé et a eu une sorte de rire étranglé.

— Oh, allons, Alicia.

— Quoi ?

— Je ne suis pas sûr, mon amour. Je ne pense pas.

— Pourquoi pas ?

— Pourquoi d'après toi ? Me peindre sur la Croix ? Que vont dire les gens ?

— Depuis quand l'opinion des gens t'importe-t-elle ?

— Elle ne m'importe pas, la plupart du temps, mais, enfin, ils pourraient penser que c'est de cette manière que tu me vois.

J'ai ri.

— Je ne pense pas que tu sois le Fils de Dieu, si c'est ce que tu veux dire. C'est juste une image, quelque chose qui s'est produit de manière organique pendant que je peignais. Ce n'était pas conscient.

— Eh bien, tu devrais peut-être y réfléchir.

— Pourquoi ? Ce n'est pas une réflexion sur toi, sur notre mariage.

— Alors qu'est-ce ?

— Comment le saurais-je ?

Cela l'a fait rire et il a levé les yeux au ciel.

— Oh, et puis merde après tout. D'accord. Si tu veux. On peut essayer. Je suppose que tu sais ce que tu fais.

Cela ne ressemblait pas vraiment à une approbation. Mais Gabriel croit en moi et en mon talent – je n'aurais jamais été peintre sans lui. S'il ne m'avait pas asticotée, encouragée, et s'il ne m'y avait pas contrainte, je n'aurais jamais continué pendant ces premières années trop calmes après l'université, quand je peignais des murs avec Jean-Félix. Avant de rencontrer Gabriel, je m'étais égarée, en quelque sorte – je m'étais perdue. Je n'éprouve aucune nostalgie quand je repense à ces fêtards drogués qui passaient pour des amis quand j'avais vingt ans. Je les voyais seulement la nuit, ils disparaissaient à l'aube, tels des vampires fuyant la lumière du jour. Quand j'ai rencontré Gabriel, ils se sont envolés sans même que je m'en aperçoive. Je n'avais plus besoin d'eux ; je n'avais plus besoin de personne maintenant que je l'avais. Il m'a sauvée – comme le Christ. Peut-être la toile raconte-t-elle cela. Gabriel est mon univers, depuis le jour de notre rencontre. Je l'aimerai quoi qu'il fasse, ou quoi qu'il arrive – peu importe à quel point il me contrarie, peu importe qu'il soit négligé ou désordonné, irréfléchi ou égoïste. Je le prendrai tel qu'il est.

Jusqu'à ce que la mort nous sépare.

21 juillet

Aujourd'hui, Gabriel est venu poser pour moi à l'atelier.

— Je ne vais pas me prêter à ça pendant des jours. Combien de temps prévois-tu ?

— Il va falloir plus d'une séance pour bien faire.

— Est-ce juste un stratagème pour que nous passions plus de temps ensemble ? Et si c'est le cas, pourquoi ne pas oublier le préambule et aller directement au lit ?

J'ai ri.

— Peut-être après. Si tu es gentil et que tu ne gigotes pas trop.

Je l'ai positionné devant le ventilateur. Ses cheveux flottaient au vent.

— Comment dois-je m'installer ? m'a-t-il demandé en prenant la pose.

— Pas comme ça. Sois toi-même.

— Tu ne veux pas que j'aie une expression angoissée ?

— Je ne suis pas sûre que le Christ ait été angoissé. Je me le représente autrement. Ne grimace pas, contente-toi d'être là. Et ne bouge pas.

— C'est toi le chef.

Il a gardé la pose environ vingt minutes. Puis il s'est arrêté, prétextant la fatigue.

— Assieds-toi alors. Mais ne parle pas. Je me concentre sur le visage.

Gabriel s'est assis sur une chaise et est resté immobile pendant que je peignais. J'ai aimé peindre son visage. C'est un beau visage. Mâchoire carrée, pommettes hautes, nez élégant. Assis dans la lumière du projecteur, il ressemblait à une statue grecque. À un des héros.

Mais quelque chose ne fonctionnait pas. J'ignore quoi, peut-être que je m'appliquais trop. Je ne parvenais à reproduire correctement ni la forme de ses yeux ni leur couleur. Le premier détail que j'avais remarqué chez lui, cette étincelle dans ses yeux – comme un petit diamant dans chaque iris. Mais à ce moment-là, pour je ne sais quelle raison, je ne parvenais pas à la saisir. Peut-être ne suis-je pas assez douée ? Ou peut-être Gabriel possède-t-il une grâce impossible à saisir en peinture ? Les yeux demeuraient morts, sans vie. J'ai senti que je me fâchais.

J'ai lancé :
— Et mince! Ça ne marche pas.
— C'est le moment de faire une pause?
— Oui. C'est le moment.
— On fait l'amour?
J'ai ri.
— D'accord.
Gabriel s'est levé, m'a attrapée et m'a embrassée. Nous avons fait l'amour dans l'atelier, là, à même le sol.

Tout du long, je n'ai cessé de regarder les yeux sans vie de son portrait. Ils me fixaient, me consumaient. J'ai dû tourner la tête.

Mais je les sentais encore posés sur moi.

Chapitre 2

J'allai trouver Diomedes pour lui livrer le compte-rendu de ma séance avec Alicia. Il était dans son bureau, en train de trier des piles de partitions.

— Eh bien, m'accueillit-il sans lever les yeux. Comment cela s'est-il passé ?

— Cela ne s'est pas passé, à proprement parler.

Il me regarda, perplexe. J'hésitai.

— Pour progresser avec elle, j'ai besoin qu'Alicia soit en mesure de penser et d'éprouver des émotions.

— Absolument. Et cela vous préoccupe parce que… ?

— Parce qu'il est impossible de communiquer avec quelqu'un à qui l'on administre de si fortes doses de médicaments. C'est comme si elle était sous l'eau.

Diomedes fronça les sourcils.

— Je n'irai pas jusque-là. Je ne connais pas la dose exacte qu'elle prend, mais…

— J'ai demandé à Yuri. Seize milligrammes de rispéridone. Une dose de cheval.

Il haussa un sourcil.

— C'est une dose très élevée, en effet. Elle pourrait sans doute être réduite. Vous savez, Christian est le chef de l'équipe de soins en charge d'Alicia. Vous devriez en discuter avec lui.

— Je pense que ce serait mieux si cela venait de vous.

— Hum.

Il me lança un regard dubitatif.

— Vous connaissez déjà Christian, n'est-ce pas ? Vous avez collaboré à Broadmoor, non ?

— Très peu.

Il ne réagit pas immédiatement. Il prit une dragée dans un petit bol et me la tendit. Je hochai la tête. Il fourra la confiserie dans sa bouche et la croqua en me regardant.

— Dites-moi, vous entendez-vous bien avec Christian ?

— C'est une question étrange. Pourquoi me la poser ?

— Parce que je sens une certaine hostilité.

— Pas de ma part.

— Mais de la sienne ?

— C'est à lui qu'il faut demander. Je n'ai aucun problème avec Christian.

— Hum. Je me méprends peut-être. Mais je devine quelque chose. Soyez vigilant. L'agressivité et la rivalité perturbent le travail. Vous devez travailler ensemble, pas l'un contre l'autre.

— J'en suis conscient.

— Alors Christian doit participer à cette discussion. Vous voulez qu'Alicia ait accès à ses émotions, soit. Mais rappelez-vous qu'émotions accrues riment avec danger accru.

— Danger pour qui ?

— Pour Alicia, bien entendu, répondit-il en me menaçant du doigt. N'oubliez pas qu'elle était suicidaire quand nous l'avons amenée ici. Elle a tenté de mettre fin à ses jours à de nombreuses reprises. Et les médicaments stabilisent son état. Ils la maintiennent en vie. Si nous diminuons la dose, il y a toutes les chances que ses émotions la submergent et qu'elle soit incapable de se contrôler. Êtes-vous prêt à courir ce risque ?

Je considérai les paroles de Diomedes avec le plus grand sérieux. Mais je hochai la tête.

— Oui, je pense que nous devons prendre ce risque, professeur. Sinon, nous ne percerons jamais sa carapace.

Diomedes haussa les épaules.

— Alors j'irai parler à Christian de votre part.

— Merci.

— Nous verrons comment il réagira. Les psychiatres apprécient rarement qu'on leur dise comment traiter leurs patients. Bien sûr, je peux passer outre son opinion, mais je n'en ai pas l'intention. Laissez-moi aborder subtilement le sujet avec lui. Je vous transmettrai sa réponse.

— Il vaudrait peut-être mieux ne pas me mentionner.

— Je vois, dit-il en souriant bizarrement. Très bien, je ne vous mentionnerai pas.

Il sortit une petite boîte d'un des tiroirs de son bureau, en fit glisser le couvercle et une rangée de cigares apparut. Il m'en offrit un. Je refusai d'un hochement de tête. Il sembla surpris.

— Vous ne fumez pas ? Vous avez l'air d'un fumeur, pourtant.

— Non, non. Juste une cigarette à l'occasion, de temps en temps. J'essaie d'arrêter.

— Bien. C'est une bonne chose pour vous, dit-il en ouvrant la fenêtre. Vous connaissez la plaisanterie : « Pourquoi ne peut-on être thérapeute et fumer ? Parce que cela signifie qu'on est encore déglingué. »

Il rit et coinça un cigare entre ses lèvres.

— Je crois que nous sommes tous un peu fous ici. Vous connaissez la phrase qu'on épinglait dans les bureaux autrefois ? « Vous n'avez pas besoin d'être fou pour travailler ici, mais ça aide. »

Il rit de nouveau, alluma le cigare, aspira une bouffée et souffla la fumée par la fenêtre. Je le regardai avec envie.

Chapitre 3

Après le déjeuner, je parcourus les couloirs en quête d'une des sorties. J'avais l'intention de me glisser dehors pour fumer une cigarette, mais Indira me repéra à côté de l'issue de secours. Elle crut que je m'étais égaré.

— Ne vous inquiétez pas, Theo, me dit-elle en me prenant le bras. Il m'a fallu des mois pour me repérer ici. C'est comme un labyrinthe sans fin. Je me perds encore parfois, et pourtant je travaille ici depuis dix ans.

Elle rit, et avant que j'aie pu émettre une objection elle me conduisait à l'étage pour prendre le thé dans le « bocal à poissons rouges ».

— Je vais préparer le thé. Il fait vraiment un temps de chien, n'est-ce pas ? J'aimerais qu'il neige et qu'on en finisse. La neige est un symbole très fort, vous ne trouvez pas ? Elle nettoie tout. Vous avez remarqué que les patientes en parlent sans arrêt ? Elles l'attendent. C'est intéressant.

À ce moment-là, à ma grande surprise, elle sortit de son sac une part de cake emballée dans du film alimentaire et me la mit dans la main.

— Tenez. C'est du cake aux noix. Je l'ai fait hier soir. Pour vous.

— Oh, merci, je…

— Je sais que ce n'est pas orthodoxe, mais j'obtiens toujours de meilleurs résultats avec les patientes difficiles si je leur donne une part de cake pendant la séance.

Cela me fit rire.

— Oh, je parie que c'est vrai. Suis-je un patient difficile ?

Indira rit à son tour.

— Non, même si j'ai remarqué que c'est tout aussi efficace avec les membres du personnel difficiles, ce que vous n'êtes pas au demeurant. Manger un peu de sucre réconforte. Avant, je préparais des cakes pour la cantine, mais Stephanie a fait tellement d'histoires, toutes ses sottises à propos de l'hygiène et de la sécurité concernant la nourriture apportée de l'extérieur. On aurait cru que j'introduisais une lime en cachette. Mais je fais toujours un peu de pâtisserie en catimini. C'est ma rébellion contre l'État dictatorial. Goûtez.

Il ne s'agissait pas d'une proposition, mais d'un ordre. Je mordis dans le gâteau. Il était bon. Moelleux, bien garni de noix, sucré.

— Cela va certainement mettre vos patientes de bonne humeur, dis-je la bouche pleine.

Indira rit. Elle avait l'air contente. Et je compris pourquoi je l'appréciais. Il émanait d'elle une sorte de calme maternel. Elle me rappelait Ruth. Il était difficile de l'imaginer troublée ou fâchée.

Je balayai la pièce du regard pendant qu'elle préparait le thé. La salle des infirmiers est toujours le centre des services psychiatriques, leur cœur. On y assiste à un va-et-vient du personnel et on y opère la gestion du service, au jour le jour. Du moins, c'est là que sont prises toutes les décisions de logistique. Les infirmiers surnommaient celle-ci le « bocal à poissons rouges » parce que ses murs étaient en verre blindé. Ils pouvaient ainsi garder un œil sur les patientes dans la salle de jeux, en théorie. En pratique, elles rôdaient en permanence derrière, scrutaient l'intérieur, nous observaient : nous étions sous constante surveillance. Le local était petit, manquait de sièges, et ceux qui s'y trouvaient étaient en général occupés par les infirmiers en train de saisir des notes à l'ordinateur. Alors nous restions le plus souvent debout au milieu de la pièce, ou inconfortablement appuyés contre un bureau, et donnions l'impression que l'espace était entièrement occupé, peu importe le nombre de personnes présentes à l'intérieur.

— Et voilà, mon petit, me dit Indira en me tendant un mug de thé.

Je la remerciai. Au même moment, Christian entra tranquillement et m'adressa un signe de la tête. Il dégageait une forte odeur de chewing-gum à la menthe. Il en mâchait sans arrêt. Je me souvins que c'était un gros fumeur à l'époque où nous travaillions à Broadmoor. C'était l'un de nos rares points communs. Depuis, il avait arrêté, s'était marié et avait eu un bébé, une petite fille. Je me demandais quel genre de père il était. Il ne me paraissait pas déborder d'empathie. Il m'adressa un sourire contraint.

— C'est drôle de te retrouver comme ça, Theo.
— Le monde est petit.
— En termes de santé mentale, oui.

Il dit cela comme s'il insinuait qu'il en existait d'autres, plus vastes, dans lesquels on pouvait le trouver. Je tentai d'imaginer lesquels. Pour être honnête, je ne pouvais me le représenter ailleurs qu'à la salle de sport ou dans une mêlée sur un terrain de rugby.

Il me dévisagea quelques secondes. J'avais oublié son habitude de marquer des pauses, souvent longues, pour faire attendre son interlocuteur le temps qu'il prépare sa réponse. Cela m'irritait toujours autant.

— Tu rejoins l'équipe à un sale moment, lâcha-t-il enfin. L'épée de Damoclès plane au-dessus du Grove.

— Tu crois que c'est grave à ce point-là ?
— Ce n'est plus qu'une question de temps. Le Trust va forcément fermer l'établissement tôt ou tard. Alors la question est : que fais-tu ici ?
— Que veux-tu dire ?
— Eh bien, d'habitude, les rats quittent le navire qui coule. Ils ne grimpent pas à bord.

Cette attaque sans retenue m'estomaqua. Je décidai de ne pas surenchérir.

— Sans doute, répliquai-je en haussant les épaules. Mais je ne suis pas un rat.

Avant que Christian ait le temps de répondre, un coup violent sur la paroi nous fit sursauter. Elif se tenait de l'autre côté et la martelait de ses poings. Elle avait le visage pressé contre le verre. Son nez écrasé et ses traits déformés lui donnaient l'air d'un monstre.

— Je veux plus prendre cette merde. Je déteste ces... ces saloperies de cachets.

Christian ouvrit la petite ouverture dans la paroi destinée à communiquer.

— Ce n'est pas le moment d'en parler, Elif.
— Je te le dis, je les prends plus, ils me rendent malade, putain.
— Je n'ai pas l'intention d'en discuter maintenant. Demande un rendez-vous pour me voir. Écarte-toi, s'il te plaît.

Elif grimaça, réfléchit un instant. Puis elle se tourna et s'éloigna d'un pas lourd, laissant derrière elle un léger cercle de condensation à l'endroit où son nez s'était aplati contre la vitre.

— Sacré personnage, commentai-je.
— Difficile, grogna Christian.
— Pauvre Elif, ajouta Indira.
— Pour quelle raison est-elle ici ?

— Double meurtre, me répondit Christian. Elle a tué sa mère et sa sœur. Elle les a étouffées dans leur sommeil.

Je regardai à travers la paroi. Elif avait rejoint les autres pensionnaires. Une géante qui les dominait. L'une d'elle lui glissa de l'argent dans la main, qu'elle empocha.

Je remarquai ensuite Alicia assise seule au fond de la salle, près de la fenêtre, tournée vers l'extérieur. Je l'observai un moment. Christian suivit mon regard.

— À propos, j'ai parlé avec le professeur Diomedes au sujet d'Alicia. Je veux voir comment elle répond à une dose plus faible de rispéridone. Je l'ai descendue à 5 milligrammes.

— Je vois.

— J'ai pensé que tu voudrais être mis au courant, parce que j'ai entendu dire que tu l'avais reçue en séance.

— Oui.

— Nous allons devoir la surveiller de près pour voir comment elle réagit au changement. Et, d'ailleurs, la prochaine fois que tu auras un problème avec une patiente, adresse-toi à moi. Ne va pas parler à Diomedes dans mon dos.

Il me dit cela en me jetant un regard noir. En retour, je lui souris.

— Je ne suis pas allé lui parler en douce. Ça ne me pose aucun problème de traiter directement avec toi, Christian.

Il y eut un silence pesant. Christian hocha la tête pour lui-même, comme s'il venait de prendre une décision.

— Tu as conscience qu'Alicia est borderline ? La thérapie n'aura aucune influence sur elle. Tu perds ton temps.

— Comment sais-tu qu'elle est borderline, puisqu'elle ne peut pas parler ?

— Ne veut pas.

— Tu crois qu'elle fait semblant ?

— Oui, il se trouve que oui.

— Si elle joue la comédie, comment peut-elle être borderline ?

Christian eut l'air irrité. Indira interrompit l'échange avant qu'il ait le temps de répliquer.

— Avec tout le respect que je vous dois, les termes génériques tels que « borderline » ne me semblent pas très utiles. Ils ne nous apportent rien.

Elle se tourna vers Christian.

— Christian et moi sommes souvent en désaccord à ce sujet.

— Et que pensez-vous d'Alicia ? lui demandai-je.

Indira considéra la question un instant.

— Je me sens très maternelle à son égard. C'est mon contre-transfert, c'est ce qu'elle éveille en moi. J'ai l'impression qu'elle a besoin que quelqu'un prenne soin d'elle.

Indira me sourit.

— Et maintenant elle a quelqu'un. Vous.

Christian partit d'un rire agaçant.

— Excusez ma bêtise, mais comment Alicia peut-elle tirer parti de la thérapie si elle ne parle pas ?

— La thérapie ne se limite pas à la parole, lui répondit Indira. Elle consiste à offrir un espace sécurisant, un environnement enveloppant. La plus grande partie de la communication est non verbale, comme tu dois certainement le savoir.

Christian me lança un regard exaspéré.

— Bonne chance, mon pote. Tu vas en avoir besoin.

Chapitre 4

Alicia entra dans la pièce et je la saluai.

À peine quelques jours s'étaient écoulés depuis que sa dose de médicament avait été réduite, mais on pouvait déjà observer un changement. Ses mouvements semblaient plus fluides. Son regard vitreux avait disparu. On aurait dit une autre personne.

Elle resta sur le seuil avec Yuri et hésita. Elle me scrutait avec insistance, comme si elle me voyait nettement pour la première fois. Elle me jaugeait, m'évaluait. Je me demandai à quelle conclusion elle aboutissait. De toute évidence, elle jugea sûr d'entrer dans la pièce. Sans qu'on le lui demande, elle s'assit.

Je fis signe à Yuri de s'en aller. Il hésita une seconde, puis referma la porte derrière lui.

Je m'assis en face d'elle. Il y eut un moment de silence uniquement troublé par le martèlement de la pluie sur la vitre. Puis je commençai.

— Comment vous sentez-vous ?

Pas de réaction. Alicia me dévisageait. Les yeux écarquillés, sans un battement de cils.

J'ouvris la bouche, la refermai. J'étais bien décidé à résister au besoin de remplir le vide en parlant. En me taisant, en restant simplement assis là, j'espérais communiquer autre chose, de l'ordre du non-verbal : il n'y avait aucun danger à être assis là tous les deux. Je ne lui ferais pas de mal. Elle pouvait avoir confiance en moi. Si je devais réussir à libérer sa parole, je devais gagner sa confiance. Et cela prendrait du temps, rien ne se ferait en un jour. La progression serait lente, comme celle d'un glacier, mais cela progresserait.

Tandis que nous étions assis en silence, le sang commença à me battre aux tempes. Le début d'un mal de tête. Un symptôme révélateur. Je pensai à Ruth qui disait : « Pour être un bon thérapeute, il faut être réceptif aux sensations de ses patients. Il ne faut pas les conserver, ce ne sont pas les nôtres, elles ne nous appartiennent pas. » En d'autres termes, ce battement aux tempes n'était pas ma douleur, mais celle d'Alicia. Et cette soudaine vague de tristesse, ce désir de mourir ne m'appartenait pas non plus. C'était le sien, entièrement le sien. J'étais là, dans cette pièce, à ressentir à sa place, à être pris de maux de tête, de maux de ventre, pendant un temps qui me sembla infini. Finalement, les cinquante minutes s'écoulèrent. Je consultai ma montre.

— Nous devons clore la séance maintenant, annonçai-je.

Alicia baissa la tête et regarda ses genoux. J'hésitai. Je perdis ma réserve. Je baissai la voix et parlai avec le cœur.

— Je veux vous aider, Alicia. Vous devez le croire. Je veux vous aider à y voir clair.

À ces mots, Alicia leva les yeux. Elle me fixa, me transperça du regard.

Vous ne pouvez pas m'aider, semblait-elle crier. *Vous parvenez à peine à vous aider vous-même. Vous prétendez en savoir tant, être si sage... mais vous devriez être assis à ma place. Monstre. Imposteur. Menteur. Menteur...*

Tandis qu'elle me dévisageait, je pris conscience de ce qui m'avait troublé pendant toute la séance. C'est difficile à expliquer, mais un psychothérapeute apprend rapidement à reconnaître la détresse morale. À partir d'une attitude corporelle, d'un élément de discours, d'une lueur dans le regard – quelque chose du tourment, de la terreur, de la folie. Et c'est ce qui me tracassait : malgré les années de traitement médicamenteux, malgré tout ce qu'elle avait fait, et enduré, ses yeux bleus demeuraient aussi clairs et sans nuages qu'un jour d'été. Elle n'était pas folle. Alors comment la qualifier ? Quelle était cette expression dans son regard ? Quel était le qualificatif adéquat ? C'était…

Avant que je puisse aller au bout de ma pensée, Alicia bondit de son siège. Elle se jeta sur moi, les mains tendues telles des serres. Je n'eus le temps ni de bouger ni de m'écarter. Elle atterrit sur moi, me faisant perdre l'équilibre. Nous tombâmes par terre.

L'arrière de mon crâne heurta le mur avec un bruit sourd. Elle me cogna la tête contre la cloison, encore et encore, puis elle se mit à griffer, à gifler. Je dus mobiliser toute ma force pour la repousser.

Je rampai jusqu'à la table. Et j'allongeai le bras pour saisir l'alarme. Juste au moment où mes doigts se posaient dessus, Alicia se jeta sur moi pour me l'arracher.

— Alicia, murmurai-je.

Les doigts autour de mon cou, elle m'agrippait, m'étouffait. Je tendis de nouveau le bras vers l'alarme. Ses mains s'enfonçaient encore davantage. Je ne pouvais plus respirer. Mais, cette fois, je parvins à la saisir et appuyai sur le bouton.

Aussitôt, un hurlement assourdissant retentit dans mon oreille. J'entendis une porte s'ouvrir dans le couloir et Yuri qui appelait des renforts. On saisit Alicia pour l'écarter de moi, me libérer de l'étranglement. Je suffoquais.

Il fallut quatre infirmiers pour la plaquer au sol. Elle se débattit, donna des coups de pied, lutta comme une créature possédée. Elle avait perdu toute apparence humaine, elle ressemblait à un animal sauvage, une créature monstrueuse. Christian arriva et lui administra un sédatif. Elle perdit connaissance.

Enfin, ce fut le silence.

Chapitre 5

— Ça va piquer un peu.

Dans le bocal à poissons rouges, Yuri soignait mes plaies. Il ouvrit la bouteille d'antiseptique et en appliqua sur un tampon. L'odeur me renvoya à l'infirmerie de mon école, évoqua des souvenirs de cicatrices après des bagarres dans la cour de récréation, de genoux écorchés et de coudes égratignés. Je me rappelai cette sensation réconfortante quand l'infirmière s'occupait de moi, me mettait des bandages et récompensait mon courage avec un bonbon. Puis la brûlure de l'antiseptique sur ma peau me ramena brusquement à la réalité et à mes blessures actuelles qui ne se soignaient pas si facilement. Je grimaçai.

— J'ai l'impression qu'elle m'a frappé la tête avec un marteau.

— C'est un vilain bleu. Tu auras une bosse demain. On ferait mieux de la surveiller, suggéra Yuri en secouant la tête. Je n'aurais jamais dû te laisser seul avec elle.

— Je ne t'ai pas laissé le choix.

Il grogna.

— C'est vrai.

— Merci de ne pas avoir ajouté : « Je te l'avais bien dit. » C'est noté et apprécié.

Il haussa les épaules.

— Je n'ai pas besoin de le dire. Le professeur le dira pour moi. Il a demandé à te voir dans son bureau.
— Ah.
— Mieux vaut toi que moi, à voir sa tête.
Je me levai. Yuri m'observait attentivement.
— Prends ton temps. Attends une minute. Assure-toi que tu es prêt. Si tu as des vertiges ou mal à la tête, avertis-moi.
— Je vais bien. Sincèrement.
Ce n'était pas tout à fait vrai, mais je ne me sentais pas aussi mal que le laissaient supposer mes blessures. Je présentais des égratignures et des bleus sur le cou là où elle avait serré pour tenter de m'étrangler. Elle avait enfoncé les ongles si profondément qu'elle m'avait fait saigner.
Je frappai à la porte du professeur. Quand il me vit, il écarquilla les yeux.
— Bah, bah, bah, me lança-t-il. On a dû vous recoudre ?
— Non, bien sûr que non. Je vais bien.
Il me regarda, l'air incrédule, et m'invita à entrer.
— Approchez, Theo, asseyez-vous, me dit-il.
Les autres se trouvaient déjà dans la pièce. Christian et Stephanie étaient debout, Indira installée près de la fenêtre. On aurait dit un comité d'accueil officiel et je me demandais si j'allais être licencié.
Diomedes, assis à son bureau, me fit signe de prendre la chaise libre. Je m'exécutai. Il me dévisagea en silence pendant un moment, il pianotait sur le bois, réfléchissant à ce qu'il allait dire et à la manière dont il le dirait. Mais Stephanie le coiffa au poteau avant qu'il ait pu se décider.
— C'est un malencontreux incident. Extrêmement malencontreux, déclara-t-elle en se tournant vers moi. Bien entendu, nous sommes tous soulagés de constater que vous êtes en un seul morceau. Mais, quoi qu'il en soit, cela

soulève toutes sortes de questions. En premier lieu celle-ci : que faisiez-vous seul avec Alicia ?

— C'est ma faute, répondis-je. J'ai demandé à Yuri de partir. J'endosse l'entière responsabilité.

— Qui vous a autorisé à prendre cette décision ? Si l'un de vous avait été gravement blessé…

Diomedes l'interrompit.

— S'il vous plaît, n'en faisons pas un drame. Heureusement, personne n'a été blessé, dit-il en me désignant avec dédain. Quelques égratignures ne justifient pas un passage devant le tribunal militaire.

Stephanie fit la moue.

— Je ne pense pas que les plaisanteries soient opportunes, professeur. Vraiment pas.

— Qui plaisante ? railla Diomedes en se tournant vers moi. Je suis parfaitement sérieux. Dites-nous, Theo. Que s'est-il passé ?

Je sentis tous les regards sur moi. Je m'adressai à Diomedes en choisissant soigneusement mes mots.

— Eh bien, elle m'a attaqué. Voilà ce qu'il s'est passé.

— Nous l'avions remarqué. Mais pourquoi ? Je suppose que c'était injustifié.

— Oui. Du moins de manière inconsciente.

— Et consciemment ?

— Eh bien, de toute évidence, Alicia réagissait à ma présence, à un certain niveau. Je pense que ça nous montre à quel point elle veut communiquer.

Christian se mit à rire.

— Tu appelles ça de la communication ?

— Oui. La colère est un mode de communication puissant. Les autres patientes, les zombies qui restent simplement assises, le regard vide, apathiques, ont abandonné. Alicia, non. Son agression nous apprend quelque chose qu'elle ne peut exprimer directement. Au sujet de sa douleur, de son désespoir, de son angoisse. Elle me disait de ne pas abandonner. Pas encore.

Christian prit un air excédé.

— Une interprétation moins poétique voudrait qu'elle ait dégoupillé à cause de la diminution des doses, dit-il en se tournant vers Diomedes. Je vous avais prévenu que ça arriverait, professeur. Je vous avais prévenu du risque.

— Vraiment, Christian ? intervins-je. Je croyais que c'était ton idée.

Christian leva les yeux au ciel, dédaigneux. Il était viscéralement psychiatre. Et par là, je veux dire que les psychiatres tendent à se méfier de l'approche psychodynamique. Ils privilégient une approche plus biologique, chimique, et par-dessus tout pratique, comme le gobelet de comprimés qu'on remettait Alicia à tous les repas. Christian, par son regard froid et hautain, me signifiait que je n'avais pas voix au chapitre en la matière.

Diomedes, cependant, me considérait avec plus de bienveillance.

— Ça ne vous a pas découragé, Theo. Que s'est-il passé ?

— Non, au contraire, ça m'encourage à continuer.

Diomedes hocha la tête, satisfait.

— Bien. Je suis d'accord, une réaction aussi intense envers vous vaut assurément la peine qu'on se penche sur elle. Je pense que vous devriez poursuivre.

Stephanie, exaspérée, intervint.

— C'est hors de question.

Diomedes continua comme si elle n'avait rien dit. Il ne m'avait pas quitté des yeux.

— Vous pensez pouvoir l'amener à parler ?

Avant que j'en aie le temps, quelqu'un derrière moi répondit :

— Je crois qu'il peut, oui.

C'était Indira. J'avais presque oublié sa présence. Je me retournai.

— Et, d'une certaine manière, Alicia a commencé à parler, ajouta-t-elle. Elle communique à travers Theo, il est son porte-parole. Elle parle déjà.

Diomedes approuva d'un hochement de tête, puis parut songeur un instant. Je savais ce qu'il avait à l'esprit : Alicia Berenson était une patiente célèbre et, de ce fait, un atout majeur dans la négociation avec le Trust. Si nous pouvions fournir des preuves concrètes de progrès avec elle, nous serions en meilleure posture pour sauver le Grove de la fermeture.

— Combien de temps avant d'observer des résultats ? demanda Diomedes.

— Je ne peux pas répondre à cette question. Vous le savez aussi bien que moi. Ça prend le temps que ça prend. Six mois. Un an. Sans doute plus, il pourrait s'agir d'années.

— Vous avez un mois et demi.

Stephanie se redressa et croisa les bras.

— Je suis la responsable de ce service et je ne peux tout simplement pas le permettre.

— Je suis le directeur du Grove, répliqua Diomedes. La décision me revient. Je prends l'entière responsabilité des blessures auxquelles s'expose notre endurant thérapeute ici présent, déclara-t-il en m'adressant un clin d'œil.

Stephanie n'ajouta rien. Elle lança un regard furieux à Diomedes, m'en jeta un aussi, tourna les talons et quitta la pièce.

— Oh, mon Dieu, souffla le directeur. Il semble que vous avez fait de Stephanie votre ennemie. C'est regrettable.

Il sourit à Indira qui lui rendit son sourire, puis il me considéra avec sérieux.

— Un mois et demi. Sous ma supervision. C'est clair ?

J'acceptai, bien entendu. Je n'avais pas d'autre choix qu'accepter.

— Un mois et demi, répétai-je.

— Bien.

Christian se leva, visiblement énervé.

— Alicia ne parlera pas plus dans un mois et demi que dans soixante ans, me lança-t-il avec mépris. Tu perds ton temps.

Il sortit. Je me demandais pourquoi il était à ce point persuadé que j'allais échouer.

J'étais d'autant plus déterminé à réussir.

Chapitre 6

Je rentrai chez moi, épuisé. Par habitude, je pressai l'interrupteur de l'entrée, malgré l'absence d'ampoule. Nous avions l'intention de la remplacer, mais oubliions sans cesse.

Je sus tout de suite que Kathy n'était pas à la maison. C'était trop calme. Elle ne connaissait pas le silence. Sans être bruyante, elle peuplait son univers de sons : elle téléphonait, récitait ses répliques, regardait des films, chantait, fredonnait, écoutait des groupes dont je n'avais jamais entendu parler. Mais, à cet instant-là, il régnait un silence de mort dans l'appartement. Je l'appelai, cette fois encore par habitude. Ou mauvaise conscience, peut-être, pour m'assurer que j'étais seul avant la transgression. Je n'obtins pas de réponse.

Je gagnai le salon en tâtonnant dans le noir, puis allumai. Les meubles me sautèrent aux yeux comme le font toujours les nouveaux meubles avant qu'on s'habitue à leur présence : nouvelles chaises, nouveaux coussins, nouvelles couleurs, du rouge et du jaune là où dominaient le noir et blanc. Le parfum musqué des lys roses – les fleurs préférées de Kathy – dans le vase sur la table saturait l'atmosphère et la rendait presque irrespirable.

Quelle heure était-il ? 20 h 30 ? Où était-elle ? En répétition ? Elle jouait dans une nouvelle mise en scène d'*Othello* au RSC et les répétitions ne se passaient pas particulièrement bien. Interminables, elles laissaient leurs traces. Elle avait l'air fatiguée, plus menue que d'ordinaire, elle était pâle, luttait contre un rhume. « Je suis malade tout le temps, je suis claquée », s'était-elle plainte.

Et c'était vrai. Elle rentrait de répétition de plus en plus tard, avec une mine terrible. Elle bâillait et tombait directement dans le lit. Elle ne serait donc sans doute pas rentrée avant 2 heures, au plus tôt. Je décidai de prendre le risque.

Je sortis le bocal d'herbe de sa cachette et commençai à rouler un joint.

Je fumais du cannabis depuis la fac. J'avais découvert ça pendant mon premier semestre, seul et sans ami dans une fête d'étudiants de première année, paralysé par la peur et incapable d'engager la conversation avec l'un des jeunes gens beaux et sûrs d'eux qui m'entouraient. J'étais en train de planifier ma fuite quand la fille à côté de moi m'offrit quelque chose à fumer. Je crus qu'il s'agissait d'une cigarette jusqu'à ce que m'arrive l'odeur âcre et épicée des volutes de fumée blanche. Trop timide pour refuser, j'acceptai et portai à mes lèvres le joint mal roulé dont le papier se décollait au bout. Le filtre était humide et taché par son rouge à lèvres. Le goût différait de celui d'une cigarette, il était plus riche, plus fort, plus exotique. J'avalai la fumée épaisse et tentai de ne pas tousser. Tout d'abord, je me sentis seulement un peu plus léger. À l'image du sexe, on faisait toute une histoire du cannabis, plus qu'il ne le méritait. Et puis, environ une minute plus tard, un phénomène incroyable se produisit. J'avais l'impression d'être immergé dans une énorme vague de bien-être. Je me sentais en sécurité, détendu, parfaitement à l'aise, idiot et décomplexé.

Et voilà. Il ne fallut pas longtemps avant que je me mette à fumer de l'herbe tous les jours. Elle devint ma meilleure amie, mon inspiration, ma source de réconfort. L'éternel rituel : rouler, lécher, allumer. J'étais défoncé au seul bruit du papier à rouler et à l'anticipation de la montée, chaude et grisante.

Toutes sortes de théories ont été avancées au sujet de l'origine des addictions. Elle pourrait être génétique, chimique, psychologique. Mais le cannabis faisait plus que m'apaiser : foncièrement, il altérait ma manière de vivre mes émotions. Il me berçait et me tenait à l'abri des dangers, comme un enfant choyé.

En d'autres termes, il me « contenait ».

La notion de « contenance » a été introduite par le psychanalyste Wilfred Bion pour décrire la capacité de la mère à gérer la douleur du bébé. Rappelez-vous que la petite enfance n'est pas une époque de félicité ; c'est une époque de terreur. En tant que bébés, nous sommes pris au piège d'un monde étrange et inconnu, incapables de voir correctement, dans un constant état de surprise à l'égard de notre corps, alarmés par la faim, les gaz et les selles, submergés par nos sensations et nos émotions. Nous sommes littéralement attaqués. Nous avons besoin de notre mère pour calmer notre angoisse et donner du sens à nos expériences. À mesure qu'elle agit, nous apprenons à gérer seuls notre corps et nos émotions. Mais la capacité à nous procurer nous-mêmes cette « contenance » dépend directement de celle de notre mère à nous l'apporter. Or si la propre mère de cette dernière ne lui a jamais apporté de contenance, comment peut-elle transmettre ce qu'elle n'a pas connu ? Quelqu'un qui n'a jamais appris est assailli par l'anxiété pour le restant de ses jours. Émotion que Bion a judicieusement appelée « terreur sans nom ». Et une telle personne recherche insatiablement cette contenance dans des sources extérieures. Elle a besoin d'un verre ou d'un joint pour « atténuer » cette anxiété sans fin. D'où mon addiction au cannabis.

J'en ai beaucoup parlé durant ma thérapie. Je bataillais avec l'idée de l'arrêt, et je me demandais pourquoi cette perspective m'effrayait tant. Ruth affirmait que l'obligation et la contrainte ne produisent jamais rien de bon et que, plutôt que me forcer à vivre sans herbe, mieux valait dans un premier temps admettre que j'étais dépendant et réticent à l'idée d'abandonner, ou incapable de le faire. Ce que cette substance m'apportait fonctionnait encore, jusqu'au jour où elle aurait fait son temps, et où je pourrais sans doute y renoncer avec facilité.

Et Ruth avait raison. Quand j'ai rencontré Kathy et que je suis tombé amoureux, le cannabis a disparu de la scène. Je planais grâce à l'effet de l'amour, sans besoin de convoquer la bonne humeur de façon artificielle. Que Kathy ne fume pas a facilité le sevrage. Les accros au cannabis, selon elle, sont velléitaires, paresseux, et vivent au ralenti. On les pince et ils disent « aïe » six jours plus tard. J'ai arrêté quand elle a emménagé chez moi. Et, comme Ruth l'avait prédit, une fois que je me suis senti heureux et en sécurité, l'addiction a disparu assez naturellement, comme la boue séchée tombe d'une botte.

J'aurais pu ne jamais reprendre si seulement je n'étais pas allé à la fête de départ de Nicole, une amie de Kathy, qui allait s'installer à New York. Kathy était accaparée par tous ses copains comédiens, et je me suis retrouvé seul. Un petit type trapu aux lunettes à monture rose fluo m'a donné un léger coup de coude et m'a dit : « Tu veux fumer ? » Il me proposait un joint. J'allais refuser, mais une impulsion m'en a empêché. Je ne saurais expliquer laquelle exactement. Une envie fugace ? Ou une attaque inconsciente envers Kathy qui m'avait obligé à venir à cette horrible fête pour m'abandonner ensuite ? J'ai regardé autour de moi et je ne l'ai vue nulle part. Puis je me suis dit : *Et merde*. J'ai porté le joint à ma bouche et j'ai inhalé la fumée.

Et il n'en a pas fallu davantage. Je suis retourné à la case départ, comme s'il n'y avait jamais eu d'arrêt. Mon addiction m'avait patiemment attendu pendant tout ce temps, comme un chien fidèle. Je n'ai rien raconté à Kathy et l'épisode m'est sorti de l'esprit. En réalité, j'attendais la prochaine occasion de recommencer, et un mois et demi plus tard elle se présenta. Kathy partit une semaine à New York rendre visite à Nicole. Sans l'influence de Kathy, seul et désœuvré, je cédai à la tentation. Sans dealer, je fis comme quand j'étais étudiant, je me rendis à Camden Market.

Au sortir de la station de métro, je sentis l'odeur du cannabis, mêlée à celle de l'encens et des oignons frits vendus sur les étals. Je marchai jusqu'au pont de Camden Lock. Et je restai planté là, bousculé au milieu du flot incessant de touristes et d'adolescents qui se traînaient sur le pont.

Je balayai la foule du regard. Aucun signe des dealers alignés autrefois le long des parapets et qui interpellaient les passants. Je remarquai deux agents de police en patrouille, immanquables avec leurs vestes jaune vif. Ils s'éloignèrent du pont pour se diriger vers la station de métro. Puis, à côté de moi, quelqu'un chuchota :

— Tu veux de la beuh, gars ?

Je baissai les yeux et vis un tout petit bonhomme. Je l'avais d'abord pris pour un enfant tant il était frêle et mince. Mais son visage ridé ressemblait à un terrain accidenté, comme un garçonnet qui aurait vieilli prématurément. Il lui manquait deux incisives au milieu et il émettait un léger sifflotement quand il parlait.

— De la beuh ? répéta-t-il.

J'acquiesçai d'un hochement de tête.

D'un geste, il m'invita à le suivre. Il se faufila dans la foule, tourna à l'angle, parcourut une ruelle, puis entra dans un vieux pub où je le suivis. Il était désert, miteux et délabré, empestait le vomi et le tabac froid.

Le dealer se campa devant le bar.

— Gissa Beer, dit-il.

Il était tout juste assez grand pour voir par-dessus. De mauvaise grâce, je lui achetai un demi. Il l'apporta jusqu'à une table dans un coin. Je m'assis face à lui. Il jeta un coup d'œil autour de nous, passa une main sous la table et me glissa un petit paquet enveloppé dans du film alimentaire. Je le payai en espèces.

Je rentrai à la maison et déballai mon achat, m'attendant un peu à avoir été escroqué, mais un effluve d'herbe familier et piquant me monta aux narines. Je contemplai les petits bourgeons marbrés d'or. Mon cœur palpita comme si je venais de retrouver un ami perdu de vue depuis longtemps ; ce qui était le cas, je suppose.

À compter de ce jour-là, je fumai à l'occasion, quand je me trouvais seul dans l'appartement pour quelques heures et que j'étais certain que Kathy n'allait pas rentrer tout de suite.

Et cette nuit-là, fatigué et frustré, constatant qu'elle était en répétition, je me roulai un joint en vitesse. Je fumai dans la salle de bains, par la fenêtre ouverte. Mais trop, et trop vite ; l'effet fut violent, comme un coup de poing entre les yeux. J'étais si défoncé que même marcher devenait difficile, je pataugeais dans la mélasse. J'effectuai mon rituel désinfectant habituel : désodorisant, brossage de dents, douche. Et je me pilotai prudemment jusqu'au salon où je m'écroulai sur le canapé.

Je cherchai du regard la télécommande de la télévision, que je finis par localiser. Elle dépassait derrière l'ordinateur portable de Kathy, ouvert sur la table basse. Je tendis le bras, mais j'étais si défoncé que je fis tomber l'ordinateur dans la manœuvre. Je le reposai, et l'écran se ralluma sur la page du compte e-mail de Kathy. Pour une raison que j'ignore, j'y jetai un œil. J'étais paralysé. La boîte de réception me fascinait tel un gouffre béant. Je n'arrivais pas à en détacher mon attention. Toutes sortes de mots me sautèrent aux yeux avant que je prenne conscience du sens du contenu : des mots comme « sexy » et « baise » dans les objets des messages, provenant pour la plupart d'un certain BADBOY22.

Si seulement je m'en étais tenu là. Si seulement je m'étais levé et étais parti. Mais je ne le fis pas.

Je cliquai sur l'e-mail le plus récent.

> Objet : Re : little miss fuck
> De : Katerama_1
> À : BADBOY22
> Je suis dans le bus. Excitée à mort.
> Je sens ton odeur sur moi. L'impression d'être une grosse chienne ! Kxx
> Envoyé depuis mon iPhone

> Objet : Re : re : re : little miss fuck
> De : BADBOY22
> À : Katerama_1
> T'es une grosse chienne ! Lol. On se voit après ? Après la répète ?

> Objet : Re : re : re : re : little miss fuck
> De : Katerama_1
> À : BADBOY22
> OK. 20h30 ? 21 ? xx

> Objet : Re : re : re : re : re : little miss fuck
> De : BADBOY22
> À : Katerama_1
> OK. On verra quand je peux partir. Je te texte.
>
> Envoyé depuis mon iPhone

Je pris l'ordinateur, le posai sur mes genoux et restai assis là, à fixer l'écran. Je ne sais pas combien de temps. Dix minutes? Vingt? Une demi-heure? Peut-être davantage. Le temps semblait s'écouler au ralenti.

J'essayai de traiter les informations que je venais de découvrir, mais l'effet du joint était encore tellement fort que je doutais de ce que j'avais vu. Était-ce réel? Ou bien était-ce une sorte de malentendu, une plaisanterie que je ne comprenais pas parce que j'avais fumé?

Je me forçai à lire un autre message.

Et encore un autre.

Je finis par lire tous les e-mails de Kathy adressés à BADBOY22. Certains tournaient autour du sexe, étaient même obscènes. D'autres étaient plus longs, écrits sur le ton de la confidence, pleins d'émotion, et elle semblait ivre. Peut-être avaient-ils été rédigés tard la nuit, après que j'étais allé au lit. Je m'imaginai endormi, Kathy à côté de moi écrivant des messages intimes à cet inconnu. Cet inconnu avec qui elle couchait.

Soudain, le temps reprit son cours. En une fraction de seconde, l'effet du joint était passé. Sensation atroce et douloureuse, j'étais dans mon état normal.

Une douleur violente me tordit l'estomac. Je vomis à côté de l'ordinateur, courus à la salle de bains.

Je tombai à genoux au pied des toilettes, et je vomis de nouveau.

Chapitre 7

— Cela me paraît assez différent de la dernière fois.

Aucune réaction.

Alicia était assise face à moi sur la chaise, la tête légèrement tournée vers la fenêtre. Elle restait parfaitement immobile, le dos droit et raide. Elle avait l'air d'une violoncelliste. Ou d'un soldat.

— Je pense à la manière dont s'est terminée la dernière séance. Quand vous m'avez attaqué physiquement et qu'on a dû vous maîtriser.

Pas de réaction. J'hésitai.

— Je me demande s'il s'agissait d'une sorte de test. Pour voir de quoi j'étais capable. Il est important que vous sachiez que je ne suis pas facilement intimidé. Je peux supporter tout ce que vous me ferez endurer.

Alicia regarda par la fenêtre le ciel gris au-delà des barreaux. J'attendis un instant, puis poursuivis :

— Et vous devez savoir autre chose, Alicia. Je suis de votre côté. Avec un peu de chance, un jour vous le croirez. Bien entendu, créer un lien de confiance demande du temps. Mon ancienne thérapeute disait que pour se sentir proche de l'autre il faut avoir vérifié à maintes reprises la réciprocité de la relation. Et cela ne se produit pas en un jour.

Alicia me fixait sans ciller, d'un regard impénétrable. Les minutes passaient. Cela ressemblait davantage à une épreuve d'endurance qu'à une séance de thérapie.

Je n'arrivais à rien, semblait-il. Peut-être toute tentative était-elle vaine ? Christian avait raison, les rats quittent le navire qui coule. Que faisais-je à me hisser sur ce bateau en plein naufrage, à me jeter contre le mât, à me préparer à la noyade ?

La réponse, bien entendu, était assise en face de moi. Selon les mots de Diomedes, Alicia était une sirène muette qui m'entraînait vers mon tragique destin.

Je fus soudain saisi d'un violent désespoir. J'avais envie de lui hurler : « Dites quelque chose ! N'importe quoi ! Mais parlez ! »

Mais je ne le fis pas. Au lieu de cela, je rompis avec les coutumes en thérapie. J'arrêtai d'avancer avec précaution et allai droit au but.

— J'aimerais discuter de votre silence. De ce qu'il signifie, de la façon dont vous le ressentez. Et en particulier de la raison pour laquelle vous avez cessé de parler.

Alicia ne me regardait pas. M'écoutait-elle au moins ?

— Une image me vient à l'esprit. Celle de quelqu'un qui se mord les poings, qui retient un hurlement, qui réprime un cri. Je me souviens qu'au début de ma thérapie j'avais beaucoup de mal à pleurer. J'avais peur de me laisser emporter par un torrent de larmes, d'être submergé. Peut-être avez-vous cette sensation ? C'est pourquoi il est important de prendre votre temps pour vous sentir en sécurité et être sûre que vous ne serez pas seule dans ce torrent, que je nage sur place ici, avec vous.

Silence.

— Je me considère comme un thérapeute relationnel. Savez-vous ce que cela signifie ?

Silence.

— Cela signifie que, pour moi, Freud s'est mépris sur certains points. Je ne crois pas qu'un thérapeute puisse être une page blanche, comme il le concevait. Nous révélons toutes sortes d'informations sur nous-mêmes sans le vouloir. J'en dis beaucoup sur moi simplement en étant assis ici. Par la couleur de mes chaussettes, la manière dont je me tiens, dont je m'exprime. Malgré tous mes efforts pour rester invisible, je vous montre qui je suis.

Alicia leva les yeux. Elle me fixa, le menton légèrement incliné. Y avait-il du défi dans ce regard ? Au moins, j'avais capté son attention. Je changeai de position sur mon siège.

— On peut se demander en quoi c'est utile. Nous pouvons passer outre, le nier et prétendre qu'il est uniquement question de vous ici. Ou nous pouvons admettre qu'il existe une relation de confiance basée sur la réciprocité, et travailler à partir de là. Alors nous pourrons commencer à avancer.

Je levai la main et fis un geste de la tête en direction de mon alliance.

— Cette bague vous indique quelque chose, n'est-ce pas ?

Les yeux d'Alicia se portèrent très lentement vers l'alliance.

— Elle vous indique que je suis marié. Que j'ai une épouse. Nous sommes mariés depuis presque neuf ans.

Pas de réaction, mais elle observait toujours la bague.

— Vous avez été mariée sept ans, je crois.

Pas de réaction.

— J'aime énormément ma femme. Vous aimiez votre mari ?

Elle braqua brutalement son regard sur moi. Nous nous dévisagions.

— L'amour possède toutes sortes de nuances, n'est-ce pas ? Du sentiment le plus noble au plus abominable. J'aime ma femme, elle s'appelle Kathy, mais parfois je suis en colère contre elle. Parfois... je la déteste.

Alicia me dévisageait toujours ; j'avais l'impression d'être un lapin pris dans les phares d'une voiture, pétrifié, incapable de bouger. L'alarme d'agression reposait sur la table, à portée de main. Je feignis de n'y prêter aucune attention.

Je savais que je devais m'interrompre, que je devais me taire, mais je ne pouvais pas m'en empêcher. Je poursuivis compulsivement.

— Et quand je dis que je la déteste, je ne dis pas que tout mon être la déteste. Seulement une partie de moi. Il s'agit de considérer les deux en même temps. Une partie de vous aimait Gabriel et une autre le détestait.

Alicia hocha la tête ; c'était un non. Un mouvement bref, mais ostensible. Enfin, une réaction. Je ressentis un soudain frisson. J'aurais dû m'en tenir là, mais je m'obstinai.

— Une partie de vous le détestait, répétai-je plus fermement.

Nouveau hochement de tête. Ses yeux me transperçaient. Elle se fâchait.

— C'est pourtant vrai, Alicia. Sinon, vous ne l'auriez pas tué.

Elle bondit de sa chaise. Je crus qu'elle allait se jeter sur moi. Inquiet, je me raidis. Mais au lieu de cela elle se dirigea vers la porte. Et la martela de ses poings.

On entendit la clé tourner dans la serrure. Yuri ouvrit et eut l'air soulagé de ne pas découvrir Alicia en train de m'étrangler au sol. Elle passa à côté de lui et se précipita dans le couloir.

— Doucement, ralentis, ma grande, lui dit-il.

Il tourna la tête vers moi.

— Tout va bien ? Que s'est-il passé ?

Je ne répondis pas. Il me regarda bizarrement et s'en alla. Je me retrouvai seul.

J'étais furieux contre moi-même. *Idiot. Espèce d'idiot.* Mais qu'avais-je fait ? Je l'avais poussée trop loin, trop violemment, trop tôt. Je manquais affreusement de professionnalisme, sans parler de mon incompétence crasse. Cela en disait bien davantage sur mon état psychique que sur le sien.

Elle avait cet effet sur les autres. Son silence agissait comme un miroir, vous renvoyait votre image.

Et souvent, celle-ci n'était pas belle à voir.

Chapitre 8

Nul besoin d'être psychothérapeute pour soupçonner Kathy d'avoir laissé son ordinateur ouvert, au moins inconsciemment, afin que je découvre son infidélité.
Voilà qu'à présent c'était chose faite. À présent je savais.
Je ne lui avais pas parlé depuis la veille au soir. J'avais feint le sommeil à son retour et quitté l'appartement le matin avant qu'elle ne se réveille. Je l'évitais. Je m'évitais. J'étais en état de choc. Je savais que je devais être honnête avec moi-même. Sinon, je risquais de me perdre. *Ressaisis-toi*, me marmonnai-je en roulant un joint. Je fumai par la fenêtre puis, une fois défoncé, j'allai dans la cuisine me servir un verre de vin.
Qui me glissa des mains. Je tentai de le rattraper, mais parvins seulement à enfoncer mes doigts dans un éclat de verre quand il se fracassa sur la table et m'écorchai un doigt.
Soudain, il y avait du sang partout. Le long de mon bras ; sur les débris épars ; mêlé au vin blanc sur la table. Je découpai tant bien que mal une feuille d'essuie-tout et pansai mon doigt bien serré pour arrêter le saignement. Je tins ma main au-dessus de ma tête et observai le filet rouge ruisseler sur ma peau, imitant les motifs des veines.
Je pensai à Kathy.
C'était vers elle que je me tournais dans les moments de crise – quand j'avais besoin de compassion, de réconfort ou

de quelqu'un pour m'embrasser et me consoler. Je voulais qu'elle s'occupe de moi. Je songeai aussitôt à l'appeler, mais j'imaginai une porte qui se refermait vivement, claquait, l'enfermant, hors de ma portée. Kathy était partie, je l'avais perdue. Je voulais pleurer, mais je n'y parvenais pas. J'étais bloqué, plein de boue et de fumier.

Je me répétais : « *Merde, merde.* »

J'eus soudain conscience du tic-tac de la pendule. Il semblait plus fort. J'essayai de me concentrer sur le son et d'empêcher mes pensées de tournoyer : tic, tac, tic, tac, tic, tac, mais le chœur de voix dans ma tête s'intensifiait et refusait de se taire. Bien entendu, cela devait arriver, elle finirait par être infidèle, c'était inévitable. Je n'avais jamais été assez bien pour elle, j'étais un bon à rien, j'étais laid, je ne valais rien, je n'étais rien. C'était inévitable, elle finirait par se lasser complètement. Je ne la méritais pas, je ne méritais rien. Et cela continuait sans fin, ces pensées horribles me pilonnaient les unes après les autres.

Je la connaissais donc si peu ? Ces e-mails prouvaient que j'avais vécu avec une étrangère. Et, à présent, je voyais la vérité en face. Kathy ne m'avait pas sauvé, elle était incapable de sauver qui que ce soit. Ce n'était pas une héroïne admirable, juste une fille effrayée, paumée, une menteuse infidèle. Le mythe que j'avais bâti, ce « nous », nos espoirs et nos rêves, inclinations et aversions, nos projets d'avenir ; une vie qui semblait si stable, si rassurante, s'effondrait en quelques secondes tel un château de cartes soufflé par un courant d'air.

Je repensai à cette chambre glaciale à l'université, il y avait si longtemps, quand j'avais ouvert les boîtes de paracétamol d'une main maladroite et engourdie. Ce même engourdissement me paralysait, ce même désir de me recroqueviller et de mourir. Je pensai à ma mère. Pouvais-je l'appeler ? Me tourner vers elle dans ce moment de désespoir, où j'avais besoin d'être secouru ? Je l'imaginai décrocher le téléphone, la voix plus ou moins tremblante en fonction de l'humeur de mon père et selon qu'elle avait bu ou non. Elle m'écouterait peut-être avec bienveillance, mais elle serait ailleurs, à l'affût du moindre changement d'humeur de mon père. Comment pouvait-elle m'aider ? Comment un rat qui se noie peut-il en sauver un autre ?

Il fallait que je sorte. J'étouffais dans cet appartement, avec ces lys nauséabonds. J'avais besoin de prendre l'air.

Je sortis. J'enfonçai les mains dans mes poches et marchai tête baissée. J'arpentai les rues, sans but. Je revenais sans cesse sur notre relation, scène par scène, je l'examinais, la retournais, à la recherche d'indices. Je me remémorais les motifs de disputes non résolues, les absences inexpliquées et les fréquents retards. Mais je me souvenais aussi des gestes gentils, des petits mots tendres qu'elle me laissait dans des endroits inattendus, des moments de tendresse et d'amour visiblement sincères. Comment était-ce possible ? Avait-elle joué la comédie tout ce temps ? M'avait-elle jamais aimé ?

Je me souvins du léger doute que j'avais eu en rencontrant ses amis. Ils étaient tous comédiens. Bruyants, narcissiques, prétentieux, ils parlaient sans cesse d'eux-mêmes et de gens que je ne connaissais pas. J'étais soudain de retour à l'école primaire, hésitant, seul, en marge de la cour de récréation à regarder jouer les autres enfants. J'étais parvenu à me convaincre que Kathy ne leur ressemblait pas, mais je m'étais mépris. Si j'avais fait leur connaissance le soir où je l'avais rencontrée dans le bar, me l'auraient-ils rendue désagréable ? Je ne crois pas. Rien n'aurait pu empêcher notre union : dès le moment où j'avais posé les yeux sur elle, mon sort était scellé.

Que devais-je faire ?

La mettre au pied du mur, bien sûr. Lui dire tout ce que j'avais lu. D'abord, elle nierait, puis constaterait l'inutilité du mensonge et finirait par avouer, par se prosterner, frappée de remords. Elle implorerait forcément mon pardon, n'est-ce pas ?

Et si elle n'en faisait rien ? Si elle me méprisait ? Si elle riait, tournait les talons et s'en allait ? Qu'adviendrait-il alors ?

De nous deux, j'étais celui qui avait le plus à perdre, c'était une évidence. Kathy survivrait, elle aimait répéter qu'elle était aussi résistante qu'un clou. Elle se relèverait, s'en remettrait et m'oublierait. Mais moi je ne l'oublierais pas. Comment le pourrais-je ? Sans elle, je reviendrais à cette existence vide et solitaire que j'avais endurée avant. Je ne rencontrerais plus jamais de femme comme elle, je n'aurais plus jamais cette complicité avec personne, je n'aurais plus de sentiments de cette profondeur pour aucun être humain. Elle n'était pas l'amour de ma vie, elle était ma vie. Et je n'étais pas prêt à l'abandonner. Pas encore. Même si elle m'avait trahi, je l'aimais encore.

Peut-être étais-je fou, après tout ?

Au-dessus de ma tête, un oiseau solitaire poussa un cri perçant qui me fit sursauter. Je m'arrêtai et regardai autour de moi. J'avais marché bien plus loin que je ne pensais. Je découvris avec surprise l'endroit où mes pas m'avaient mené. J'étais arrivé à quelques rues de chez Ruth.

Sans en avoir l'intention, inconsciemment, je m'étais dirigé vers mon ancienne thérapeute dans un moment difficile, comme je l'avais fait tant de fois par le passé. Envisager d'aller sonner à sa porte pour chercher du secours témoignait de la profondeur de ma détresse.

Et pourquoi pas ? me dis-je soudain. Oui, ce comportement n'était pas professionnel, il était même très incorrect, mais j'étais désespéré et j'avais besoin d'aide. Et avant même que je m'en aperçoive, je me tenais devant sa porte verte, bras tendu, appuyant sur la sonnette.

Ruth mit un petit moment à arriver. La lumière s'alluma dans l'entrée, puis elle ouvrit, sans ôter la chaîne.

Elle jeta un coup d'œil par l'ouverture. Elle avait vieilli. Elle devait avoir quatre-vingts ans à présent. Elle était plus petite, plus frêle que dans mon souvenir, et légèrement voûtée. Elle portait un cardigan gris et une chemise de nuit rose pâle.

— Bonsoir, dit-elle d'un ton inquiet. Qui est là ?

— Bonsoir, Ruth, répondis-je en m'avançant vers la lumière.

Elle me reconnut et eut l'air surpris.

— Theo ? Mais qu'est-ce qui...

Elle remarqua le pauvre bandage improvisé autour de mon doigt d'où filtrait le sang.

— Tu vas bien ?

— Pas vraiment. Puis-je entrer ? Je... J'ai besoin de vous parler.

Elle n'hésita pas une seule seconde, elle parut seulement inquiète.

— Bien sûr. Entre.

Elle décrocha la chaîne et ouvrit la porte.

J'entrai.

Chapitre 9

— Veux-tu une tasse de thé ? me demanda-t-elle en me conduisant au salon.

La pièce n'avait pas changé, elle était telle que je me la rappelais : le tapis, les lourds rideaux, la pendule en argent sur la tablette de la cheminée, le fauteuil, le canapé bleu fané. Je me sentis aussitôt rassuré.

— Pour être franc, je supporterais quelque chose de plus fort, répondis-je.

Ruth me lança un bref regard, perçant, mais ne fit aucun commentaire. Et ne refusa pas non plus, comme je m'y attendais presque.

Elle me versa un verre de sherry, qu'elle me tendit. Je m'assis sur le canapé. Par habitude, je choisis l'endroit où je m'étais toujours installé pendant la thérapie, à l'extrémité gauche, le bras sur l'accoudoir. Le tissu sous mes doigts était élimé d'avoir été frotté par une multitude de patients angoissés, moi y compris.

Je bus une petite gorgée de sherry. Il était chaud, sucré et un peu écœurant, pourtant je l'avalai d'un seul trait, conscient que Ruth m'observait, de manière éloquente mais ni pesante ni pénible. En vingt ans, je ne m'étais jamais senti mal à l'aise avec elle. Je ne repris la parole qu'après avoir bu ma dernière gorgée.

— C'est une impression bizarre, d'être assis ici, un verre à la main. Je sais que vous n'avez pas l'habitude d'offrir à boire à vos patients.

— Tu n'es plus mon patient. Simplement un ami. Et à te voir, tu as besoin d'une amie, dit-elle d'une voix douce.

— J'ai l'air si mal en point ?

— Je crains que oui. Et ce doit être sérieux, sinon tu ne te serais pas invité comme ça, à 22 heures.

— Vous avez raison. Il m'a semblé... Il m'a semblé que je n'avais pas le choix.

— De quoi s'agit-il, Theo ? Que se passe-t-il ?

— Je ne sais pas comment vous le dire. Je ne sais pas par où commencer.

— Pourquoi pas par le début ?

J'acquiesçai d'un mouvement de tête. Je pris une grande inspiration, et me lançai. Je lui racontai ce qui s'était produit. Je lui dis que j'avais recommencé à fumer de l'herbe, que je l'avais fait en cachette et que ça m'avait conduit à découvrir les e-mails de Kathy et son aventure. Je parlais vite, sans reprendre mon souffle, impatient de m'épancher auprès d'elle. J'avais l'impression d'être en confession.

Ruth écouta jusqu'au bout sans m'interrompre. L'expression de son visage était difficile à déchiffrer. Enfin, elle dit :

— Je suis vraiment désolée que ce soit arrivé, Theo. Je sais combien Kathy compte pour toi. Combien tu l'aimes.

— Oui. J'aime...

Ma phrase resta inachevée, j'étais incapable de prononcer son prénom.

Ma voix tremblait. Ruth le perçut et poussa vers moi la boîte de mouchoirs. Autrefois, ce geste m'énervait ; je l'accusais d'essayer de me faire pleurer. Elle y parvenait, en général. Mais cette nuit-là, cela n'eut aucun effet. Cette nuit-là, mes larmes étaient gelées. Un réservoir de glace.

Quand j'ai rencontré Kathy, je voyais Ruth depuis longtemps et j'ai poursuivi la thérapie durant les trois premières années de notre relation. Je me souviens du conseil qu'elle m'avait donné lorsque Kathy et moi nous sommes mis ensemble. Elle m'avait dit : « Le choix d'un amant et le choix d'un thérapeute sont deux processus assez proches. On doit se demander : est-ce que cette personne sera honnête avec moi, écoutera les critiques, admettra avoir commis des erreurs et ne promettra pas l'impossible ? »

Je m'en étais ouvert à Kathy quand elle avait suggéré que nous concluions un pacte. Nous avions juré de ne jamais nous mentir. De ne jamais faire semblant. D'être toujours sincères.

— Que s'est-il passé ? Qu'est-ce qui n'a pas marché ? lui demandai-je.

Ruth hésita. Et ce qu'elle dit me surprit.

— Je suppose que tu connais la réponse à cette question. Si tu veux bien l'admettre.

— Je ne sais pas, dis-je en secouant la tête. Je ne sais pas.

Je me retranchai dans un mutisme indigné. Et pourtant, j'imaginai soudain Kathy en train de rédiger tous ces e-mails, je me rappelai leur contenu passionné, fort ; comme si le simple fait de les écrire l'enivrait, du fait de la nature secrète et clandestine de sa relation avec cet homme. Elle aimait mentir et tromper ; c'était comparable au jeu d'acteur, mais dans la vie réelle.

— Je pense qu'elle s'ennuie, admis-je enfin.

— Qu'est-ce qui te fait dire ça ?

— Son besoin d'action. De passion. Elle en a toujours eu besoin. Elle s'est plainte à une période où, je suppose, nous ne nous amusions plus, elle m'a reproché d'être en permanence stressé, de trop travailler. On s'est disputés à ce sujet récemment. Elle me rebattait les oreilles avec son « feu d'artifice ».

— Feu d'artifice?
— Comme s'il n'y en avait pas. Entre nous.
— Ah, je vois. Nous en avons parlé autrefois. N'est-ce pas?
— De feux d'artifice?
— D'amour. Du fait que l'on confond souvent amour et feu d'artifice, passion et dysfonctionnement. Mais le véritable amour est très calme, très tranquille. Il est ennuyeux, comparé au tumulte de la passion. L'amour est profond, calme, et constant. J'imagine que tu donnes de l'amour à Kathy, au vrai sens du terme. Qu'elle soit capable ou non de te le rendre est une autre question.

Je regardai la boîte de mouchoirs posée sur la table devant moi. Je devinai où Ruth voulait en venir, et cela ne me plaisait pas. Je tentai de la détourner de son but.

— Les torts sont partagés. Je lui ai menti aussi. À propos de l'herbe, argumentai-je.

Elle eut un sourire triste.

— Je ne sais pas si trahir avec constance un autre être humain sur le plan sexuel et affectif se situe au même niveau que fumer un joint de temps en temps. Je pense que cela correspond à deux sortes d'individus. Quelqu'un capable de mentir de manière répétée, et de mentir avec talent, qui peut tromper son partenaire sans ressentir aucun remords.

— Vous n'en savez rien, protestai-je d'un ton aussi pitoyable que mon état d'esprit. Elle se sent peut-être très mal.

Mais, même en prononçant ces mots, je n'y croyais pas. Et Ruth non plus.

— Je ne pense pas. Je pense que son comportement suggère qu'elle est perturbée, qu'elle manque d'empathie, d'intégrité et même de simple gentillesse. Toutes ces qualités dont tu débordes.

Je hochai la tête.

— C'est faux.

— C'est vrai, Theo.

Elle hésita.

— Tu ne crois pas que tu as déjà connu cette situation ?

— Avec Kathy ?

— Je ne parle pas d'elle. Je parle de tes parents. Quand tu étais plus jeune. N'y a-t-il pas un scénario de l'enfance que tu reproduirais ?

— Non. Ce qui se passe avec Kathy n'a rien à voir avec mon enfance.

— Ah, vraiment ? répondit Ruth d'un ton sceptique. Essayer de contenter une personne imprévisible, indisponible sur le plan affectif, insensible, méchante, essayer de la rendre heureuse, de gagner son amour, n'est-ce pas une vieille histoire, Theo ? Une histoire qui t'est familière ?

Je serrai les poings et ne répondis pas. Ruth poursuivit, hésitante.

— Je sais combien tu es triste. Mais je veux que tu envisages l'idée d'avoir déjà ressenti cette tristesse bien avant de rencontrer Kathy. C'est une tristesse que tu portes en toi depuis longtemps. Tu sais, Theo, l'une des choses les plus difficiles à admettre est qu'on n'a pas été aimé quand on en avait le plus besoin. C'est un sentiment horrible, la douleur de ne pas être aimé.

Elle avait raison, bien entendu. J'avais tâtonné pour trouver les mots justes avec lesquels exprimer cet obscur sentiment de trahison au fond de moi, la terrible et sourde douleur ; et en entendant Ruth dire : « la douleur de ne pas être aimé », je voyais à quel point cela envahissait ma conscience et représentait à la fois l'histoire de mon passé, de ma vie présente et de ma vie à venir. Il ne s'agissait pas uniquement de Kathy : il s'agissait de mon père et de mon sentiment d'abandon dans l'enfance, de la douleur causée par tout ce que je n'avais jamais eu et qu'au fond de moi je croyais encore ne jamais recevoir. Et Ruth affirmait que j'avais choisi Kathy à cause de cela. Quel meilleur moyen de prouver que mon père avait raison, que j'étais un moins que rien et indigne d'amour, sinon de courir après quelqu'un qui ne m'aimerait jamais ?

J'enfouis ma tête entre mes mains.

— Alors, tout cela était inévitable ? C'est ce que vous dites ? Je me suis tendu un piège ? C'est sans espoir ?

— Ce n'est pas sans espoir. Tu n'es plus un petit garçon à la merci de son père. Tu es un homme, et maintenant tu as le choix. Sers-t'en comme d'une preuve supplémentaire de ta nullité, ou romps avec le passé. Libère-toi d'une répétition sans fin.

— Comment faire ? À votre avis, je devrais la quitter ?

— C'est une situation très difficile.

— Mais vous pensez que je devrais partir, n'est-ce pas ?

— Tu es arrivé trop loin, et tu as travaillé trop dur pour retourner à une vie de malhonnêteté, de déni et de maltraitance affective. Tu mérites quelqu'un qui te traite mieux, beaucoup mieux.

— Dites-le Ruth. Dites-le. Vous pensez que je devrais partir.

Ruth me regarda droit dans les yeux. Elle soutint mon regard.

— Je pense que tu « dois » partir. Et je ne dis pas cela en tant qu'ancienne thérapeute, mais en tant que vieille amie. Je pense que tu ne pourrais pas revenir, même si tu le voulais. Cela pourrait durer un temps, peut-être, mais, dans quelques mois, un autre événement se produira et tu te retrouveras sur ce canapé. Sois honnête avec toi-même, Theo. Au sujet de Kathy et de cette situation. Et toutes les relations construites sur le mensonge te seront épargnées. Souviens-toi qu'un amour dénué d'honnêteté ne mérite pas le nom d'amour.

Je soupirai, abattu, déprimé et épuisé.

— Merci Ruth, pour votre honnêteté. Ça compte beaucoup pour moi.

Sur le pas de la porte, elle me serra dans ses bras. Elle ne l'avait jamais fait auparavant. Elle était frêle ; ses os étaient extrêmement fins. Je humai son léger parfum fleuri et celui de la laine de son cardigan et, encore une fois, j'eus envie de pleurer. Mais je ne versai pas une larme, ou j'en fus incapable.

Je m'éloignai sans me retourner.

Je pris le bus pour rentrer. Assis près de la fenêtre, je regardai le paysage en pensant à Kathy, à sa peau blanche et à ses magnifiques yeux verts. J'étais envahi par l'envie du goût sucré de ses lèvres, de sa douceur. Mais Ruth avait raison. Un amour sans honnêteté ne mérite pas le nom d'amour.

Je devais rentrer et mettre Kathy au pied du mur.

Je devais la quitter.

Chapitre 10

Quand j'arrivai à la maison, Kathy était déjà rentrée. Elle rédigeait un texto, assise sur le canapé.
— Où tu étais ? me demanda-t-elle sans lever les yeux.
— Parti faire un tour. Comment s'est passée la répétition ?
— Bien. Fatigante.
Je l'observai en train d'écrire, m'interrogeai sur l'identité du destinataire. C'était maintenant que je devais parler. *Je sais que tu as une aventure, je veux divorcer.* J'ouvris la bouche. Mais je me découvris muet. Et avant que je ne recouvre la voix, Kathy avait pris les devants. Elle cessa de tapoter et posa son portable.
— Theo, il faut qu'on parle.
— De quoi ?
— Tu n'as rien à me dire ?
Son ton était sévère. J'évitai de la regarder, au cas où elle aurait pu lire dans mes pensées. Je me sentais honteux et crapuleux, comme si c'était moi qui cachais un secret coupable.
Et avec raison, du point de vue de Kathy. Elle passa la main derrière le canapé et en retira quelque chose. Tout d'un coup, mon cœur se serra. Elle tenait le petit bocal où je rangeais l'herbe. J'avais oublié de le replacer dans sa cachette dans la chambre d'amis après m'être écorché le doigt.
— Qu'est-ce que c'est ? demanda-t-elle en brandissant l'objet.

— De l'herbe.
— Je le vois bien. Qu'est-ce qu'elle fait là ?
— J'en ai acheté. J'en avais envie.
— Envie de quoi ? De te défoncer ? Tu es sérieux ?

Je haussai les épaules, évitant son regard comme un vilain garçon.

Kathy secouait la tête, indignée.

— Enfin, merde, je veux dire, bon sang. Parfois je me dis que je ne te connais pas du tout.

J'aurais voulu la frapper. La piétiner et la marteler de mes poings. Je voulais démolir la pièce, fracasser les meubles contre les murs. Je voulais pleurer, hurler et m'enfouir dans ses bras.

Mais je ne fis rien de tout cela. Je finis par dire :
— Allons nous coucher.

Puis je quittai la pièce.

Nous nous couchâmes en silence. Allongé dans le noir à côté d'elle, je restai éveillé pendant des heures. Je sentais la chaleur de son corps, je la contemplai dans son sommeil.

Je voulais lui demander : « Pourquoi n'es-tu pas venue vers moi ? Pourquoi ne m'as-tu pas parlé ? J'étais ton meilleur ami. Si tu avais dit même seulement un mot, nous aurions pu résoudre le problème. Mais pourquoi ne m'as-tu pas parlé ? Je suis là. Je suis juste à côté de toi. »

Je voulais tendre le bras et l'attirer vers moi. Je voulais la serrer contre moi. Mais c'était impossible. Kathy était partie. La personne que j'aimais tant avait disparu pour toujours, remplacée par cette étrangère.

Un sanglot s'éleva du fond de ma gorge. Enfin, les larmes vinrent, coulèrent le long de mes joues.

En silence, dans le noir, je pleurai.

Le lendemain matin, nous nous levâmes et accomplîmes le rituel habituel. Elle alla dans la salle de bains pendant que je préparais le café. Quand elle revint dans la cuisine, je lui en tendis une tasse.

— Tu as fait des bruits bizarres cette nuit. Tu parlais dans ton sommeil, me dit-elle.

— Et qu'ai-je dit?

— Je ne sais pas. Rien. Ça n'avait ni queue ni tête. Tu avais sans doute trop fumé.

Elle me lança un regard méprisant, puis consulta sa montre.

— Il faut que j'y aille. Je vais être en retard.

Elle termina son café, posa la tasse dans l'évier, puis me donna un bref baiser sur la joue. Le contact de ses lèvres me fit presque tressaillir.

Après son départ, je pris une douche. J'augmentai la température jusqu'à ce que le jet devienne presque bouillant. L'eau cinglait mon visage en pleurs. Brûlante, elle emportait mes larmes enfantines. En me séchant, j'aperçus mon reflet dans le miroir. J'eus un choc. J'étais blême, ratatiné, j'avais pris trente ans en une nuit. Je ressemblais à un vieillard exténué, ma jeunesse s'était évaporée.

C'est à ce moment-là que je pris une décision.

Quitter Kathy reviendrait à m'arracher un membre. Je n'étais tout simplement pas prêt à me mutiler de cette manière. Peu importait l'avis de Ruth. Elle n'était pas infaillible. Kathy n'était pas mon père, et je n'étais pas condamné à reproduire le passé. Je pouvais changer l'avenir. Kathy et moi avions été heureux ; nous pouvions l'être de nouveau. Peut-être un jour m'avouerait-elle tout, et je lui pardonnerais. Nous résoudrions la crise.

Je ne laisserais pas partir Kathy. Je ne dirais rien. Je ferais comme si je n'avais jamais lu ces e-mails. Et, d'une manière ou d'une autre, j'oublierais. J'enterrerais l'incident.

Je n'avais pas d'autre choix que d'avancer. Je refusais d'abdiquer. Je refusais de craquer et de m'effondrer.

Après tout, je n'étais pas le seul dont je devais me soucier. Qu'adviendrait-il des patients dont je m'occupais ? Certaines personnes comptaient sur moi.

Je ne pouvais pas les abandonner.

Chapitre 11

— Je cherche Elif. Tu sais où je peux la trouver? demandai-je à Yuri.
— Pour une raison en particulier? s'étonna-t-il.
— Juste pour lui dire bonjour. Je veux rencontrer tous les patients, qu'ils sachent qui je suis, que je suis là.
Yuri eut l'air dubitatif.
— D'accord. Mais ne le prends pas pour toi si elle n'est pas vraiment réceptive.
Il jeta un coup d'œil à l'horloge sur le mur.
— Il est 8 h 30, donc elle sort tout juste de sa séance de thérapie. Le plus probable, c'est qu'elle est dans la salle de jeu.
— Merci.
La salle consistait en une vaste pièce circulaire meublée de canapés usés, de tables basses et d'une étagère remplie de livres tout déchirés que personne n'avait envie de lire. Elle sentait le vieux thé et la fumée de cigarette qui avait bruni les tissus d'ameublement. Dans un coin, deux patientes jouaient au backgammon. Elif était seule à la table de billard. J'approchai, souriant.
— Bonjour, Elif.
Elle leva des yeux effrayés et méfiants.
— Quoi?

— Ne t'inquiète pas, tout va bien. Je veux juste discuter une minute.

— Vous êtes pas mon docteur. J'en ai déjà un.

— Je ne suis pas médecin. Je suis psychothérapeute.

— J'en ai un aussi, grogna-t-elle avec mépris.

Je souris de nouveau, secrètement soulagé qu'elle soit la patiente d'Indira et non la mienne. De près, elle était encore plus intimidante. Cela ne s'arrêtait pas à son impressionnante stature. La rage était gravée sur son visage – une mine renfrognée en permanence et des yeux marron furieux, un regard de déséquilibrée, de toute évidence. Elle dégageait un relent de sueur et de tabac à rouler qui colorait en noir le bout de ses doigts et en jaune foncé ses ongles et ses dents.

— Je voulais juste te poser deux questions, si tu veux bien. À propos d'Alicia.

Elle grimaça, tapa la queue contre la table, puis entreprit de disposer les boules pour une nouvelle partie. Mais elle s'interrompit. Elle resta immobile, l'air distraite, silencieuse.

— Elif? l'interpellai-je.

Elle ne répondit pas. Je devinais à son expression que quelque chose la perturbait.

— Tu entends des voix, Elif?

Regard méfiant. Haussement d'épaules.

— Que disent-elles?

— Que je peux pas vous faire confiance. De faire attention.

— Je vois. C'est vrai. Tu ne me connais pas, alors c'est prudent de ne pas me faire confiance. Pas encore. Peut-être qu'avec le temps ça changera.

Elle semblait douter.

Je hochai la tête en direction de la table de billard.

— Tu veux faire une partie?

— Non.

— Pourquoi pas?

— L'autre queue est cassée. Ils l'ont pas encore remplacée.
— Mais je peux peut-être me servir de la tienne.

La queue était posée sur la table. Je me penchai pour la saisir ; elle l'éloigna.

— C'est ma queue, merde ! T'as qu'à t'en trouver une !

Je reculai, troublé par la férocité de sa réaction. Elle tira avec une force considérable. Je l'observai jouer un moment. Puis je retentai ma chance.

— Je me demandais si tu pourrais me parler un peu de ce qu'il s'est passé juste après l'admission d'Alicia au Grove. Tu t'en souviens ?

Elle hocha la tête. Je poursuivis.

— J'ai lu dans son dossier qu'il y avait eu une altercation à la cantine. Tu as été la cible d'une agression ?

— Oh, ouais, ouais, quand elle a essayé de me tuer, c'est ça ? Elle a essayé de me couper la gorge.

— D'après les notes de transmission, une infirmière t'a vue murmurer quelque chose à Alicia avant l'agression. Je me demande ce que c'était.

— Non, répondit Elif en hochant furieusement la tête. J'ai rien dit.

— Je n'insinue pas que tu l'as provoquée. Je suis juste curieux. Qu'est-ce que tu as dit ?

— Je lui ai demandé quelque chose, et alors ?

— Qu'est-ce que tu as demandé ?

— Je lui ai demandé s'il le méritait.

— Qui ?

— Lui. Son mec.

Elif sourit – bien que la mimique ne tînt pas vraiment du sourire, mais plutôt de la grimace.

— Tu veux dire, son mari ?

J'hésitai, ne sachant pas si j'avais bien compris.

— Tu as demandé à Alicia si son mari méritait d'être tué ?

Elle acquiesça et joua un coup.

— Et je lui ai demandé quelle tête il avait. Quand elle lui a tiré dessus et que son crâne s'est cassé et que sa cervelle a volé partout.

Elle se mit à rire.

Je fus soudain saisi d'un frisson de dégoût, semblable, sans doute, à celui d'Alicia ce jour-là. Elif éveillait en vous de la répulsion et de la haine ; c'était sa pathologie, ce que sa mère lui avait fait ressentir pendant la petite enfance. Qu'elle était abominable et répugnante. Ainsi, Elif usait inconsciemment de la provocation pour qu'on la déteste, et la plupart du temps elle y parvenait.

— Comment ça se passe maintenant ? Est-ce qu'Alicia et toi vous entendez bien ? lui demandai-je.

— Oh, ouais, mon pote. On est très proches. Les meilleures amies du monde.

Elle rit de nouveau. Avant que je puisse réagir, je sentis mon portable vibrer dans ma poche. Je l'en sortis. Je ne reconnus pas le numéro.

— Je dois répondre. Merci. Tu m'as beaucoup aidé.

Elif grommela des mots inintelligibles et retourna à sa partie.

J'entrai dans le couloir et pris mon appel.

— Allô ?

— Vous êtes Theo Faber ?

— Lui-même. Et vous êtes ?

— Max Berenson à l'appareil. Je vous rappelle.

— Oh, oui. Bonjour. Merci de me rappeler. Je me demandais si nous pourrions avoir une conversation au sujet d'Alicia.

— Pourquoi ? Que s'est-il passé ? Quelque chose ne va pas ?

— Non. Enfin, pas exactement. Je suis son psychothérapeute, et je voulais vous poser quelques questions à son sujet. Au moment qui vous conviendra.

— J'imagine que nous ne pouvons pas parler au téléphone ? Je suis assez occupé.

— Je préférerais vous parler en personne, si c'est possible.

Il soupira et marmonna quelque chose à quelqu'un.

— Demain soir, à 19 heures, à mon bureau.

J'étais sur le point de demander l'adresse, mais il raccrocha.

Chapitre 12

La réceptionniste de Max Berenson avait un rhume carabiné. Elle attrapa un mouchoir en papier, se moucha et me fit signe d'attendre.

— Il est au téléphone. Il sera là dans une minute.

Je hochai la tête et m'installai dans la salle d'attente meublée de quelques chaises inconfortables au dossier droit et d'une table basse garnie de magazines obsolètes. Toutes les salles d'attente se ressemblent, songeai-je. J'aurais aussi bien pu me trouver dans celle d'un médecin, ou d'un directeur de pompes funèbres.

La porte, de l'autre côté de la pièce, s'ouvrit. Max Berenson sortit de son bureau et m'invita à entrer. Il disparut à l'intérieur. Je me levai et le rejoignis.

Je m'attendais au pire, étant donné ses manières abruptes au téléphone. Mais, à ma grande surprise, il commença par des excuses.

— Je suis désolé si je vous ai paru sec tout à l'heure. La semaine a été longue et je ne me sens pas dans mon assiette. Voulez-vous vous asseoir ?

Je m'assis sur la chaise de l'autre côté de son bureau.

— Merci d'avoir accepté de me recevoir.

— Eh bien, je me suis d'abord demandé si je devais. J'ai cru que vous étiez un journaliste décidé à me soutirer des informations sur Alicia. Mais ensuite j'ai téléphoné au Grove et vérifié si vous y travailliez.

— Je vois. Cela se produit souvent ? Avec les journalistes, je veux dire ?

— Pas récemment. Autrefois c'était fréquent. J'ai appris à rester sur mes gardes.

Il allait ajouter quelque chose, mais un éternuement le surprit. Il attrapa une boîte de mouchoirs.

— Excusez-moi, toute la famille est enrhumée.

Il se moucha. Je l'observai de plus près. À la différence de son frère cadet, Max Berenson n'était pas bel homme. Il était imposant, dégarni, et avait le visage constellé de cicatrices d'acné. Il portait une eau de Cologne démodée au parfum épicé, le genre qu'utilisait mon père. Son bureau présentait ce même esprit traditionnel et il y régnait l'odeur rassurante des livres, et des meubles en bois et en cuir. La pièce n'aurait pas pu différer davantage du monde où évoluait Gabriel ; un monde de couleur où la beauté existait pour le simple plaisir de la beauté. De toute évidence, les deux frères ne se ressemblaient en rien.

Une photographie encadrée de Gabriel était posée sur le bureau. Un cliché pris sur le vif. Peut-être par Max ? On y voyait Gabriel, assis sur une barrière dans un champ, les cheveux au vent, un appareil photo pendu à un cordon autour du cou. Il ressemblait davantage à un acteur qu'à un photographe. Ou à un acteur interprétant un photographe.

Max surprit mon regard et hocha la tête comme s'il lisait dans mes pensées.

— Mon frère a hérité des cheveux et de la beauté. Moi, du cerveau, dit-il en riant. Je plaisante. En réalité, j'ai été adopté. Nous n'étions pas du même sang.

— Je l'ignorais. Avez-vous été adoptés tous les deux ?

— Non, seulement moi. Nos parents croyaient ne pas pouvoir avoir d'enfants. Mais peu après m'avoir adopté, ils ont conçu Gabriel. C'est assez fréquent apparemment. Ça serait lié au relâchement du stress.

— Étiez-vous proches, Gabriel et vous ?

— Plus proches que la moyenne. Même s'il était au centre de l'attention, bien entendu. Il m'éclipsait.

— Pourquoi ?

— Eh bien, le contraire aurait été difficile. Gabriel était spécial, même enfant.

Max semblait avoir la manie de jouer avec son alliance. Il la faisait constamment tourner autour de son doigt quand il parlait.

— Gabriel traînait son appareil partout. Et il prenait des photos. Mon père le pensait fou. En fait, mon frère était une sorte de génie. Vous connaissez son travail ?

Je lui souris d'un air entendu. Je n'avais pas envie de discuter des mérites de Gabriel en tant que photographe. J'orientai la conversation vers Alicia.

— Vous devez l'avoir assez bien connue.

— Alicia ? Je devrais ?

À la mention de son nom, un changement s'opéra en lui. Sa chaleur disparut. Le ton de sa voix devint froid.

— Je ne sais pas si je peux vous être utile. Ce n'est pas moi qui l'ai représentée lors du procès. Je peux vous mettre en relation avec mon collègue, Patrick Doherty, si vous voulez les détails du procès.

— Ce n'est pas le genre d'information que je recherche.

— Non ? En tant que psychothérapeute, ce ne serait donc pas l'usage de rencontrer l'avocat d'une patiente ?

— Pas si la patiente peut parler, non.

Il sembla réfléchir.

— Je vois. Eh bien, comme je vous l'ai dit, je ne sais pas si je peux vous être utile, alors…

— J'ai juste deux questions.
— D'accord. Allez-y.
— Je me souviens avoir lu dans la presse à l'époque que vous aviez vu Gabriel et Alicia la veille du meurtre.
— Oui, nous avons dîné ensemble.
— Comment étaient-ils ?

Max parut excédé. Probablement lui avait-on posé la question des centaines de fois. Il répondit de manière automatique, sans réfléchir.

— Comme à l'ordinaire. Parfaitement normaux.
— Et Alicia ?
— Égale à elle-même, répondit-il en haussant les épaules. Peut-être un peu plus nerveuse que d'habitude, mais…
— Mais ?
— Rien.

Je sentais qu'il y avait autre chose. J'attendis. Après un petit moment, Max reprit :

— Je ne sais pas ce que vous avez déjà appris sur leur relation.
— Seulement ce que j'ai lu dans les journaux.
— Et qu'avez-vous lu ?
— Qu'ils étaient heureux.

Max sourit froidement.

— Oh, ils étaient heureux. Gabriel faisait tout ce qu'il pouvait pour la rendre heureuse.
— Je vois.

Mais je ne voyais pas. J'ignorais où il voulait en venir. Je devais avoir l'air perplexe, parce qu'il ajouta :

— Je ne vais pas entrer dans les détails. Si vous cherchez des ragots, parlez à Jean-Félix, pas à moi.
— Jean-Félix ?
— Jean-Félix Martin. Son galeriste. Ils se connaissaient depuis des années. Ils étaient comme larrons en foire. Pour être honnête, je ne l'ai jamais beaucoup apprécié.

— Ce ne sont pas les ragots qui m'intéressent, mais plutôt votre opinion. Puis-je vous poser une question directe ?
— Je croyais que vous veniez de le faire.
— Appréciiez-vous Alicia ?
— Bien entendu.
Son visage était neutre.
Je ne le crus pas et me promis de parler à Jean-Félix dès que possible.
— J'ai l'impression que vous portez deux casquettes. Celle de l'avocat, dont la discrétion est naturelle. Et celle du frère. C'est au frère que je suis venu rendre visite.
Il y eut un blanc dans la conversation. Je craignais que Max ne me demande de partir. Il sembla sur le point de parler, parut se raviser, puis se leva brusquement, s'approcha de la fenêtre et l'ouvrit. Un courant d'air froid entra dans la pièce. Max inspira profondément comme si, jusque-là, il avait suffoqué. Enfin, il souffla à voix basse :
— En vérité, je la détestais. Je la haïssais.
Je ne réagis pas. J'attendis qu'il poursuive. Il continuait de regarder par la fenêtre. Il parla lentement.
— Gabriel n'était pas simplement mon frère, c'était mon meilleur ami. C'était l'homme le plus gentil qu'on puisse imaginer. Trop gentil. Et tout son talent, sa bonté, sa passion pour la vie... effacés à cause de cette salope. Et elle n'a pas uniquement détruit sa vie, mais la mienne aussi. Dieu merci, mes parents n'étaient plus là pour le voir.
Il s'interrompit, soudain ému.
Sa douleur était palpable et j'eus de la peine pour lui. Je tentai :
— Cela a dû être extrêmement difficile d'organiser la défense d'Alicia.
Il ferma la fenêtre et se rassit. Il avait retrouvé sa contenance. Il portait de nouveau la casquette de l'avocat. Neutre et pondéré.

— C'est ce que Gabriel aurait voulu. Il voulait ce qu'il y a de mieux pour Alicia, toujours. Il était fou d'elle. Elle, c'était tout simplement une folle.

— Vous pensez qu'elle était malade ?

— C'est à vous de me le dire, vous êtes son psy.

— Mais vous, qu'en pensez-vous ?

— Je sais ce que j'ai observé.

— Et qu'était-ce ?

— Des sautes d'humeur. Des accès de colère, de violence. Elle cassait des objets. Gabriel m'a confié qu'elle l'avait menacé de mort à plusieurs reprises. J'aurais dû écouter, agir. Quand elle a tenté de se suicider, j'aurais dû intervenir, insister pour qu'elle se fasse aider. Mais je n'ai rien fait. Gabriel était déterminé à la protéger et, comme un idiot, je l'ai laissé faire.

Il soupira, consulta sa montre ; un signal pour que je mette fin à la conversation. Mais je me contentai de le dévisager d'un air ahuri.

— Alicia a tenté de se suicider ? Comment ça ? Quand ? Vous voulez dire après le meurtre ?

— Non, plusieurs années avant. Vous l'ignoriez ? Je pensais que vous le saviez.

— Quand était-ce ?

— Après la mort de son père. Elle a fait une overdose. Des cachets, je crois. Je ne me souviens pas exactement. Elle a fait une sorte de dépression.

J'allais continuer de l'interroger quand la porte s'ouvrit. La réceptionniste apparut dans l'embrasure.

— Mon chéri, nous devrions y aller. Nous allons être en retard.

— D'accord. J'arrive, ma chérie.

La porte se referma. Il se leva et me regarda d'un air désolé.

— Nous avons des places pour le théâtre.

Je dus paraître très surpris parce qu'il se mit à rire.

— Tanya et moi nous sommes mariés l'an passé.

— Oh. Je vois.

— La mort de Gabriel nous a rapprochés. Je ne m'en serais pas sorti sans elle.

Son téléphone sonna, détournant son attention. Je hochai la tête pour l'inviter à répondre.

— Merci. Vous m'avez beaucoup aidé, lui assurai-je pour conclure.

Je quittai le bureau avec discrétion, puis observai un peu mieux Tanya. Elle était blonde, jolie, plutôt mince. Elle se moucha et je remarquai le gros diamant de son alliance. À ma grande surprise, elle se leva et s'approcha de moi, sourcils froncés. Elle me parla à voix basse, empressée.

— Si vous voulez des renseignements sur Alicia, parlez à son cousin, Paul. Il la connaît mieux que personne.

— J'ai essayé de joindre sa tante, Lydia Rose. Elle n'a pas été très bavarde.

— Laissez tomber Lydia. Allez à Cambridge. Parlez à Paul. Posez-lui des questions sur Alicia et la nuit qui a suivi le meurtre et...

La porte du bureau s'ouvrit. Tanya se tut aussitôt. Max sortit et elle se précipita vers lui, un large sourire aux lèvres.

— Tu es prêt mon chéri ? lui demanda-t-elle.

Elle souriait, mais elle semblait nerveuse. Elle avait peur de Max. Je me demandais pourquoi.

Chapitre 13

22 juillet

La présence d'une arme dans la maison m'est insupportable.

Nous nous sommes encore disputés à ce sujet la nuit dernière. Du moins ai-je cru que c'était le motif de la dispute. Je n'en suis plus très sûre à présent.

Gabriel a affirmé que j'avais provoqué la querelle. Ce doit être vrai. C'était horrible de le voir si contrarié, de lire la tristesse dans ses yeux. Je déteste lui causer de la peine – pourtant, j'ai parfois une terrible envie de le faire souffrir, et j'ignore pourquoi.

Il a dit que j'étais d'une humeur massacrante à mon retour. Que j'avais foncé à l'étage et que j'avais crié sur lui. Peut-être l'ai-je fait. Je devais être contrariée. Je ne sais pas vraiment ce qu'il s'est passé. Je revenais du parc. Je me souviens peu du trajet – je rêvassais, je pensais au travail, à la toile au Christ. Je me rappelle avoir vu en chemin deux gamins s'amuser devant une maison avec un tuyau d'arrosage. Ils devaient avoir à peine sept ou huit ans. Le plus âgé arrosait le plus jeune – le jet d'eau formait un arc-en-ciel étincelant. Un arc-en-ciel *parfait. Le plus jeune riait, les mains tendues. Après les avoir dépassés, je me suis aperçue que mes joues étaient trempées de larmes.*

Je les ai ignorées sur le moment, mais, en y repensant à présent, leur cause me paraît évidente. Je refuse de l'admettre, mais il existe un grand vide dans ma vie. J'ai nié mon désir d'enfant, prétendu que les enfants ne m'intéressaient pas, que je me souciais uniquement de mon art. C'est faux. C'est une simple excuse. La vérité, c'est que l'idée d'en avoir m'effraie. On ne peut pas me faire confiance avec eux.

Pas avec le sang de ma mère qui coule dans mes veines.

Voilà ce qui me préoccupait, consciemment ou non, quand je suis rentrée. Gabriel voyait juste, je n'allais pas bien.

Mais je n'aurais jamais explosé si je ne l'avais pas trouvé en train de nettoyer l'arme. Cela m'irrite tellement qu'il la conserve. Et cela me blesse qu'il refuse de s'en débarrasser, en dépit de mes supplications répétées. Sa parade ne varie pas – c'est l'un des vieux pistolets que son père possédait à la ferme, il le lui a offert quand il avait seize ans, il a une valeur sentimentale, blablabla. Je ne le crois pas. Je pense qu'il le garde pour une autre raison. Je le lui ai dit. Et il a répliqué qu'il n'y avait rien de mal à vouloir être en sécurité, à vouloir protéger sa maison et sa femme. Et si quelqu'un s'introduisait chez nous ?

J'ai répondu : « Nous appellerions la police. Nous ne lui tirerions pas dessus, bon sang ! »

J'avais élevé la voix, mais ensuite il a élevé la sienne, et avant même que je m'en rende compte nous hurlions. Peut-être ne me contrôlais-je plus vraiment. Mais je réagissais seulement à son attitude. Gabriel a un côté agressif, une facette de sa personnalité que j'entraperçois parfois. Cette vision fugace m'effraie. Pendant ces brefs moments, j'ai l'impression de vivre avec un inconnu. Et c'est terrifiant.

Nous ne nous sommes plus adressé la parole de la soirée. Nous sommes allés nous coucher en silence.

Ce matin, nous avons fait l'amour et nous nous sommes réconciliés. Il semble que nous résolvions toujours nos problèmes sur l'oreiller. Cela paraît plus facile quand nous sommes nus et ensommeillés sous les couvertures de murmurer « pardonne-moi » et de le penser sincèrement. Toutes les défenses et les fausses excuses sont abandonnées en tas sur le sol avec nos vêtements.

Gabriel a dit :

— Nous devrions peut-être décréter de toujours mener nos disputes au lit.

Il m'a embrassée et il a ajouté :

— Je t'aime, je vais me débarrasser du pistolet, je te le promets.

Et je lui ai répondu :

— Non, ça n'a pas d'importance, oublie ça. Tout va bien. Vraiment.

Il m'a de nouveau embrassée, puis m'a serrée contre lui. Je me suis cramponnée à lui, j'ai pressé mon corps nu sur le sien. J'ai fermé les yeux et je me suis étendue sur ce rocher accueillant moulé à ma forme. Et je me suis enfin sentie en paix.

23 juillet

Je rédige ces lignes depuis le Cafe de l'Artista. J'y viens presque tous les jours maintenant. Je continue de ressentir le besoin de sortir de la maison. Quand je me trouve en compagnie d'autres personnes – même si c'est seulement la serveuse qui s'ennuie –, j'ignore pour quelle raison, je me sens connectée au monde, comme n'importe quel individu. Autrement, je cours le danger de cesser d'exister. Comme si je pouvais disparaître.

Parfois, pourtant, j'aimerais m'évaporer. Ce soir, par exemple. Gabriel a invité son frère à dîner. Il m'a mise au courant ce matin.

— Nous n'avons pas vu Max depuis une éternité. Pas depuis la crémaillère de Joel. Je vais faire un barbecue, m'a-t-il annoncé.

Il m'a regardée bizarrement avant de me demander si cela me dérangeait. J'ai répondu :

— Pourquoi cela me dérangerait ?

Il a ri.

— Tu mens très mal, tu sais ? Je peux lire sur ton visage à livre ouvert.

— Et que raconte-t-il ?

— Que tu n'aimes pas Max. Tu ne l'as jamais aimé.

— C'est faux.

Je me sentais rougir. J'ai haussé les épaules, détourné les yeux et menti de nouveau.

— Évidemment que j'aime bien Max. Je vais être gentille avec lui. Quand vas-tu poser pour moi ? Je dois terminer le tableau.

Gabriel a souri.

— Pourquoi pas ce week-end ? Et, à propos du tableau, fais-moi plaisir, ne le montre pas à Max d'accord ? Je ne veux pas qu'il me voie en Christ. Je ne m'en remettrais jamais.

— Max ne le verra pas. Le tableau n'est pas encore prêt.

Et j'ai pensé que, même s'il l'était, Max est la dernière personne que je ferais entrer dans mon atelier. Mais j'ai gardé cette réflexion pour moi.

J'appréhende de rentrer à la maison maintenant. Je veux rester ici, dans ce café climatisé, et me cacher jusqu'au départ de Max. Mais la serveuse montre déjà de petits signes d'impatience, elle fait du bruit et regarde sa montre. Elle va bientôt me demander de partir. Et cela signifie qu'à moins d'errer dans les rues telle une aliénée je n'ai pas d'autre choix que rentrer et affronter la situation. Et affronter Max.

24 juillet

Je suis de retour au café. Quelqu'un était assis à ma table et la serveuse m'a adressé un coup d'œil compatissant. Du moins je pense qu'elle essayait de me communiquer ce sentiment, une sorte de solidarité, mais je peux me méprendre. J'ai choisi une autre table, face à la salle plutôt que face à la fenêtre, à côté du climatiseur. Il n'y a pas beaucoup de lumière – il fait sombre et froid –, ce qui s'accorde à mon humeur.

La soirée d'hier a été horrible. Pire que je ne le craignais.

Je n'ai pas reconnu Max quand il est arrivé. Je crois ne l'avoir jamais vu autrement qu'en costume. Il avait l'air un peu idiot en short. Il transpirait abondamment après le trajet à pied depuis la gare – son crâne chauve était rouge et brillant, et des auréoles sombres s'étaient formées sous ses aisselles. Il a tout d'abord évité le face-à-face avec moi. Ou était-ce moi qui le fuyais ?

Il s'est répandu en commentaires sur la maison, disant qu'elle avait beaucoup changé, que nous ne l'avions pas invité depuis si longtemps qu'il pensait que nous ne lui proposerions plus jamais. Gabriel s'est confondu en excuses, expliquant que nous avions été très occupés, moi avec l'exposition imminente et lui avec son travail, et que nous n'avions vu personne. Gabriel souriait, mais je sentais bien son malaise devant la détermination de Max à insister sur notre manque de courtoisie.

Au début, je faisais bonne figure. J'attendais le moment propice. Et je l'ai trouvé. Max et Gabriel sont allés au jardin pour allumer le barbecue. Je me suis attardée dans la cuisine sous le prétexte de préparer une salade. Je savais que Max inventerait une excuse pour venir me voir. Et j'avais vu juste. Au bout de cinq minutes environ, j'ai reconnu le bruit de ses pas. Il ne marche pas du tout comme Gabriel. Gabriel est silencieux, comme un chat, je ne l'entends jamais se déplacer dans la maison. Max m'a appelée.

Je me suis rendu compte que mes mains tremblaient pendant que je découpais les tomates. J'ai posé le couteau. Je me suis tournée pour lui faire face.

Il a levé sa bouteille de bière vide en souriant. Il ne me regardait toujours pas. Il a annoncé qu'il était venu en chercher une autre.

J'ai hoché la tête. Sans un mot. Il a ouvert le frigo et a pris une bière. Il a jeté un coup d'œil autour de lui, à la recherche du décapsuleur. Je le lui ai montré du doigt, sur le plan de travail.

Il m'a souri bizarrement pendant qu'il décapsulait la bouteille, comme s'il allait dire quelque chose. Mais je l'ai devancé. Je lui ai dit :

— *Je vais raconter à Gabriel ce qui s'est passé. J'ai pensé que je devais te prévenir.*

Son sourire s'est envolé. Il m'a regardée pour la première fois, avec des yeux de serpent.

— *Quoi ?*

— *Je vais le dire à Gabriel. Ce qui s'est passé chez Joel.*

— *Je ne vois pas de quoi tu parles.*

— *Ah non ?*

— *Je ne me souviens pas. J'étais plutôt saoul, j'en ai peur.*

— *C'est n'importe quoi.*

— *C'est vrai.*

— *Tu ne te souviens pas m'avoir embrassée ? M'avoir pelotée ?*

— *Alicia, je t'en prie...*

— *Tu me pries de quoi ? D'en faire toute une histoire ? Tu m'as agressée.*

Je sentais que je m'énervais. C'était un véritable effort de contrôler le volume de ma voix pour ne pas me mettre à crier. J'ai jeté un coup d'œil par la fenêtre. Gabriel était au fond du jardin, penché au-dessus du barbecue. La fumée et la vibration de l'air brûlant faussaient ma vision et déformaient sa silhouette.

— *Il t'admire. Tu es son frère aîné. Il va avoir tellement de peine quand je vais le lui apprendre.*

— *Alors ne lui dis pas. Il n'y a rien à lui dire.*

— *Il doit connaître la vérité. Il doit savoir qui est vraiment son frère. Tu...*

Il ne m'a pas laissée terminer, il m'a saisi le bras avec brutalité et m'a attirée vers lui. J'ai perdu l'équilibre et je suis tombé sur lui. Il a levé le poing et j'ai cru qu'il allait me frapper. Mais au lieu de cela il m'a dit « je t'aime, je t'aime, je t'aime, je t'aime ».

Et avant que j'aie le temps de réagir, il m'a embrassée. J'ai essayé de me dégager, mais il ne me lâchait pas. Je sentais ses lèvres rêches sur les miennes et sa langue qu'il introduisait dans ma bouche. L'instinct a pris le dessus. Je la lui ai mordue aussi fort que j'ai pu.

Il a crié et m'a repoussée. Quand j'ai levé les yeux, j'ai vu qu'il avait la bouche pleine de sang. Il m'a traitée de salope. Sa voix était déformée et ses dents étaient rouges. Il m'a jeté un regard furieux d'animal blessé.

Je n'arrive pas à croire que Max est le frère de Gabriel. Il ne possède aucune de ses admirables qualités, n'a ni ses bonnes manières ni sa gentillesse. Max me dégoûte. Et je le lui ai fait savoir. Il m'a demandé de ne rien raconter à Gabriel. Il a ajouté : « Je suis sérieux, je te préviens. »

Je n'ai pas prononcé un mot de plus. J'avais le goût de son sang dans la bouche, alors j'ai ouvert le robinet pour me rincer. Puis je suis sortie dans le jardin.

Plusieurs fois au cours du dîner j'ai senti le regard de Max sur moi. Je levais les yeux, attirais son attention, et lui détournait les siens. Je n'ai pas avalé une seule bouchée. L'idée même de manger me donnait la nausée. Le goût de son sang ne se dissipait pas.

J'hésite sur la conduite à tenir. Je ne veux ni mentir à Gabriel ni garder cela secret. Mais si je le révèle à Gabriel, il n'adressera plus jamais la parole à Max. Il serait anéanti de savoir qu'il a eu tort de faire confiance à son frère. Parce qu'il fait confiance à Max. Il l'idolâtre. Et il ne devrait pas.

Je ne crois pas que Max soit vraiment amoureux de moi. Je crois qu'il déteste Gabriel, tout *simplement. Je pense qu'il est follement jaloux de lui – et qu'il veut s'approprier tout ce qui lui appartient, moi y compris. Mais maintenant que je lui ai tenu tête, je pense qu'il ne m'importunera plus, du moins je l'espère. Pendant un temps, en tout cas.*

Alors, pour l'instant, je vais me taire.

Bien entendu, Gabriel n'est pas dupe. Ou peut-être suis-je une piètre comédienne. La nuit dernière, alors que nous nous préparions à aller nous coucher, il m'a accusée d'avoir eu un comportement étrange pendant toute la soirée.

— J'étais simplement fatiguée.

— Non, il y avait autre chose. Tu étais très distante. Tu aurais pu faire davantage d'efforts! Nous le voyons à peine. Je ne comprends pas pourquoi il te dérange autant.

— Il ne me dérange pas. Cela n'avait aucun rapport avec Max. J'étais distraite, je pensais au travail. Je suis en retard pour l'exposition, je ne pense qu'à ça.

J'ai dit cela de manière aussi convaincante que possible.

Gabriel avait l'air de ne pas y croire, mais il a laissé passer pour le moment. Je serai confrontée à la même situation la prochaine fois que nous le verrons. Mais quelque chose me dit que cela ne se produira pas de sitôt.

Je me sens mieux maintenant que j'ai écrit cela. Sans bien savoir pourquoi, l'avoir couché sur papier me rassure. Cela signifie que je dispose d'un indice matériel, d'une preuve.

Si jamais nous en arrivions là.

26 juillet

C'est mon anniversaire aujourd'hui. J'ai trente-trois ans.

C'est étrange, j'arrive au-delà de l'âge que je pensais atteindre. Mon imagination ne m'avait pas portée aussi loin. J'ai vécu plus longtemps que ma mère, à présent. C'est une sensation inconfortable, d'être plus âgée qu'elle ne l'était. Elle a atteint trente-deux ans, puis elle s'est arrêtée. J'ai vécu plus longtemps, et je vais continuer. Je vais continuer de vieillir, mais pas elle.

Gabriel s'est montré tellement adorable ce matin – il m'a réveillée par un baiser et m'a offert trente-trois roses. Elles sont magnifiques. Il s'est piqué le doigt à une épine. Une larme rouge sang. C'était parfait.

Il m'a emmenée sur la colline pour petit-déjeuner. Le soleil venait à peine de se lever, si bien que la chaleur était supportable. Une brise fraîche soufflait depuis l'étang et il flottait un parfum d'herbe coupée. Nous nous sommes allongés sur la berge sous un saule pleureur, sur la couverture bleue que nous avons achetée au Mexique. Les branches formaient une canopée au-dessus de nous et les rayons du soleil entre les feuilles brûlaient un peu. Nous avons bu du champagne et dégusté des tomates cerises accompagnées de saumon fumé disposé sur de fines tranches de pain. J'avais la vague impression que cette scène m'était familière, j'avais un sentiment tenace de déjà-vu dont je ne parvenais pas à retrouver l'origine. Peut-être était-ce simplement le souvenir d'histoires pour enfants, de contes de fées et d'arbres magiques, portails vers d'autres mondes.

Peut-être était-ce un événement plus prosaïque. Et puis le souvenir m'est revenu :

Je me suis revue, très petite, assise sous les branches du saule pleureur dans notre jardin à Cambridge. Je passais des heures cachée là. Je n'étais peut-être pas une enfant heureuse, mais quand je me trouvais sous l'arbre j'éprouvais une satisfaction semblable à celle que j'ai ressentie allongée là avec Gabriel. C'était comme si le passé et le présent se synchronisaient pour créer un moment parfait. Je voulais qu'il dure toujours. Gabriel s'est endormi et j'ai réalisé un croquis de lui en essayant de capturer le soleil qui tachetait son visage. J'ai mieux dessiné ses yeux cette fois-ci. C'était plus simple parce que ses paupières étaient closes, mais au moins ai-je bien restitué leur forme. Il avait l'air d'un petit garçon, couché en chien de fusil, la respiration douce, des miettes autour de la bouche.

Nous avons terminé le pique-nique, nous sommes rentrés à la maison et nous avons fait l'amour. Puis Gabriel m'a tenue dans ses bras et m'a dit une chose stupéfiante :

— Alicia, mon cœur, écoute. Il y a quelque chose dont je voudrais te parler.

À la manière dont il a prononcé sa phrase, je me suis aussitôt sentie nerveuse. Je me préparais au pire.

— Je t'écoute.

— Je veux que nous ayons un bébé.

Il m'a fallu un moment pour réagir. J'étais à ce point déconcertée que je ne savais pas quoi dire.

— Mais, tu ne voulais pas d'enfants. Tu disais...

— Oublie ça. J'ai changé d'avis. Je veux que nous ayons un enfant ensemble. Alors ? Qu'en penses-tu ?

Il me regardait, attendait ma réponse. Mes yeux se sont emplis de larmes.

— Oui, oui, oui, oui.

Nous nous sommes pris dans les bras l'un de l'autre et nous avons ri.

Il est au lit en ce moment, endormi. Il fallait que je sorte de la chambre et que j'écrive cela – parce que je veux me souvenir de ce jour toute ma vie. Chaque seconde.

Je me sens joyeuse. Je me sens pleine d'espoir.

Chapitre 14

Je ne cessai de penser à ce que m'avait appris Max Berenson : la tentative de suicide d'Alicia après la mort de son père. Il n'y était fait mention nulle part dans son dossier et je me demandais pourquoi.

Le lendemain, je lui téléphonai et le trouvai sur le point de quitter son bureau.

— Je veux simplement vous poser encore deux ou trois questions, si cela ne vous ennuie pas.

— Je suis quasiment parti.

— Ça ne sera pas long.

Il soupira et couvrit sans doute le téléphone pour transmettre à Tanya une information inaudible pour moi.

— Cinq minutes. C'est tout ce que vous avez.

— Merci, j'apprécie. Vous avez évoqué la tentative de suicide d'Alicia. Je me demandais dans quel hôpital elle avait séjourné.

— Elle n'est pas allée à l'hôpital.

— Ah non ?

— Non. La convalescence a eu lieu chez elle. Mon frère s'est occupé d'elle.

— Mais elle a dû voir un médecin ? Il s'agissait d'une overdose, avez-vous dit ?

— Oui. Et bien sûr que Gabriel a fait venir un médecin. Mais le médecin a accepté de rester discret.

— Qui était-ce ? Vous rappelez-vous son nom ?
Il y eut une pause.
— Je suis désolé, je suis incapable de vous le donner. Je ne m'en souviens pas.
— Était-ce leur généraliste ?
— Non, ça j'en suis sûr. Mon frère et moi consultons le même et Gabriel avait bien insisté pour que je ne lui en parle pas.
— Et vous ne vous rappelez vraiment pas son nom ?
— Je suis désolé. Y a-t-il autre chose ? Je dois partir.
— Juste une question. Je me demandais quels étaient les termes du testament de Gabriel.
Une légère inspiration, puis le ton de Max se fit plus dur.
— Son testament ? Je ne vois vraiment pas l'intérêt de…
— Alicia était-elle le principal ayant droit ?
— Je dois vous avouer que je trouve la question assez saugrenue.
— Eh bien, j'essaie de comprendre…
— Comprendre quoi ? me coupa-t-il. J'étais le principal ayant droit. Alicia avait hérité une grosse somme de son père. Gabriel la considérait à l'abri du besoin. Il m'a donc légué la majeure partie de ses biens. Il va sans dire qu'il ignorait que lesdits biens atteindraient une telle valeur après sa mort. Ce sera tout ?
— Et qu'en est-il du testament d'Alicia ? Qui héritera à sa mort ?
— Ça, c'est plus que je ne peux vous en apprendre. Et j'espère sincèrement que cette conversation sera la dernière entre nous.
Il raccrocha. Mais quelque chose dans le ton de sa voix me laissa supposer que ce ne serait pas la dernière fois que j'entendrais parler de Max Berenson.
L'attente ne fut pas longue.

Diomedes me fit appeler dans son bureau après le déjeuner. Il leva les yeux quand j'entrai, sans sourire.

— Mais c'est quoi votre problème ?

— Mon problème ?

— Ne jouez pas au plus fin. Savez-vous de qui j'ai reçu un coup de fil ce matin ? Max Berenson. Il affirme que vous l'avez contacté deux fois et que vous avez posé beaucoup de questions d'ordre privé.

— Je lui ai demandé des informations sur Alicia. Cela n'a pas semblé le déranger.

— Eh bien, ça le dérange à présent. Il appelle ça du harcèlement.

— Oh, allons...

— La dernière chose dont nous avons besoin, c'est qu'un avocat fasse des histoires. Tout ce que vous entreprenez doit s'effectuer dans les murs de ce service, et sous ma supervision. Compris ?

J'étais en colère, mais j'opinai, puis je fixai le sol comme un adolescent renfrogné. Diomedes réagit de manière appropriée, en me tapotant paternellement l'épaule.

— Theo, laissez-moi vous donner un conseil. Vous ne vous y prenez pas comme il faut. Vous posez des questions, vous cherchez des indices, comme s'il s'agissait d'un roman policier.

Il hocha la tête en riant.

— Vous n'y parviendrez pas de cette manière.

— À quoi ?

— À obtenir la vérité. Rappelez-vous Bion : « Pas de mémoire, pas de désir. » Pas d'idée préconçue. En tant que thérapeute, votre seul objectif est d'être présent et de prêter attention à vos impressions quand vous êtes en séance avec elle. C'est tout ce que vous avez besoin de faire. Le reste se fera de lui-même.

— Je sais. Vous avez raison.

— Oui, j'ai raison. Et qu'on ne vienne pas me dire que vous avez rendu visite à d'autres parents d'Alicia, compris ?
— Vous avez ma parole.

Chapitre 15

Cet après-midi-là, je me rendis à Cambridge pour rendre visite au cousin d'Alicia, Paul Rose.

À mesure que le train approchait de la gare, le paysage devint plat et les champs se laissèrent inonder par un océan de lumière bleue et froide. J'étais heureux de sortir de Londres. Le ciel était moins oppressant, et je respirais mieux.

Je descendis en même temps qu'un petit groupe d'étudiants et de touristes. J'utilisai ensuite mon téléphone pour me repérer. Les rues étaient calmes ; j'entendais le bruit de mes pas sur le trottoir. Brusquement, la route s'arrêta. Devant moi s'étendait un terrain en friche, de la terre boueuse et des herbes folles, conduisant à la rivière.

Une unique maison se dressait là, isolée, près de l'eau. Robuste et imposante telle une énorme brique rouge enfoncée dans la boue. C'était une vilaine bâtisse, un monstre victorien aux murs envahis de lierre et au jardin abandonné aux plantes sauvages, des mauvaises herbes pour la plupart. Cela me donna l'impression d'une nature qui gagnait du terrain, récupérait un territoire lui ayant autrefois appartenu. C'était la maison où Alicia était née. Celle où elle avait passé les dix-huit premières années de sa vie. Entre ces murs s'était forgée sa personnalité : les racines de sa vie d'adulte, les germes de son caractère et de ses choix ultérieurs se trouvaient là. Il est parfois difficile de comprendre pourquoi les réponses aux questions du présent se situent dans le passé. Une analogie simple peut être utile : une éminente psychiatre dans le domaine des violences sexuelles m'a dit un jour qu'en trente ans de travail avec des pédophiles elle n'en avait pas rencontré un seul qui n'ait été victime d'actes pédophiles. Cela ne signifie pas que tous les enfants victimes de violences sexuelles deviendront des agresseurs, mais il est impossible qu'un individu n'en ayant pas subi devienne à son tour agresseur. Personne ne naît mauvais. Pour reprendre la formule de Winnicott : « Le petit enfant ne peut pas haïr la mère avant qu'il puisse savoir que sa mère le hait. » En tant que bébés, nous sommes des éponges innocentes, des ardoises vierges aux besoins les plus élémentaires : manger, déféquer, aimer et être aimé. Mais cela peut mal se passer, selon les circonstances dans lesquelles nous naissons et le foyer dans lequel nous grandissons. Un enfant tourmenté, victime de sévices, ne peut jamais prendre sa revanche dans la réalité, puisqu'il est impuissant et sans défense, mais il peut, et doit, nourrir des fantasmes de revanche. L'agressivité comme la peur sont par nature des émotions réactionnelles. Alicia a vécu un traumatisme, sans doute dans sa toute petite enfance, et celui-ci a provoqué chez elle les impulsions meurtrières qui ont rejailli des années plus tard. Quelle que soit la provocation, tout le monde n'aurait pas pris le pistolet et tiré à bout portant sur le visage de Gabriel. Et en effet, la plupart d'entre nous n'auraient pu. Son acte suggère un déséquilibre dans son monde intérieur. C'est pourquoi il était crucial pour moi de comprendre ce qu'avait pu être sa vie dans cette maison, de découvrir ce qui l'avait façonnée, ce qui avait fait d'elle la personne qu'elle était devenue – une personne capable de meurtre.

Je m'aventurai plus loin dans le jardin, entre les mauvaises herbes et les fleurs sauvages, et accédai à un côté de la maison. Au fond se dressait un grand saule pleureur, un arbre magnifique, majestueux, dont les longues branches nues balayaient le sol. J'imaginais Alicia enfant jouant autour, dans le monde secret et magique sous ces branches, et je souris.

Soudain, je fus mal à l'aise. J'étais sûr que quelqu'un m'observait.

Je levai les yeux vers la maison. J'aperçus un visage à une fenêtre de l'étage. Un visage affreux, un visage de vieille femme, pressé contre la vitre. Elle me regardait fixement. Un étrange et inexplicable frisson me parcourut.

Quand j'entendis les bruits de pas derrière moi, il était trop tard. Il y eut un bruit sourd et je ressentis une douleur fulgurante à la nuque.

Tout devint noir.

Chapitre 16

Je me réveillai allongé sur le dos, sur un sol froid et dur. La première chose dont je pris conscience fut ma douleur. J'avais mal à la tête, des élancements comme des coups de couteau, comme si mon crâne était brisé.

J'en touchais le bas avec précaution.

— Ça ne saigne pas, me dit une voix. Mais vous aurez un méchant bleu demain. Sans parler de la belle migraine.

Je levai les yeux et vis Paul Rose pour la première fois. Il se tenait au-dessus de moi, une batte de baseball à la main. Il devait avoir mon âge, mais était plus grand, de carrure plus imposante, et avait un visage d'enfant. Ses épais cheveux roux rappelaient la couleur de ceux d'Alicia. Il empestait le whisky.

Je tentai de redresser le buste, sans succès.

— Mieux vaut rester ici. Vous remettre un peu.

— Je crois que j'ai une commotion cérébrale.

— C'est possible.

— Mais pourquoi m'avez-vous frappé ?

— Vous vous attendiez à quoi ? Je vous ai pris pour un voleur.

— Eh bien, je n'en suis pas un.

— Je le sais maintenant. J'ai fouillé votre portefeuille. Vous êtes psychothérapeute.

Il plongea la main dans sa poche arrière, en retira mon portefeuille et me le lança. Il atterrit sur ma poitrine. Je le repris.

— J'ai vu vos papiers. Vous travaillez dans cet hôpital, là, au Grove ?

Je hochai la tête. Le mouvement réveilla la douleur.

— Oui.

— Alors vous savez qui je suis.

— Le cousin d'Alicia ?

— Paul Rose, répondit-il en me tendant la main. Laissez-moi vous aider.

Il me releva avec une facilité déconcertante. Il était fort. Je ne tenais pas très bien sur mes jambes.

— Vous auriez pu me tuer, marmonnai-je.

— Vous auriez pu être armé, répliqua-t-il. Vous vous introduisiez sur une propriété privée. Vous espériez quoi ? Pourquoi êtes-vous là ?

— Pour vous voir, répondis-je en grimaçant de douleur. J'aurais mieux fait de m'abstenir.

— Entrez, venez vous asseoir deux minutes.

Je souffrais trop pour refuser de le suivre là où il me conduisait. La douleur me pilonnait le crâne à chaque pas. Nous entrâmes par la porte de derrière.

L'intérieur de la maison était tout aussi délabré que l'extérieur. Les murs de la cuisine étaient tapissés d'un papier à motifs géométriques orange, passé de mode depuis quarante ans, qui se décollait par lambeaux entiers, s'était enroulé et avait noirci comme s'il avait pris feu. Des insectes momifiés pendaient, suspendus à des toiles d'araignées dans les angles au plafond. Le plancher était si poussiéreux qu'il ressemblait à de la moquette sale. Et un relent d'urine de chat me donnait la nausée. J'en comptais au moins cinq dans la pièce, endormis sur des chaises ou des meubles. Au sol, des sacs plastique ouverts débordaient de boîtes de pâtée puantes.

— Asseyez-vous. Je vais faire du thé, me dit Paul.

Il appuya la batte de baseball contre un mur, à côté de la porte. Je gardai un œil dessus. Je ne me sentais pas en sécurité en présence de cette arme.

Paul me tendit un mug craquelé.

— Buvez ça.

— Vous avez des antalgiques ?

— J'ai de l'aspirine quelque part, je vais regarder. Tenez, dit-il en saisissant une bouteille de whisky. Ça va vous faire du bien.

Il en versa une petite dose dans le mug. J'en avalai une gorgée. La boisson était chaude, sucrée et forte. Paul but son thé en silence tout en me dévisageant. Cela me rappela le regard perçant d'Alicia.

— Comment va-t-elle ? demanda-t-il enfin.

Il poursuivit sans me laisser le temps de répondre.

— Je ne suis pas allé lui rendre visite. Ce n'est pas facile de sortir. Maman ne va pas bien. Je n'aime pas la laisser seule.

— Je vois. Quand avez-vous vu Alicia pour la dernière fois ?

— Oh, il y a des années. C'était il y a très longtemps. Nous avons perdu contact. J'ai assisté à son mariage et puis je l'ai revue deux fois ensuite, mais Gabriel était assez possessif je crois. Elle a cessé de me téléphoner en tout cas, une fois qu'ils ont été mariés. Elle a arrêté de me rendre visite. Pour être honnête, maman a été assez blessée.

Je ne parlai pas. Le mal de tête me permettait à peine de penser.

— Alors, pourquoi vouliez-vous me voir ? demanda-t-il.

— Juste pour vous poser des questions. Au sujet d'Alicia. Au sujet de son enfance.

Paul hocha la tête et se resservit du whisky. Il semblait se détendre à présent. L'alcool faisait effet sur moi aussi, il atténuait la douleur et j'arrivais à réfléchir. Tiens bon, me dis-je. Récolte des informations. Et puis tire-toi d'ici.

— Vous avez grandi ensemble?

Paul opina.

— Maman et moi avons aménagé ici à la mort de mon père. Je devais avoir huit ou neuf ans. C'était censé être temporaire, je crois, mais la mère d'Alicia a été tuée dans l'accident. Alors, maman et moi, nous sommes restés. Pour nous occuper d'Alicia et d'oncle Vernon.

— Vernon Rose? Le père d'Alicia?

— C'est ça.

— Et Vernon est mort il y a quelques années?

— Oui. Il y a plusieurs années. Il s'est suicidé. Il s'est pendu. À l'étage, dans le grenier. C'est moi qui ai trouvé le corps.

— Ça a dû être horrible.

— Oui, c'était dur. Pour Alicia surtout. Maintenant que j'y pense, c'est la dernière fois que je l'ai vue. À l'enterrement d'oncle Vernon. Elle était dans un triste état.

Il se leva.

— Vous voulez un autre verre?

J'essayai de refuser, mais il continua de parler en me resservant.

— Je ne l'ai jamais cru, vous savez. Qu'elle ait tué Gabriel. Ça me paraît insensé.

— Pourquoi?

— Eh bien, elle n'était pas du tout comme ça. Elle n'était pas violente.

Elle l'est maintenant, pensai-je. Mais je ne dis rien. Paul sirotait son whisky.

— Elle ne parle toujours pas?

— Non, toujours pas.

— Ça n'a aucun sens. Tout ça n'a pas de sens. Vous savez, je crois qu'elle était…

Un bruit sourd nous interrompit, un coup sur le plancher à l'étage. On entendit une voix étouffée, une voix de femme; ses paroles étaient inintelligibles.

Paul se leva d'un bond.

— Une seconde, me dit-il.

Il sortit de la pièce et gagna à la hâte le bas de l'escalier.

— Tout va bien, maman? demanda-t-il d'une voix plus sonore.

Je distinguais une réponse marmonnée que je ne parvins pas à saisir.

— Quoi? Ah, d'accord. Juste une seconde.

Il semblait mal à l'aise. Il me lança un coup d'œil, les sourcils froncés, puis me fit un signe du menton.

— Elle veut que vous montiez.

Chapitre 17

Encore un peu faible, mais plus solide sur mes jambes, je montai derrière Paul les marches poussiéreuses.

Lydia Rose attendait sur le palier. Je reconnus le visage renfrogné que j'avais aperçu à la fenêtre. Ses longs cheveux blancs s'étalaient sur ses épaules telle une toile d'araignée et elle était extrêmement corpulente : les avant-bras rebondis, les jambes massives comme des troncs d'arbres et le cou gonflé. La canne sur laquelle elle s'appuyait ployait sous son poids et menaçait de céder à tout moment.

— Qui est-ce ? Qui est-ce ? cria-t-elle.

Bien qu'elle me regardât fixement, la question était destinée à son fils. Là encore, le même regard intense qu'Alicia.

— Maman, ne t'énerve pas, lui répondit Paul à voix basse. C'est le thérapeute d'Alicia, c'est tout. De l'hôpital. Il est venu me parler.

— C'est un journaliste, espèce d'idiot !

Le ton était proche du hurlement.

— Fais-le sortir !

— Ce n'est pas un journaliste. J'ai vu ses papiers, OK ? Allez, maman, s'il te plaît. Je vais te remettre au lit.

Elle ronchonna, mais se laissa reconduire dans sa chambre. Paul me fit signe de le suivre.

Lydia se laissa tomber lourdement. Le sommier trembla sous son poids. Paul ajusta les oreillers. Aux pieds de sa mère était couché un vieux chat au pelage balafré de cicatrices de bagarres, pelé par plaques, et dont une des oreilles avait été arrachée. Je n'en avais jamais vu d'aussi hideux. Il grognait dans son sommeil.

Je jetai un coup d'œil dans la pièce. Elle débordait de bric-à-brac : piles de vieux magazines et de journaux au papier jauni, monceaux de vieux vêtements. Une bouteille d'oxygène était appuyée contre un mur et un moule à gâteau rempli de médicaments reposait sur la table de chevet.

Pendant tout ce temps, je sentais le regard hostile de Lydia sur moi. On devait y lire de la folie ; j'en étais presque sûr.

— Qu'est-ce qu'il veut ? demanda-t-elle.

Elle me jaugeait d'un œil fébrile.

— Qui est-ce ?

— Je viens de te le dire, maman. Il veut des informations sur les antécédents d'Alicia, pour l'aider à la soigner. C'est son psychothérapeute.

Lydia ne laissa planer aucun doute sur ce qu'elle pensait de la profession. Elle tourna la tête, se racla la gorge et cracha par terre à mes pieds.

— Maman, s'il te plaît, gémit Paul.

— Tais-toi, lui lança sa mère en me fusillant du regard. Alicia ne mérite pas d'être à l'hôpital.

— Non ? répondis-je. Où devrait-elle être ?

— D'après vous ? En prison !

Elle me considérait avec mépris.

— Vous voulez qu'on vous parle d'Alicia ? Je vais vous en parler. C'est une petite garce. Elle l'a toujours été, même enfant.

J'écoutais et sentis le sang me battre aux tempes. Elle poursuivit, de plus en plus en colère.

— Mon pauvre frère, Vernon, ne s'est jamais remis de la mort d'Eva. J'ai pris soin de lui. J'ai pris soin d'Alicia. Et est-ce qu'elle s'est montrée reconnaissante ?

De toute évidence, la question n'attendait pas de réponse. D'ailleurs, elle poursuivit.

— Vous savez comment elle m'a remerciée pour toute ma gentillesse ? Vous savez ce qu'elle m'a fait ?

— Maman, s'il te plaît.

— Tais-toi, Paul !

Elle se tourna vers moi. Je fus surpris du degré de haine dans sa voix.

— Cette garce m'a peinte. Elle a peint mon portrait sans que je le sache et sans mon accord. Je suis allée à son exposition, et il était là, accroché. Infâme, répugnant, une caricature obscène.

Elle tremblait de rage, et Paul avait l'air inquiet. Mécontent, il se tourna vers moi.

— Il vaut peut-être mieux que vous partiez maintenant. Ce n'est pas bon pour maman de s'énerver.

J'acquiesçai. Lydia Rose n'était pas en bonne santé, aucun doute là-dessus. J'étais plus qu'heureux de m'échapper.

Je quittai la maison et retournai à la gare, le crâne tuméfié et en proie à un terrible mal de tête. Quelle perte de temps. Je n'avais rien découvert, sinon que la raison pour laquelle Alicia avait quitté cette maison dès qu'elle avait pu tombait sous le sens. Cela me rappelait mon propre départ, à dix-huit ans, pour fuir mon père. Il était simple de comprendre qui Alicia avait fui.

Je repensais au portrait qu'elle avait peint de sa tante. Elle l'avait qualifié de caricature obscène. Il était temps de me rendre à la galerie où exposait Alicia pour comprendre pourquoi le tableau avait tant vexé Lydia.

Tandis que je quittais Cambridge, mes dernières pensées se tournèrent vers Paul. J'avais de la peine pour lui. Il était obligé de vivre avec cette femme monstrueuse, d'être son esclave. C'était une vie solitaire. Il ne devait pas avoir beaucoup d'amis. Ni de petite amie. En réalité, je n'aurais pas été étonné qu'il fût encore vierge. Il y avait quelque chose d'attardé chez lui, malgré sa taille, quelque chose de contrarié.

Quant à Lydia, j'avais immédiatement ressenti une vive antipathie à son égard, sans doute parce qu'elle me rappelait mon père. J'aurais fini comme Paul si je n'avais pas quitté la maison, si j'étais resté avec mes parents dans le Surrey, à obéir à un fou.

Je fus déprimé tout le trajet du retour. Triste, fatigué, au bord des larmes. Je n'arrivais pas à savoir si c'était la tristesse de Paul ou la mienne qui me submergeait.

Chapitre 18

À mon retour, Kathy était absente.

J'ouvris son ordinateur portable et essayai d'accéder à ses e-mails, sans succès. Elle s'était déconnectée.

Je devais accepter la possibilité qu'elle ne renouvelle jamais son erreur. Continuerais-je à chercher sans fin, céderais-je à l'obsession, me laisserais-je sombrer dans la folie ? J'avais conscience d'être devenu le cliché du mari jaloux. Et l'ironie de la coïncidence, ma découverte de l'infidélité de Kathy au moment même où elle répétait le rôle de Desdémone dans *Othello*, ne m'avait pas échappé non plus.

J'aurais dû me transférer ces e-mails le premier soir, dès que j'étais tombé dessus. Alors j'aurais eu une preuve concrète. Là était mon erreur. En l'état actuel de la situation, je commençai tout d'abord à mettre en doute ce que j'avais vu. Pouvais-je me fier à mes souvenirs ? J'avais fumé un joint bien chargé, après tout. Avais-je mal compris ce que j'avais lu ? Je me surpris à inventer toutes sortes de théories étranges pour prouver l'innocence de Kathy. Peut-être était-ce simplement un exercice de théâtre, peut-être écrivait-elle en s'imaginant dans la peau d'un personnage pour préparer *Othello*. N'avait-elle pas parlé avec un accent régional américain pendant un mois et demi quand elle répétait *Ils étaient tous mes fils* ? Il était fort possible qu'elle appliquât une méthode comparable. À cela près que les messages étaient signés Kathy, et non Desdémone.

Si seulement j'avais tout imaginé, j'aurais pu oublier, comme on oublie un rêve. J'aurais pu me réveiller et tout se serait effacé. Au lieu de cela, j'étais enfermé dans un interminable cauchemar attisé par ma méfiance, mes soupçons et ma paranoïa. Même si à première vue peu de choses avaient changé. Nous nous promenions toujours ensemble le dimanche. Nous ressemblions à tous les couples qui flânaient dans le parc. Nos silences étaient peut-être un peu plus longs qu'à l'habitude, mais ils ne semblaient pas gênants. Pourtant, pendant ces silences, un débat houleux se tenait dans mon esprit. Je ressassais un million de questions. Pourquoi avait-elle agi ainsi ? Comment avait-elle pu ? Pourquoi dire qu'elle m'aimait, m'avoir épousé, faire l'amour avec moi, partager mon lit, puis me mentir éhontément, et continuer de simuler, année après année ? Depuis quand cela durait-il ? Aimait-elle cet homme ? Allait-elle me quitter pour lui ?

Je fouillai dans son téléphone à une ou deux reprises quand elle prenait sa douche, cherchant des textos, mais je ne trouvai rien. Si elle avait reçu des messages incriminants, elle les avait effacés. De toute évidence, elle n'était pas idiote, juste négligente à l'occasion.

J'aurais pu ne jamais connaître la vérité. J'aurais pu ne jamais la découvrir.

En un sens, j'aurais préféré.

Nous étions assis sur le canapé après notre promenade, quand Kathy me demanda :

— Tu vas bien ?

— Comment ça ?

— Je ne sais pas. Tu sembles un peu à plat.

— Aujourd'hui ?

— Pas seulement aujourd'hui. Ces derniers temps.

J'évitai son regard. Elle serra un peu ma main, avec empathie, pour me montrer qu'elle comprenait. C'était une bonne actrice. J'étais à deux doigts de croire qu'elle se souciait de moi.

— Comment se passent les répétitions ?

— Mieux. Tony a trouvé de bonnes idées. Nous allons travailler tard la semaine prochaine pour les mettre en pratique.

— Ah bon.

Je ne croyais plus un seul mot qui sortait de sa bouche. J'analysai chaque phrase, comme avec un patient. Je cherchais les sous-entendus, je lisais entre les lignes en quête d'indices non verbaux. De subtiles modulations, des faux-fuyants, des oublis. Des mensonges.

— Comment va Tony ?

— Bien.

Elle répondit avec un haussement d'épaules. Comme pour signifier qu'elle ne s'en souciait pas le moins du monde. Je n'étais pas dupe. Elle idolâtrait son metteur en scène, et parlait de lui sans arrêt. Du moins en avait-elle parlé, car elle ne l'avait pas souvent mentionné ces derniers temps. Ils discutaient de pièces, de jeu d'acteur et de théâtre, un monde qui m'était inconnu. Elle m'avait rebattu les oreilles avec ce Tony, mais je ne l'avais aperçu qu'à une occasion, un jour où j'étais allé retrouver Kathy après une répétition. J'avais trouvé étrange qu'elle ne nous présente pas. Il était marié, et sa femme était comédienne ; j'avais l'impression que Kathy ne l'appréciait pas beaucoup. Peut-être sa femme concevait-elle de la jalousie à l'égard de leur relation, comme moi ? J'avais suggéré un dîner tous les quatre, mais Kathy n'avait pas particulièrement apprécié l'idée. Parfois je me demandais si elle essayait de nous tenir à l'écart.

Je regardai Kathy allumer son ordinateur. Elle inclina l'écran pour m'empêcher de lire le texte qu'elle tapait. J'entendais le bruit de ses doigts sur le clavier. À qui écrivait-elle ? Tony ?

— Que fais-tu ? lui demandai-je en bâillant.
— J'écris juste un e-mail à ma cousine. Elle est à Sydney maintenant.
— Ah bon ? Envoie-lui mes amitiés.
— Promis.

Elle pianota encore un petit moment, puis s'arrêta et posa le portable.

— Je vais prendre un bain, m'annonça-t-elle.
— OK.

Elle m'adressa un regard amusé.

— Ne te laisse pas abattre, mon chéri. Tu es sûr que ça va ?

Je souris et hochai la tête. Elle se leva et sortit de la pièce. J'attendis d'entendre la porte de la salle de bains se fermer, puis l'eau couler. Je me glissai à sa place sur le canapé et pris son ordinateur. Mes doigts tremblèrent quand je l'ouvris. Je relançai son navigateur et accédai à la page de son compte e-mail.

Mais elle s'était déconnectée.

Je repoussai l'engin avec dégoût. Cela devra cesser à un moment, pensai-je. La folie me guette. Suis-je déjà fou ?

Allongé dans le lit, j'étais en train de remonter les couvertures quand Kathy entra dans la chambre. Elle se brossait les dents.

— J'ai oublié de te dire, Nicole revient à Londres la semaine prochaine.
— Nicole ?
— Oui, Nicole, tu t'en souviens ? Nous sommes allés à sa fête de départ.
— Ah oui. Je croyais qu'elle s'était installée à New York.
— Oui. Mais maintenant elle rentre.

Kathy marqua une pause.

— Elle veut que je la retrouve jeudi. Jeudi soir après la répétition.

J'ignore ce qui éveilla mes soupçons. Était-ce la manière dont elle se tournait vers moi, sans me regarder dans les yeux ? J'eus l'impression qu'elle mentait. Je ne dis rien. Elle non plus. Elle disparut. Je l'entendis encore dans la salle de bains cracher le dentifrice et se rincer la bouche.

Peut-être exagérais-je ? Peut-être était-ce complètement innocent ? Kathy allait vraiment retrouver Nicole le jeudi.

Peut-être.

Il n'y avait qu'un seul moyen de le savoir.

Chapitre 19

Cette fois-ci, personne ne se pressait devant la galerie qui exposait Alicia, contrairement au jour, six mois plus tôt, où j'avais découvert l'*Alceste*. Un autre artiste était présenté en vitrine et, en dépit de son possible talent, il lui manquait la notoriété d'Alicia pour attirer les visiteurs.

À peine eussé-je poussé la porte que je frissonnai. Le froid y était pire qu'à l'extérieur et, au-delà de la température, l'atmosphère du lieu aux poutres apparentes en acier et au sol en béton ciré était glaciale. Je le trouvais dépourvu d'âme. Vide.

Quand j'approchai, le galeriste assis à son bureau se leva.

Jean-Félix Martin avait la petite quarantaine. C'était un bel homme aux yeux marron et aux cheveux bruns. Il portait un tee-shirt orné d'un crâne rouge. Je lui appris qui j'étais et la raison de ma visite, et, à ma grande surprise, il sembla parfaitement disposé à parler d'Alicia. Il s'exprimait avec un accent ; je lui demandai s'il était français.

— De Paris à l'origine. Mais je suis venu ici pour mes études. Oh, il y a au moins vingt ans de ça. Aujourd'hui, je me sens plutôt britannique.

Il sourit et fit un geste en direction d'une arrière-boutique.

— Venez, prenons un café, me dit-il.

Je le remerciai.

Il me conduisit dans un bureau converti en remise et envahi de tableaux.

— Comment va Alicia ? Elle ne parle toujours pas ? me demanda-t-il en actionnant une machine à café sophistiquée.

— Non.

— C'est tellement triste. Vous ne voulez pas vous asseoir ? Que voulez-vous savoir ? Je ferai de mon mieux pour répondre avec franchise.

Il m'adressa un sourire en coin teinté de curiosité.

— Bien que je ne comprenne pas bien pourquoi vous vous adressez à moi.

— Alicia et vous étiez proches, n'est-ce pas ? En dehors de votre relation professionnelle.

— Qui vous a dit cela ?

— Le frère de Gabriel, Max Berenson. Il m'a suggéré de m'entretenir avec vous.

Le galeriste leva les yeux au ciel.

— Oh, vous avez vu Max ? Qu'est-ce qu'il peut être rasoir !

Il prononça sa phrase avec tant de mépris que je ne pus retenir un petit rire.

— Vous connaissez Max Berenson ?

— Suffisamment. Mieux que je ne le souhaiterais, me répondit Jean-Félix.

Il me tendit une petite tasse de café.

— Alicia et moi étions proches. Très proches. Nous nous connaissions depuis longtemps, bien avant sa rencontre avec Gabriel.

— Je l'ignorais.

— Oh oui. Nous étions aux Beaux-Arts ensemble, et une fois diplômés nous avons peint ensemble.

— Vous avez créé à deux ?

— Pas exactement.

Il rit.

— Non, nous avons peint des murs. Comme peintres d'intérieur.

— Je vois, dis-je en souriant.

— Il s'est avéré que j'étais plus doué pour la peinture murale que pour la peinture tout court. Alors j'ai abandonné, à peu près au moment où Alicia a commencé à avoir du succès en tant qu'artiste. Et quand j'ai pris la direction de cette galerie, il m'a paru pertinent d'exposer ses œuvres. C'était une démarche tout à fait naturelle.

— C'est ce qu'il semble, en effet. Et Gabriel ?

— Gabriel ?

Je sentis que la mention de son nom l'agaçait, et cette réaction défensive me portait à croire que la voie méritait d'être explorée.

— Je me demande comment il s'adaptait à cette dynamique. Vous deviez le connaître plutôt bien, non ?

— Pas vraiment.

— Non ?

— Non.

Il hésita une seconde.

— Gabriel n'a pas pris le temps de me connaître. Il était très occupé par sa propre personne.

— Visiblement, vous ne l'appréciiez pas.

— Pas particulièrement. Je pense qu'il ne m'estimait pas. En réalité, je sais qu'il ne m'appréciait pas.

— Pourquoi donc ?

— Je n'en ai aucune idée.

— Croyez-vous qu'il était jaloux ? De votre relation avec Alicia ?

Il but une gorgée de café et hocha la tête.

— Oui. Sans doute.

— Il voyait peut-être en vous une menace ?

— C'est à vous de me le dire. Il semblerait que vous ayez toutes les réponses.

Je saisis le sous-entendu. Je n'insistai pas et tentai une autre approche.

— Vous avez vu Alicia quelques jours avant le meurtre, me semble-t-il.

— Oui. Je lui ai rendu visite.

— Pouvez-vous m'en dire davantage ?

— Elle devait exposer quelques jours plus tard et avait pris du retard. Elle était inquiète, à juste titre.

— Vous n'aviez vu aucune des nouvelles toiles ?

— Non. Elle m'en empêchait depuis longtemps. J'ai considéré qu'il valait mieux aller y jeter un œil. Je pensais la trouver dans l'atelier au fond du jardin. Mais elle n'y était pas.

— Non ?

— Non, je l'ai trouvée dans la maison.

— Comment êtes-vous entré ?

La question sembla le surprendre.

— Pardon ? Ah oui. Il y avait un portillon côté rue qui donnait sur le jardin de derrière. En général il n'était pas fermé. Et, depuis le jardin, je suis entré dans la cuisine. Dont la porte était elle aussi ouverte, ajouta-t-il en souriant. Vous savez, vous ressemblez davantage à un détective qu'à un psychiatre.

— Je suis psychothérapeute.

— Il y a une différence ?

— J'essaie seulement de comprendre l'état psychique d'Alicia. Comment l'avez-vous trouvée ?

— Elle m'a paru de bonne humeur. Un peu stressée par le travail.

— Rien d'autre ?

— Elle n'avait pas l'air sur le point d'abattre son mari quelques jours plus tard, si c'est là que vous voulez en venir. Elle semblait bien.

Il termina son café et hésita, comme si une idée lui venait soudain à l'esprit.

— Voulez-vous voir quelques-unes de ses toiles ?

Sans attendre ma réponse, Jean-Félix se leva, se dirigea vers la porte et me fit signe de le suivre.

— Venez.

Chapitre 20

Je suivis Jean-Félix dans la réserve. Il se dirigea vers une grande caisse et en sortit un portant à charnière d'où il ôta trois tableaux enveloppés dans des couvertures qu'il appuya contre la caisse. Il les déballa avec précaution, puis recula et me présenta le premier avec un geste théâtral.
— Voilà, dit-il.
Je l'examinai. Il témoignait du même caractère photoréaliste que le reste de l'œuvre d'Alicia. C'était une représentation presque photographique de l'accident de voiture dans lequel sa mère avait été tuée. Une femme assise à l'avant d'une épave était écroulée sur le volant, ensanglantée, morte, de toute évidence. Son esprit, son âme s'élevait du corps, un grand oiseau aux ailes jaunes s'envolant vers les cieux.
— N'est-ce pas magnifique ? s'extasia Jean-Félix en le contemplant. Tous ces jaunes, ces rouges et ces verts. Je peux presque me perdre dedans. C'est joyeux.
Joyeux n'était pas le terme que j'aurais choisi. Troublant, peut-être. Je ne savais pas vraiment quoi en penser.
Je passai au suivant. Un portrait du Christ sur la Croix. Mais était-ce bien le Christ ?
— C'est Gabriel, m'éclaira Jean-Félix. C'est un bon portrait.
Il s'agissait en effet de Gabriel, mais représenté en Jésus crucifié, cloué à la Croix, coiffé d'une couronne d'épines,

du sang gouttant de ses blessures. Il n'avait pas les yeux baissés, son regard portait droit devant, imperturbable, torturé, ostensiblement réprobateur. Ses yeux semblaient vous transpercer. J'examinai la toile de plus près, l'objet incongru à la ceinture de Gabriel. Un pistolet.

— C'est le pistolet qui l'a tué?
— Oui. Il lui appartenait, je crois.
— Et ce tableau a été peint avant son meurtre?
— Environ un mois avant. Cela montre bien l'état d'esprit d'Alicia, non?

Il passa à la troisième toile. Elle était plus grande que les autres.

— C'est le meilleur. Reculez pour mieux voir.

Je fis quelques pas en arrière, puis me tournai. Et je ne pus m'empêcher de rire.

Le tableau représentait la tante d'Alicia, Lydia Rose. Et la raison pour laquelle ce dernier l'avait autant mise en colère sautait aux yeux. Lydia était nue, allongée sur un petit lit qui ployait sous son poids. Elle apparaissait monstrueusement grosse, sorte d'explosion de chair qui coulait du lit et se répandait sur le sol de la pièce, ondulant telles des vagues de crème anglaise grisâtre.

— Mon Dieu. C'est cruel, m'exclamai-je.
— Je le trouve plutôt charmant.

Le galeriste m'observait avec intérêt.

— Vous connaissez Lydia?
— Oui, je suis allé lui rendre visite.
— Je vois, dit-il en souriant. Vous vous êtes bien renseigné au préalable. Je ne l'ai jamais rencontrée. Alicia la détestait, vous savez.
— Oui. Oui, c'est ce que je constate, répondis-je en continuant de contempler le tableau.

Jean-Félix commença à remballer les toiles avec soin.

— Et l'*Alceste*? Je peux le voir?

— Bien sûr, suivez-moi.

Il me précéda dans l'étroit passage conduisant au fond de la galerie. Là, l'*Alceste* occupait un mur à lui seul. Il était aussi beau et mystérieux que dans mon souvenir. Alicia, nue dans l'atelier, devant une toile blanche, un pinceau rouge sang à la main. J'étudiai l'expression de son visage. Je fronçai les sourcils.

— Elle est énigmatique.

— C'est le but, le refus de tout commentaire. C'est un tableau sur le silence.

— Je ne suis pas sûr de saisir.

— Au cœur de toute forme d'art réside un mystère. Le silence d'Alicia est son secret, son mystère, au sens religieux. C'est pour cela qu'elle l'a appelé *Alceste*. Vous l'avez lue? D'Euripide. Lisez-la. Vous comprendrez.

Je hochai la tête. Puis j'aperçus un détail que je n'avais pas remarqué avant : une coupe de fruits posée sur la table en arrière-plan. Des pommes et des poires. Et sur les pommes rouges, de petites formes blanches floues qui pénétraient dans le fruit ou grimpaient dessus. Je les montrai du doigt.

— Est-ce que ce sont…?

— Des vers? Oui.

— Fascinant. Je me demande ce que cela signifie.

— Il est magnifique. Un chef-d'œuvre. Vraiment.

Jean-Félix bâilla et me lança un coup d'œil depuis l'autre côté du tableau. Il baissa la voix comme si Alicia pouvait nous entendre.

— C'est dommage que vous ne l'ayez pas connue à l'époque. C'était la personne la plus intéressante que j'aie jamais rencontrée. La plupart des gens ne sont pas vivants, vous savez, pas vraiment. Ils traversent la vie en somnambules. Mais Alicia était tellement vivante. C'était difficile de la quitter des yeux.

Il tourna de nouveau la tête vers la toile et regarda le corps nu d'Alicia.

— Elle est si belle.

Je considérai moi aussi ce corps. Mais là où le galeriste voyait de la beauté, je ne percevais que de la douleur. Je discernai les blessures qu'elle s'était infligées, les cicatrices d'automutilation.

— Vous a-t-elle jamais parlé de sa tentative de suicide? demandai-je au galeriste.

J'allais à la pêche aux renseignements, et il mordit à l'hameçon.

— Oh, vous êtes au courant? Oui, évidemment.

— Après la mort de son père?

— Elle s'est effondrée. La vérité, c'est qu'Alicia était vraiment perturbée. Pas en tant qu'artiste, mais en tant que personne. Elle était extrêmement vulnérable. Quand son père s'est pendu, ç'a été trop. Elle n'a pas pu faire face.

— Elle devait beaucoup l'aimer.

Jean-Félix eut une espèce de rire étranglé. Il me regarda comme si j'étais fou.

— De quoi parlez-vous?

— Comment ça?

— Alicia ne l'aimait pas. Elle le détestait. Le méprisait.

La nouvelle me déconcerta.

— Alicia vous l'a dit?

— Bien entendu. Elle le détestait depuis l'enfance, depuis la mort de sa mère.

— Mais pourquoi tenter de se suicider après sa pendaison? Si ce n'était pas à cause du chagrin, pourquoi alors?

— Le sentiment de culpabilité, peut-être? Qui sait?

Il me cachait quelque chose. Tout cela manquait de cohérence, me paraissait inexact. Son téléphone sonna. Il me demanda de l'excuser un instant, puis se tourna pour répondre. J'entendis une voix de femme à l'autre bout de la ligne. Ils parlèrent un moment, convinrent d'une heure de rendez-vous.

— Je te rappelle, chérie, dit-il.

Il raccrocha, puis se tourna vers moi.

— Désolé.

— Pas de problème. C'était votre petite amie?

— Juste une amie, répondit-il en souriant. J'ai beaucoup d'amis.

Le contraire m'eût étonné. Il m'inspirait une légère antipathie, sans que je sache bien pourquoi. Lorsqu'il me reconduisit à la porte, je posai une dernière question.

— Encore une chose. Alicia vous a-t-elle parlé d'un médecin?

— Un médecin?

— Apparemment, elle a consulté un médecin à l'époque de sa tentative de suicide. J'essaie de le retrouver.

— Hum... Il y avait peut-être quelqu'un.

— Vous rappelez-vous son nom?

Il réfléchit quelques secondes, puis hocha la tête.

— Je suis désolé, non. Honnêtement, je ne me rappelle pas.

— Eh bien, si ça vous revient, peut-être pourriez-vous me tenir au courant?

— Bien sûr. Mais j'en doute.

Il hésita un instant, puis me dit :

— Vous voulez un conseil?

— Avec plaisir.

— Si vous voulez vraiment faire parler Alicia, donnez-lui des pinceaux et des couleurs. Laissez-la peindre. C'est le seul moyen pour elle de communiquer. À travers son art.

— C'est une idée intéressante. Vous m'avez été d'une grande aide. Merci, monsieur Martin.

— Appelez-moi Jean-Félix. Et quand vous verrez Alicia, dites-lui que je l'aime.

Il sourit, et je ressentis de nouveau cette légère antipathie ; quelque chose en lui m'était difficile à supporter. Je voyais qu'il avait été vraiment proche d'Alicia. Ils se connaissaient depuis longtemps et, de toute évidence, elle l'attirait. Était-il amoureux ? Je n'en étais pas certain. Je repensai à son visage quand il avait contemplé l'*Alceste*. Oui, il y avait de l'amour dans son regard, mais pour le tableau, pas nécessairement pour son auteur. C'était l'art, l'objet de sa convoitise. Sinon, il aurait rendu visite à Alicia au Grove. Il serait resté auprès d'elle, je le savais. Un homme n'abandonne jamais une femme comme elle.

Pas s'il l'aime.

Chapitre 21

Sur le chemin de la clinique, je fis un saut chez Waterstones et me procurai un exemplaire d'*Alceste*. L'introduction expliquait que c'est la plus ancienne tragédie d'Euripide conservée et l'une de ses pièces les moins jouées.

J'en commençai la lecture dans le métro. Pas vraiment captivante. Une pièce étrange. Le héros, Admète, est condamné à mort par les Parques. Mais grâce à la négociation d'Apollon, il se voit proposer un marché. Il pourra échapper à la mort s'il parvient à convaincre une autre personne de mourir à sa place. Il demande à ses parents, qui refusent en des termes on ne peut plus clairs. Le lecteur ne sait que penser d'Admète à ce moment-là. Son comportement n'est indiscutablement pas héroïque, et les Grecs de l'Antiquité ont dû trouver ce personnage un peu idiot. Alceste est faite d'un autre bois, et se porte volontaire pour mourir à la place de son mari. Peut-être ne s'attend-elle pas à ce qu'Admète accepte son offre. Alceste meurt, puis part pour les Enfers.

Mais cela ne n'arrête pas là. Il y a un happy end en quelque sorte, un *deus ex machina*. Héraclès retire Alceste des Enfers et la ramène triomphalement dans le monde des vivants. Elle reprend vie. Admète est ému aux larmes lors des retrouvailles avec son épouse. Les émotions d'Alceste sont plus difficiles à déchiffrer. Elle reste silencieuse.

Je me redressai d'un coup à la lecture de ce dénouement. C'était incroyable.

Je relus la dernière page de la pièce, lentement, avec attention.

Alceste revient de la mort, vivante à nouveau. Elle ne prononce pas un mot, ne pouvant ou ne voulant parler de son expérience. En désespoir de cause, Admète demande à Héraclès : « Mais pourquoi reste-t-elle immobile et muette ? »

Aucune réponse ne lui est donnée. À la fin de la tragédie, Alceste est reconduite chez eux par Admète, en silence.

Pourquoi ? Pourquoi reste-t-elle muette ?

Chapitre 22

2 août

La chaleur est encore plus terrible aujourd'hui. Il fait plus chaud qu'à Athènes, apparemment. Mais au moins, à Athènes, il y a une plage.

Paul m'a téléphoné de Cambridge. J'ai été surprise d'entendre sa voix. Nous ne nous étions pas parlé depuis des mois. J'ai tout d'abord pensé que tante Lydia était morte. Et, je n'ai pas honte de le dire, j'ai ressenti un léger soulagement.

Mais Paul appelait pour une autre raison. En réalité, j'ignore encore pourquoi il m'a contactée. Il s'est montré plutôt évasif. J'ai attendu qu'il en vienne au fait, mais il tergiversait. Il n'a cessé de me demander si j'allais bien, si Gabriel allait bien, et a marmonné quelques mots au sujet de Lydia qui ne changeait pas. Je lui ai promis d'aller leur rendre visite. Je lui ai dit :

— Je ne suis pas venue depuis des siècles, j'en avais l'intention.

En réalité, j'éprouve des sentiments complexes à l'idée de retourner là-bas, de me retrouver dans la maison avec Lydia et Paul. Alors j'évite et je finis par me sentir coupable. Je suis perdante dans un cas comme dans l'autre. J'ai ajouté :

— Ce serait agréable de se revoir. Je vais venir bientôt. J'étais sur le point de sortir, alors...

Puis Paul s'est mis à parler si doucement que je ne l'entendais plus. Je lui ai demandé de répéter.

— J'ai des ennuis, Alicia. J'ai besoin de ton aide.
— Qu'y a-t-il ?
— Je ne peux pas en parler au téléphone. Il faut que je te voie.
— Je comprends... Je ne suis pas certaine de pouvoir venir à Cambridge tout de suite.
— Moi, je vais venir. Cet après-midi. D'accord ?

L'inflexion étrange de sa voix m'a poussée à accepter sans réfléchir. Il semblait désespéré. J'ai ajouté :

— D'accord. Es-tu sûr de ne rien pouvoir me dire tout de suite ?

Il m'a répondu : « À tout à l'heure », puis il a raccroché.

J'y ai repensé toute la matinée. Quel problème pouvait être grave au point que Paul se tourne vers moi ? S'agissait-il de Lydia ? De la maison, peut-être ? Cela n'avait aucun sens.

Je n'ai pas pu travailler après le déjeuner. J'ai incriminé la chaleur, mais, en réalité, j'avais l'esprit ailleurs. Je me suis attardée dans la cuisine et j'ai regardé par la fenêtre jusqu'à apercevoir Paul dans la rue. Il m'a saluée d'un signe de la main.

Ce qui m'a tout d'abord frappée, c'était sa mine horrible. Il a perdu beaucoup de poids, son visage est émacié. Il est squelettique, il a l'air malade. Épuisé. Effrayé.

Nous nous sommes installés à la cuisine, le ventilateur portatif en marche. Je lui ai proposé une bière, mais il a répondu qu'il préférait un alcool plus fort. Cela m'a surprise parce que dans mon *souvenir ce n'est pas un grand buveur. Je lui ai servi un whisky – un petit – et il s'est resservi dès que j'ai eu le dos tourné.*

Au début, il n'a rien dit. Nous sommes restés assis un moment en silence. Puis il a répété ce qu'il m'avait murmuré au téléphone : « J'ai des ennuis. »

Je lui ai demandé ce qu'il entendait par là. Était-ce à propos de la maison ?

Il m'a regardée d'un œil hagard. Non, il ne s'agissait pas de la maison.

— Alors de quoi ?

— De moi.

Il a hésité un moment, puis a avoué :

— J'ai joué. Et j'ai beaucoup perdu, malheureusement.

Il s'avère qu'il joue régulièrement depuis des années. Il a commencé pour s'évader de la maison, m'a-t-il expliqué, pour avoir quelque part où aller, quelque chose à faire, s'amuser un peu – et je ne peux pas le lui reprocher. À vivre avec Lydia, on ne doit pas beaucoup s'amuser. Mais il a perdu de plus en plus, et maintenant la situation est devenue incontrôlable. Il a puisé dans le compte d'épargne. Qui était déjà loin d'être bien garni.

— Combien te faut-il ? lui ai-je demandé.

— Vingt mille livres.

Je n'en croyais pas mes oreilles.

— Tu as perdu vingt mille livres ?

— Pas d'un seul coup. Et j'ai emprunté à des gens. Maintenant, ils veulent que je les rembourse.

— Qui ?

— Si je ne leur rends pas leur argent, je vais avoir des problèmes.

— En as-tu parlé à ta mère ?

Je connaissais déjà la réponse. Paul a beau être dans un triste état, il n'est pas idiot.

— Bien sûr que non. Maman me tuerait. J'ai besoin de ton aide, Alicia. C'est pour ça que je suis venu.

— Je n'ai pas une telle somme, Paul.

— Je te rembourserai. Il ne me faut pas tout en une fois. Juste un petit peu.

Je n'ai pas répondu, et il a continué de me supplier. « Ils » réclamaient une partie de l'argent ce soir. Il n'osait pas retourner les voir les mains vides. Ce que je pourrais lui donner, n'importe quoi. J'étais perplexe. Je voulais lui venir en aide, mais je soupçonnais qu'un prêt ne serait pas la meilleure manière de remédier au problème. Je savais aussi que ces dettes seraient un secret compliqué à cacher à tante Lydia. J'ignore ce que je ferais à la place de Paul. Se confronter à Lydia est sans doute plus effrayant encore qu'affronter les usuriers.

Je lui ai finalement proposé un chèque.

Une expression pitoyable de reconnaissance est apparue sur son visage et il n'a cessé de marmonner : « Merci, merci. » Je lui ai rédigé un chèque de deux mille livres, payables en espèces. Je sais qu'il en attendait davantage, mais toute cette affaire se joue sur un terrain inconnu pour moi. Et je ne suis pas sûre de l'avoir cru sur toute la ligne. Son récit sonne faux.

— Je pourrai peut-être t'en donner plus quand j'aurai parlé à Gabriel. Mais il serait préférable que nous trouvions un autre moyen de résoudre cette affaire. Tu sais, le frère de Gabriel est avocat. Peut-être qu'il pourrait...

Paul s'est levé d'un bond, terrifié. Il hochait la tête.

— Non, non, non. Ne raconte rien à Gabriel. Ne le mêle pas à ça. S'il te plaît. Je trouverai comment résoudre le problème. Je trouverai une solution.

— Et Lydia ? Je crois que tu devrais...

Cette fois, il a violemment hoché la tête et a pris le chèque. Il m'a paru dépité en découvrant le montant, mais n'a fait aucun commentaire. Il est parti peu après.

J'ai l'impression de l'avoir déçu. Et ce sentiment vis-à-vis de lui, je l'éprouve depuis l'enfance. Je n'ai jamais réussi à me montrer à la hauteur de ses attentes : je dois représenter une figure maternelle pour lui. Il me connaît donc si peu. Je n'ai pas l'instinct maternel.

J'en ai parlé à Gabriel à son retour. Et, bien entendu, il s'est fâché contre moi. Il a dit que je n'aurais pas dû donner de l'argent à Paul, que je ne lui dois rien, que je ne suis pas responsable de lui.

Je sais qu'il a raison, mais je ne peux m'empêcher de me sentir coupable. J'ai fui cette maison et Lydia, Paul non. Il est encore prisonnier. Il a toujours huit ans. Je veux l'aider.

Mais j'ignore comment.

6 août

J'ai passé la journée à peindre, j'ai fait des essais pour l'arrière-plan du tableau au Christ. J'ai réalisé des croquis à partir des photos que nous avons prises au Mexique — terre rouge, craquelée, sombre, arbustes à épines —, j'ai réfléchi à la manière de rendre cette chaleur, cette sécheresse intense, puis j'ai entendu Jean-Félix qui m'appelait.

Pendant une seconde, j'ai songé à l'ignorer, à faire abstraction de sa présence. Mais le portail s'ouvrait et il était trop tard quand j'ai passé la tête dehors. Il traversait déjà le jardin. Il m'a saluée de la main.

— Coucou, ma chérie. Je te dérange ? Tu travailles ?

— Il se trouve que oui.

— Bien, bien. Continue. Il ne reste qu'un mois et demi avant l'exposition, tu sais. Tu es terriblement en retard.

Il a éclaté de rire, de son rire agaçant. L'expression de mon visage a dû trahir ma pensée, parce qu'il a très vite ajouté :

— Je plaisante. Je ne suis pas venu te surveiller.

Je n'ai pas répliqué. Je me suis contentée de rentrer dans l'atelier, où il m'a suivie. Il a pris une chaise, l'a placée devant le ventilateur, a allumé une cigarette et la fumée a tourbillonné dans l'air. Je suis retournée au chevalet et j'ai repris mon pinceau. Jean-Félix a parlé pendant que je peignais. Il s'est plaint de la chaleur, a déclaré que Londres n'est pas conçue pour supporter ce genre de météo. Il l'a comparée à Paris et à d'autres villes, en sa défaveur. Au bout d'un moment, j'ai cessé d'écouter. Il a poursuivi, s'est lamenté, s'est justifié, s'est apitoyé sur lui-même, m'a ennuyée à mourir. Il ne me pose jamais de questions. Il ne s'intéresse pas réellement à moi. Même après tout ce temps, je demeure un simple moyen d'atteindre son but – un public pour le Jean-Félix show.

Peut-être suis-je injuste. C'est un vieil ami et il a toujours été présent. Il se sent seul, c'est tout. Et moi aussi. Enfin, je préférerais vivre seule plutôt qu'avec la mauvaise personne. C'est pour cela que je n'ai eu aucune relation sérieuse avant Gabriel. Je l'attendais. Quelqu'un de vrai, aussi fiable et sincère que les autres étaient faux. Jean-Félix a toujours été jaloux de notre relation. Il a tenté de le cacher, et il le fait encore, mais je suis persuadée qu'il déteste Gabriel. Il le dénigre sans cesse : Gabriel ne possède pas mon talent, il est vaniteux et égocentrique. Je pense que Jean-Félix espère me rallier à sa cause, me voir tomber à ses pieds. Mais ce dont il ne se rend pas compte, c'est qu'à chaque sarcasme et chaque vacherie il me pousse un peu plus dans les bras de Gabriel.

Jean-Félix évoque sans arrêt notre longue, très longue amitié – c'est là l'emprise qu'il a sur moi : l'intensité de ces premières années lorsque c'était « nous contre le monde entier ». Mais je crois qu'il n'a pas conscience qu'il se raccroche à un moment de ma vie où je n'étais pas heureuse. Et toute l'affection que j'ai pour lui remonte à cette époque. Nous sommes comme un couple marié que l'amour n'unit plus. Aujourd'hui, j'ai compris à quel point je le déteste.

Je lui ai dit :

— Je travaille. Il faut que je continue, alors si cela ne t'ennuie pas...

Il a eu un rictus amer.

— Tu me demandes de partir ? Je te regarde peindre depuis le premier jour. Si je te déconcentre depuis tout ce temps, tu aurais pu m'en parler plus tôt.

— Je t'en parle maintenant.

Je rougissais et me mettais en colère. Sans pouvoir contrôler mes réactions. J'essayais de peindre, mais ma main tremblait. Je sentais le regard de Jean-Félix sur moi – j'entendais presque son cerveau en action faire tic tac, ronronner, tourner. Puis il a fini par me demander :

— Je t'ai contrariée, c'est ça ?

— Oui, je viens de te l'expliquer. Tu ne peux pas passer à l'improviste comme cela. Il faut que tu m'envoies un texto ou que tu m'appelles avant.

— Je ne savais pas qu'il me fallait une invitation écrite pour voir ma meilleure amie maintenant.

Le silence était pesant. Jean-Félix l'avait mal pris. C'était sans doute la seule interprétation possible. Je n'avais pas prévu de le lui annoncer de cette manière. J'avais l'intention de procéder avec plus de douceur. Mais je n'ai pas pu m'en empêcher. Et le plus étrange, c'est que je « voulais » le blesser. J'avais envie de me montrer cruelle.

— Jean-Félix, écoute.

— Je suis tout ouïe.

— Je ne sais pas comment te le dire. Mais, après l'exposition, je veux faire une pause. Il est temps de changer.

— Changer quoi ?

— Changer de galerie. Pour moi.

Il m'a dévisagée, stupéfait. On aurait dit un petit garçon sur le point d'éclater en sanglots. Et je me suis aperçue que j'étais tout simplement agacée.

— Le moment est venu pour un nouveau départ. Pour nous deux.

— Je vois.

Il a allumé une autre cigarette.

— Et j'imagine que l'idée vient de Gabriel.

— Gabriel n'a rien à voir là-dedans.

— Il me déteste.

— Ne raconte pas n'importe quoi.
— Il t'a montée contre moi. Je l'ai vu. Ça fait des années que ça dure.
— C'est faux.
— Quelle autre explication y a-t-il? Pour quelle autre raison me poignarderais-tu dans le dos?
— N'exagère pas. Il s'agit seulement de la galerie. Pas de toi et moi. Nous resterons amis. Nous continuerons à nous voir.
— Si je t'envoie un texto ou que je t'appelle d'abord, c'est ça?

Il a ri et s'est mis à parler à toute vitesse, comme s'il essayait de déballer tout ce qu'il avait sur le cœur avant que je puisse l'arrêter.

— Attends, attends. Pendant toutes ces années, j'ai vraiment cru en quelque chose, tu sais? Toi et moi. Et maintenant, tu décides que ce n'était rien. Juste comme ça. Personne ne se soucie de toi autant que moi. Personne.
— Jean-Félix, s'il te plaît.
— Je ne peux pas croire que tu viens de le décider, juste comme ça.
— J'avais l'intention de te l'annoncer depuis un moment.

Ce n'étaient vraiment pas les bons mots. Jean-Félix a eu l'air sidéré.

— Comment ça, depuis un moment? Depuis quand?
— Je ne sais pas. Un petit moment.
— Et tu m'as remplacé. C'est ça. Bon Dieu, Alicia! N'y mets pas fin comme ça. Ne me jette pas comme ça.
— Je ne te jette pas. N'exagère pas. Nous serons toujours amis.

— *Attends une seconde. Tu sais pourquoi j'étais venu ? Pour t'inviter au théâtre vendredi.*

Il a retiré deux billets de la poche de sa veste et me les a tendus — des places pour une représentation d'une tragédie d'Euripide au National.

— *J'aimerais que tu m'accompagnes. C'est un moyen plus raffiné de se dire au revoir, tu ne trouves pas ? En souvenir du bon vieux temps. Ne refuse pas.*

J'ai hésité. C'était la dernière chose dont j'avais envie. Mais je ne voulais pas le contrarier davantage. À ce stade, je crois que j'aurais accepté n'importe quoi, simplement pour qu'il s'en aille. Alors j'ai dit oui.

22 h 30

Quand Gabriel est rentré, je lui ai relaté l'incident avec Jean-Félix. Il m'a avoué n'avoir jamais compris notre amitié. Il a ajouté qu'il trouvait Jean-Félix sinistre et qu'il n'aimait pas la manière dont il me regardait. Je lui ai demandé de préciser.

— *Comme si tu lui appartenais. Tu devrais quitter la galerie tout de suite, avant l'exposition.*

— *C'est impossible. Il est trop tard. Et je ne veux pas qu'il me déteste. Tu ignores à quel point il peut se montrer rancunier.*

— *On dirait que tu as peur de lui.*

— *Non. C'est simplement que ce sera plus facile de m'éloigner petit à petit.*

— *Le plus tôt sera le mieux. Il est amoureux de toi. Tu en as bien conscience ?*

Je n'ai pas entamé de discussion — mais Gabriel a tort. Jean-Félix n'est pas amoureux de moi. Il *est attaché à mes tableaux plus qu'à moi. Et c'est une raison supplémentaire de m'éloigner de lui. Jean-Félix ne se soucie pas de moi le moins du monde. Cependant, Gabriel a raison sur un point : j'ai peur de lui.*

Chapitre 23

Je trouvai Diomedes dans son bureau, assis sur un tabouret en face de sa harpe aux cordes dorées.

— C'est un objet magnifique, lui dis-je.

Il acquiesça d'un signe de la tête.

— Et très difficile à jouer, ajouta-t-il.

Il se lança dans une démonstration. Ses doigts caressèrent les cordes. Une gamme s'égrena en ondoyant dans la pièce.

— Voulez-vous essayer ?

Je souris et refusai d'un hochement de tête. Cela le fit rire.

— Je continue de vous poser la question, voyez, dans l'espoir que vous changerez d'avis. Je suis plus que persévérant.

— Je ne suis pas très bon musicien. Le professeur de musique me l'a annoncé sans détour au collège.

— Comme la thérapie, la musique repose sur une relation. Tout dépend de l'enseignant que l'on choisit.

— Je n'en doute pas.

Il jeta un coup d'œil par la fenêtre et montra le crépuscule naissant.

— Ces nuages annoncent la neige.

— Ils m'ont tout l'air de nuages de pluie.

— Non, c'est de la neige. Croyez-moi, je descends d'une longue lignée de bergers grecs. Il va neiger ce soir.

Il leur jeta un dernier coup d'œil optimiste, puis se tourna vers moi.

— Que puis-je faire pour vous, Theo ?

— Ceci.

Je glissai un exemplaire de la pièce de théâtre sur son bureau. Il l'observa.

— Qu'est-ce ?

— Une tragédie d'Euripide.

— Je le vois bien, mais pourquoi me la montrez-vous ?

— C'est qu'il s'agit de l'*Alceste*. Le titre qu'Alicia a donné à son autoportrait, peint après la mort de Gabriel.

— Ah oui, oui, naturellement, dit-il en l'examinant avec plus d'intérêt. Elle s'attribue le rôle d'une héroïne de tragédie.

— Probablement. Je dois admettre que je ne sais pas quoi en penser. Je me suis dit que vous deviez mieux maîtriser le texte que moi.

— Parce que je suis grec ?

Il se mit à rire.

— Vous supposez que j'ai une connaissance plus approfondie de toutes les tragédies grecques ?

— Sans doute meilleure que la mienne, en tout cas.

— Je ne vois pas pourquoi. Cela revient à présumer que tous les Anglais maîtrisent l'œuvre de Shakespeare, me dit-il avec un sourire compatissant. Heureusement pour vous, c'est là la différence entre nos deux pays. Tous les Grecs connaissent leurs tragédies. Elles sont nos mythes, notre histoire, notre sang.

— Alors vous serez en mesure de me prêter main-forte pour celle-ci.

Diomedes feuilleta distraitement les pages.

— Et quel problème vous pose-t-elle ?

— Le fait que l'héroïne ne parle pas. Alceste meurt pour son mari. Et à la fin elle retourne à la vie, mais demeure muette.

— Ah. Comme Alicia.

— Oui.
— Là encore, je pose la question, quel problème vous pose le texte ?
— Eh bien, de toute évidence il y a un lien, mais je ne le saisis pas. Pourquoi ne parle-t-elle pas à la fin ?
— D'après vous ?
— Je ne sais pas. Elle est submergée par l'émotion, peut-être ?
— Peut-être. Quelle sorte d'émotion ?
— La joie ?
— La joie ?
Il rit de nouveau.
— Theo, réfléchissez. Comment vous sentiriez-vous ? La personne que vous aimez le plus au monde vous a condamné à mourir, par lâcheté. Cela relève assez de la trahison.
— Vous voulez dire qu'elle est bouleversée ?
— Vous a-t-on déjà trahi ?
La question m'estomaqua. Je me sentis rougir. Mes lèvres frémirent, mais aucun son ne sortit de ma bouche.
Diomedes sourit.
— Je vois que oui. Alors, dites-moi. Que ressent Alceste ?
Cette fois, la réponse ne m'échappait pas.
— De la colère. Elle est en colère.
— Oui, acquiesça-t-il. Davantage que de la colère. Elle éprouve une rage meurtrière.
Il gloussa.
— On se demande forcément comment la relation d'Alceste et Admète aurait évolué. La confiance, une fois perdue, est difficile à accorder de nouveau.
Il me fallut quelques secondes avant de parvenir à parler.
— Et Alicia ?
— Oui ?
— Alceste a été condamnée à mourir par la couardise de son mari. Mais Alicia ?

— Non, Alicia n'est pas morte. Sur le plan physique.

Il laissa sa phrase en suspens, puis reprit.

— Sur le plan psychique en revanche…

— Quelque chose s'est produit, selon vous, qui a tué son esprit ? qui a tué son impression d'être en vie ?

— C'est possible.

Je restai sur ma faim. Je pris l'ouvrage et l'observai. La couverture était ornée d'une statue classique. Une femme superbe immortalisée dans le marbre. Je la fixai en me remémorant les confidences de Jean-Félix.

— Si Alicia est morte, comme Alceste, alors il nous faut la ramener à la vie.

— Exact.

— Une idée me vient : si Alicia s'exprime toujours à travers son art, pourquoi ne pas lui donner une voix ?

— Et comment devrions-nous procéder ?

— Pourquoi ne pas la laisser peindre ?

Diomedes me lança un regard surpris, suivi d'un geste dédaigneux.

— Elle participe déjà aux séances d'art-thérapie.

— Je ne parle pas d'art-thérapie. Je parle de la laisser travailler à sa manière, seule, dans un espace personnel dédié à la création. Pour lui permettre de s'exprimer, de se libérer de ses émotions. Cela pourrait faire des miracles.

Diomedes ne répondit pas tout de suite. Il méditait la suggestion.

— Vous allez devoir arranger ça avec son art-thérapeute. L'avez-vous rencontrée ? Rowena Hart ? Elle n'est pas du genre à se laisser marcher sur les pieds.

— J'irai lui parler. J'ai votre bénédiction ?

Il haussa les épaules.

— Si vous parvenez à convaincre Rowena, allez-y. Mais je peux vous le dire tout de suite, l'idée ne lui plaira pas. Elle ne l'aimera pas du tout.

Chapitre 24

— Je trouve l'idée formidable.
— Vraiment ?
Je tentai de ne pas paraître surpris par sa réaction.
— Oh oui. Le seul problème, c'est qu'Alicia ne sera pas partante.
— Pourquoi en êtes-vous si sûre ?
Elle ricana.
— Parce qu'Alicia est la moins réactive, la moins communicative des enquiquineuses avec qui j'ai eu à travailler.
— Ah.
Je suivis Rowena jusqu'à la salle consacrée aux arts plastiques. Les éclaboussures qui maculaient le sol formaient une sorte de mosaïque abstraite ; les murs étaient tapissés d'œuvres, certaines réussies, la plupart simplement bizarres. Rowena, une femme aux cheveux blonds coupés court, au front marqué, semblait lasse et résignée, sans doute à cause de la multitude de patients peu coopératifs qu'elle avait dû traiter. Alicia appartenait clairement à cette catégorie-là.
— Elle ne participe pas aux séances ? lui demandai-je.
— Non.
Rowena continuait de ranger des œuvres sur une étagère.
— J'ai nourri de grands espoirs quand elle a rejoint le groupe. J'ai fait tout mon possible pour qu'elle se sente la bienvenue. Mais elle se contente de rester assise, de fixer

la page blanche. Rien ne la poussera à peindre ni même à prendre un crayon et à dessiner. C'est un très mauvais exemple pour les autres.

Je hochai la tête en signe d'empathie. Le but de l'art-thérapie est d'amener les patients à peindre et à dessiner, et surtout à parler de leurs créations, en les reliant à leurs émotions. C'est un moyen très efficace de transcrire dans la matière leur inconscient, au sens propre, sur la page. Un espace où on peut y réfléchir et en parler. Comme toujours, cela se résume à la compétence du thérapeute. Ruth affirmait que peu sont doués ou dotés d'intuition et que la plupart sont de simples plombiers. Selon moi, Rowena tenait plutôt du plombier. De toute évidence, elle avait l'impression qu'Alicia la snobait.

Je tentai de me montrer aussi apaisant que possible.

— C'est peut-être douloureux pour elle, suggérai-je avec douceur.

— Douloureux?

— Eh bien, ce ne doit pas être facile pour une artiste aussi talentueuse de peindre avec les autres patients.

— Pourquoi? Parce qu'elle est au-dessus de ça? Je l'ai vue travailler. Je ne la classe pas parmi les plus doués.

Elle pinça les lèvres comme si elle venait de goûter une boisson désagréable.

C'était la raison pour laquelle Alicia lui était antipathique. Rowena en était jalouse.

— N'importe qui peut peindre comme ça. Il n'y a rien de difficile à représenter le monde de manière photographique. Ce qui est plus compliqué, c'est d'avoir un point de vue.

Je n'avais aucune envie de débattre de l'art d'Alicia.

— Donc, en résumé, vous seriez soulagée si je vous en débarrassais?

Elle me jeta un regard sévère.

— Je vous la laisse avec plaisir.
— Merci. Je vous en suis reconnaissant.
Elle renifla avec mépris.
— Il vous faudra fournir le matériel. Mon budget ne couvre pas la peinture à l'huile.

Chapitre 25

— J'ai un aveu à vous faire.

Alicia ne me regardait pas. Je poursuivis, l'observant attentivement.

— Je suis allé à Soho l'autre jour et je suis passé devant votre ancienne galerie. Alors je suis entré. Le galeriste a eu l'amabilité de me montrer certaines de vos œuvres. C'est un vieil ami à vous ? Jean-Félix Martin ?

J'attendais une réaction. Il n'y en eut aucune.

— J'espère que vous n'y voyez pas une intrusion dans votre vie privée. J'aurais peut-être dû vous consulter d'abord. J'espère que cela ne vous dérange pas.

Pas de réaction.

— J'ai découvert deux tableaux que je n'avais jamais eu l'occasion d'admirer avant. Celui dans lequel vous représentez votre mère. Et celui dans lequel vous représentez votre tante, Lydia Rose.

Alicia leva lentement la tête et me regarda. Il y avait dans ses yeux une expression que je ne leur connaissais pas. Je ne parvenais pas à la définir. Était-ce de l'amusement ?

— Au-delà de mon intérêt évident pour ces œuvres, en tant que thérapeute s'entend, elles m'ont touché à un niveau très personnel. Ce sont des œuvres extrêmement puissantes.

Alicia baissa les yeux. Ça ne l'intéressait plus. Je persévérai sans attendre.

— Deux détails m'ont frappé. Dans le tableau de l'accident de voiture de votre mère, il manque un élément : vous. Vous ne vous êtes pas représentée dans la voiture, alors que vous y étiez.

Pas de réaction.

— Je me demandais si cela signifie que vous y voyez uniquement la tragédie de votre mère. Parce qu'elle est morte. Mais il y avait aussi une petite fille dans la voiture. Une fillette dont le sentiment de perte, j'imagine, n'a été ni reconnu ni entièrement extériorisé.

Alicia leva la tête et me fixa d'un regard provocateur. Je touchais quelque chose. Je poursuivis.

— J'ai posé des questions à Jean-Félix au sujet de votre autoportrait, *Alceste*. De sa signification. Et il m'a suggéré de consulter ceci.

Je sortis mon exemplaire de la pièce de théâtre et le lui glissai sur la table basse. Son regard se posa brièvement sur le livre.

— « Mais pourquoi reste-t-elle immobile et muette ? » C'est la question que pose Admète. Et je vous pose la même. Qu'est-ce que vous ne parvenez pas à dire ? Pourquoi devez-vous rester muette ?

Elle ferma les yeux, me fit disparaître. La conversation était terminée. Je jetai un coup d'œil à l'horloge derrière elle. La séance touchait presque à sa fin. Il ne restait que quelques minutes.

J'avais gardé ma carte maîtresse. Et je la jouai, en espérant que ma nervosité passerait inaperçue.

— Jean-Félix m'a fait une suggestion. Je l'ai trouvée plutôt bonne. Il pense que nous devrions vous laisser peindre. Cela vous plairait ? Nous pourrions vous fournir un espace privé, avec des toiles, des pinceaux et de la peinture.

Alicia cligna des yeux. Ils s'ouvrirent. Ce fut comme si un interrupteur avait été actionné en elle. C'étaient des yeux d'enfant, grands ouverts et innocents, dénués de mépris ou de soupçon. Ses joues reprirent de la couleur. Elle parut soudain merveilleusement vivante.

— J'ai parlé au professeur Diomedes. Il a accepté, et Rowena également. Alors la décision vous revient vraiment, Alicia. Qu'en pensez-vous ?

J'attendis. Elle me dévisageait.

Et puis, enfin, j'obtins le résultat espéré, une réaction nette, un signe me montrant que j'étais sur la bonne voie.

Ce fut très léger. Presque imperceptible. Néanmoins, ce signe en disait long : Alicia sourit.

Chapitre 26

Le réfectoire était la pièce du Grove où il faisait le plus chaud. Des radiateurs brûlants couvraient le bas des murs et on occupait toujours en priorité les bancs les plus proches. Le déjeuner était le repas le plus animé ; les résidentes et le personnel mangeaient côte à côte. L'agitation fébrile due à la présence de toutes les patientes en un même lieu produisait une cacophonie de voix.

Deux cantinières caribéennes enjouées riaient et bavardaient en servant les saucisse-purée, les fish and chips et le curry de poulet. La saveur des plats n'était pas à la hauteur de leur fumet. Je choisis le fish and chips, le moindre des trois maux. En allant m'asseoir, je croisai Elif. Elle était entourée de sa bande, l'équipe des patientes les plus coriaces aux abords revêches. Au moment où je passai près de sa table, elle se plaignait de la nourriture.

— Je ne vais pas manger cette merde, maugréa-t-elle en repoussant son plateau.

Sa voisine de droite le tira vers elle, se prépara à le lui prendre des mains, mais Elif lui donna un grand coup sur la tête.

— Sale goinfre, l'insulta-t-elle. Rends-moi ça.

L'incident déclencha de gros éclats de rire autour de la table. Elif récupéra son assiette et attaqua son repas avec un plaisir renouvelé.

Je remarquai Alicia, assise seule au fond de la pièce. Elle picorait un maigre bout de poisson tel un moineau anorexique ; elle lui faisait faire le tour de l'assiette sans jamais le porter à sa bouche. Je fus presque tenté de m'asseoir à sa table, mais y renonçai. Si elle avait levé les yeux et croisé mon regard, peut-être serais-je allé la rejoindre. Mais elle gardait les yeux baissés comme si elle tentait d'occulter son environnement et les personnes qui l'entouraient. La déranger m'apparaissant comme une intrusion dans son intimité, je m'installai au bout d'une autre table et entamai mon fish and chips. Je mangeai un morceau de poisson mou, insipide, réchauffé, mais tout de même cuit sur place. Je partageais l'opinion d'Elif. J'étais sur le point de jeter mon repas à la poubelle, quand, à ma grande surprise, Christian vint s'asseoir face à moi.

— Ça va ? me demanda-t-il.
— Oui, et toi ?

Il ne répondit pas. Il entama d'un geste déterminé son riz au curry dur comme de la pierre.

— J'ai entendu parler de ton projet de faire peindre Alicia, dit-il entre deux bouchées.
— Les nouvelles vont vite, à ce que je vois.
— Ici, en effet. C'est ton idée ?

J'hésitai.

— Oui, ça l'est. Je crois que ce sera bien pour elle.

Il parut dubitatif.

— Fais attention.
— Merci pour la mise en garde. Mais elle est plutôt inutile.
— Je disais ça comme ça. Les borderline sont séduisantes. C'est ce qui se passe dans ton cas. Je crois que tu n'en as pas pleinement conscience.
— Elle ne va pas me séduire, Christian.

Il se mit à rire.

— Je crois que c'est déjà fait. Tu lui donnes exactement ce qu'elle veut.

— Je lui donne ce dont elle a besoin. Nuance.
— Comment sais-tu ce dont elle a besoin ? Tu t'identifies trop à elle. C'est évident. C'est elle qu'on soigne, tu sais, pas toi.

Je jetai un coup d'œil à ma montre pour tenter de masquer ma colère.

— Il faut que j'y aille.

Je me levai et ramassai mon plateau. Au moment où je m'éloignais, Christian me lança :

— Elle va se retourner contre toi, Theo. Tu vas voir. Et ne va pas dire que je ne t'avais pas prévenu.

J'étais énervé. Et cet énervement me poursuivit tout le reste de la journée.

Après le travail, j'allai acheter des cigarettes dans le petit magasin du bout de la rue. J'en pris une entre mes lèvres, l'allumai, aspirai profondément, à peine conscient de mes actes. Je repensais aux avertissements de Christian, j'y réfléchissais tandis que les voitures passaient devant moi. Je l'entendais encore : « Les borderline sont séduisantes. »

Était-ce vrai ? Était-ce la source de mon agacement ? Alicia m'avait-elle séduit sur le plan affectif ? Pour Christian, cela ne faisait aucun doute, et j'étais certain que Diomedes partageait son opinion. Avaient-ils raison ?

En mon for intérieur, j'étais persuadé que non. Je voulais aider Alicia, oui, mais j'étais parfaitement capable de rester objectif à son sujet, vigilant, d'avancer prudemment et de respecter rigoureusement une distance convenable.

Je me méprenais, bien entendu. Il était déjà trop tard, mais je refusais de le reconnaître, et de l'admettre.

Je téléphonai à Jean-Félix à la galerie pour lui demander ce qu'il était advenu du matériel d'Alicia : ses tubes de peinture, ses pinceaux et ses toiles.

— Tout est-il au garde-meuble ?

Après un court silence, il répondit :

— Eh bien, non, en fait. J'ai toutes ses affaires.

— Vraiment ?

— Oui. J'ai vidé son atelier après le procès, et récupéré tout ce qui valait la peine d'être conservé. Tous ses croquis, ses carnets, ses chevalets, ses huiles. Je garde tout pour elle.

— C'est gentil de votre part.

— Alors, vous suivez mon conseil ? Vous la laissez peindre ?

— Oui. Maintenant, il reste à voir si ça portera ses fruits.

— Oh, sans aucun doute. Vous verrez. Tout ce que je vous demande c'est de me laisser jeter un coup d'œil aux tableaux achevés.

Il y avait une étrange note de colère dans sa voix. Je revis soudain les toiles d'Alicia emmaillotées comme des bébés dans sa remise. Les gardait-il vraiment à l'abri pour elle ? Ou parce que l'idée de s'en débarrasser lui était insupportable ?

— Pourriez-vous déposer le matériel au Grove ? Est-ce possible ?

— Oh, je...

Il hésita un instant. Je sentis son angoisse et me surpris à venir à sa rescousse.

— Ou alors je peux venir le chercher, si c'est plus simple ?

— Oui, oui, ce serait peut-être mieux.

Jean-Félix redoutait de venir à la clinique, redoutait de voir Alicia. Pourquoi ? Qu'y avait-il entre eux ?

Que refusait-il d'affronter ?

Chapitre 27

— À quelle heure as-tu rendez-vous avec ton amie ?
— Dix-neuf heures. Après la répétition.
Kathy me tendit sa tasse de café.
— Si tu n'arrives pas à te souvenir de son nom, Theo, elle s'appelle Nicole.
— D'accord, acquiesçai-je en bâillant.
Elle me décocha un regard sévère.
— Tu sais, c'est un peu insultant que tu n'arrives pas à te souvenir, c'est une de mes meilleures amies. Et tu es allé à sa soirée de départ, bon sang !
— Bien sûr que je me souviens de Nicole. J'ai juste oublié son nom, c'est tout.
Kathy avait l'air excédée.
— Bref. Monsieur le fumeur de joints. Je vais prendre une douche.
Elle quitta la cuisine.
Je souris intérieurement.
Dix-neuf heures.

À 18 h 45, je marchais au bord de la rivière pour rejoindre l'endroit où Kathy répétait sur South Bank.
Je m'assis ensuite sur un banc en face de la salle, de dos, pour que Kathy ne me remarque pas immédiatement si elle

partait plus tôt. De temps en temps, je tournai la tête et jetai un coup d'œil par-dessus mon épaule. Mais la porte restait obstinément fermée.

Et puis, à 19 h 5, elle s'ouvrit. J'entendis des conversations animées et des rires à mesure que les comédiens sortaient tranquillement du bâtiment par groupes de deux ou trois. Aucun signe de Kathy.

J'attendis cinq minutes. Dix minutes. Le petit défilé de comédiens cessa, et plus personne ne sortit. J'avais dû la rater. Elle avait dû s'en aller avant mon arrivée. À moins, bien entendu, qu'elle ne soit pas venue du tout.

Avait-elle menti aussi au sujet de la répétition ?

Je me levai et me dirigeai vers l'entrée. J'avais besoin d'en avoir le cœur net. Mais si elle se trouvait encore à l'intérieur et me voyait, que se passerait-il ? Quelle raison aurait pu me pousser à venir ? Je voulais lui faire une surprise ? Oui, je dirais que j'étais venu pour les inviter à dîner, Nicole et elle. Kathy ne saurait plus où se mettre et mentirait en me servant une excuse bidon. Nicole était malade, elle avait annulé. Et ainsi Kathy et moi passerions la soirée, gênés, en tête à tête. Encore une soirée de longs silences.

J'avançai jusqu'à la porte. J'hésitai, saisis la poignée rouillée, ouvris, puis entrai.

Le bâtiment, en béton brut, sentait l'humidité. La salle de répétition se trouvait au quatrième étage – elle s'était plainte de devoir grimper les marches tous les jours. Je montai donc l'escalier principal, atteignis le premier, et j'étais sur le point de monter au deuxième lorsque j'entendis une voix. Quelqu'un descendait de l'étage supérieur. C'était Kathy, qui parlait au téléphone.

— Je sais, je suis désolée. On se voit bientôt. Ce ne sera pas long. OK, OK, salut.

Je me figeai. À quelques secondes près, nous nous tamponnions. Je regagnai le rez-de-chaussée à la hâte et me cachai dans un coin. Elle passa à côté de moi sans m'apercevoir. Elle sortit et la porte claqua derrière elle.

Je m'empressai de la suivre. Elle marchait, à pas rapides, en direction du pont. Je me faufilai entre les touristes et les banlieusards en route pour chez eux après leur journée de travail et essayai de me tenir à distance sans la perdre de vue.

Elle traversa le pont, puis monta l'escalier du métro Embankment. J'étais curieux de savoir quelle ligne elle allait emprunter.

Mais elle ne prit pas le métro. Elle traversa simplement la station et poursuivit son chemin vers Charing Cross Road. Je continuai ma filature. Au feu rouge, je me tenais quelques pas derrière elle. Nous traversâmes ensuite Charing Cross Road pour nous diriger vers Soho. Je la suivis dans les rues étroites. Elle tourna à droite, puis à gauche et encore à droite. Et s'arrêta brusquement à l'angle de Lexington Street, où elle se plaça pour attendre.

C'était donc le point de rendez-vous. Un endroit bien choisi, central, passant, anonyme. J'hésitai, puis me glissai dans un pub voisin où je me postai au bar. L'emplacement m'offrait une vue nette de Kathy de l'autre côté de la rue, à travers la fenêtre. Le barman, un homme à la barbe broussailleuse, et qui avait l'air de s'ennuyer, se tourna vers moi.

— Oui?
— Une pinte. De Guinness.

Il bâilla, puis se dirigea vers l'autre bout du comptoir pour me servir la bière. Je continuai de surveiller Kathy. J'étais presque certain qu'elle ne pourrait pas m'apercevoir à travers la vitre, même si elle regardait dans ma direction. Et à un moment mon cœur cessa de battre une seconde; j'étais persuadé qu'elle m'avait repéré. Mais non. Elle tourna la tête.

Les minutes passèrent. Kathy attendait toujours, et moi aussi. Je bus ma bière à petites gorgées. Peu importe qui il était, il prenait son temps. Kathy n'aimerait pas ça. Elle n'aimait pas qu'on la fasse attendre, bien qu'elle fût constamment en retard. Je voyais qu'elle commençait à s'énerver ; elle fronçait les sourcils et consultait sa montre.

Puis un homme traversa la rue et vint à sa rencontre. Les quelques secondes qu'il lui fallut pour traverser me suffirent à le jauger et l'évaluer. Il était bien bâti et ses cheveux blonds lui tombaient sur les épaules, ce qui me surprit car Kathy avait toujours affirmé s'intéresser uniquement aux bruns aux yeux marron comme moi. À moins, bien entendu, qu'elle m'ait menti aussi là-dessus.

Mais l'homme se dirigea droit vers elle sans même la remarquer. Bientôt, il sortit de mon champ de vision. Ce n'était donc pas lui. Je me demandais si Kathy en arrivait à la même conclusion que moi. Lui avait-il posé un lapin ?

Soudain, à ma grande surprise, une blonde vulgaire, la trentaine, en minijupe prodigieusement courte et talons à la hauteur improbable, s'approcha de Kathy en chancelant. Je la reconnus sur-le-champ. Nicole. Elles se prirent dans les bras et se firent la bise. Puis elles s'éloignèrent, parlant et riant, bras dessus bras dessous. Kathy n'avait donc pas menti au sujet de son rendez-vous avec Nicole.

Mes émotions me stupéfiaient. J'aurais dû être terriblement soulagé que Kathy m'ait dit la vérité. J'aurais dû être heureux. Mais je ne l'étais pas.

J'étais déçu.

Chapitre 28

— Alors, qu'est-ce que vous en pensez, Alicia ? C'est très lumineux, n'est-ce pas ? Ça vous plaît ?

Yuri lui faisait découvrir avec fierté son nouvel atelier. Il avait eu l'idée de réquisitionner la pièce inutilisée adjacente au bocal à poissons rouges et j'avais accepté. Cela me paraissait plus judicieux que de partager la salle d'art-thérapie de Rowena – au vu de son hostilité patente, cela aurait pu engendrer des problèmes. À présent, Alicia bénéficiait d'une pièce à elle et serait libre de peindre quand elle le souhaiterait, sans interruption.

Elle observa l'espace. Son chevalet avait été déballé et placé près de la fenêtre, l'endroit le plus lumineux. Sa boîte d'huiles était ouverte sur la table. Yuri me fit un clin d'œil quand Alicia s'en approcha. Il débordait d'enthousiasme pour son installation et je lui étais reconnaissant de m'avoir soutenu. Il représentait pour moi un allié de taille parce qu'il était de loin le membre le plus apprécié de l'équipe, par les patientes en tout cas. Il m'adressa un signe de la tête, me dit : « Bonne chance, tu es seul, maintenant », puis quitta la pièce. La porte claqua derrière lui, mais Alicia ne sembla pas l'entendre.

Elle évoluait dans son monde, penchée au-dessus de la table, examinant ses couleurs, un léger sourire aux lèvres. Elle prit les pinceaux en poil de martre et les caressa comme s'il s'agissait de fleurs délicates. Elle déballa trois tubes : bleu de Prusse, jaune indien, rouge de cadmium, qu'elle aligna. Elle se tourna ensuite vers la toile blanche. La considéra. Elle resta devant, immobile, un long moment. Elle semblait entrer dans une sorte de transe, une rêverie. L'esprit ailleurs, elle s'était échappée, avait voyagé loin au-delà de cette cellule. Puis elle en sortit et retourna vers la table. Elle pressa un tube de peinture blanche pour en disposer un peu sur sa palette et lui ajouta une pointe de rouge. Elle était obligée de mélanger avec un pinceau. Pour des raisons évidentes, Stephanie avait confisqué les couteaux de peintre dès leur arrivée.

Elle leva le pinceau vers la toile, et fit une marque. Une seule touche de peinture rouge au milieu de l'espace blanc.

Elle l'examina un moment. Puis elle en traça une autre. Et encore une autre. Bientôt elle peignait sans pause ni hésitation, avec une totale fluidité de mouvement. Cela ressemblait à une sorte de danse. Je restai là, à regarder les formes qu'elle créait. Silencieux, osant à peine respirer. J'avais l'impression d'assister à un moment intime, à la mise bas d'un animal sauvage. Et bien qu'Alicia fût consciente de ma présence, elle ne semblait pas s'en préoccuper. Elle levait les yeux de temps en temps, en peignant, et me jetait des coups d'œil.

Presque comme si elle m'étudiait.

Les jours qui suivirent, le tableau commença à prendre forme, sommairement au début, puis avec de plus en plus de clarté, avant d'émerger de la toile dans une explosion de pur génie photoréaliste.

Alicia avait peint un bâtiment de brique rouge, un hôpital. Le Grove, indéniablement. Il était en feu, réduit en cendres. On distinguait deux silhouettes dans l'escalier de secours. Un homme et une femme qui échappaient à l'incendie. La femme, Alicia à n'en pas douter, ses cheveux roux de la même couleur que les flammes. Je me reconnus dans l'homme. Je la portais dans mes bras, la tenais en l'air tandis que le feu me léchait les chevilles.

Je ne parvenais pas à savoir si j'étais représenté en train de la sauver ou sur le point de la jeter dans les flammes.

Chapitre 29

Devant le bureau de l'accueil, une Américaine se plaignait bruyamment.
— C'est ridicule. Je viens ici depuis des années et personne ne m'a jamais demandé de téléphoner pour annoncer ma venue. Je ne peux pas attendre toute la journée. Je suis quelqu'un de très occupé.
Je reconnus Barbie Hellmann pour l'avoir vue dans les journaux et à la télévision. C'était la voisine d'Alicia à Hampstead, celle qui avait entendu les coups de feu la nuit du meurtre et avait prévenu la police.
Barbie, Californienne blonde d'une soixantaine d'années, peut-être davantage, s'aspergeait de Chanel N° 5 et avait eu recours à la chirurgie esthétique un bon nombre de fois. Son nom lui allait comme un gant. Elle avait l'air d'une poupée Barbie aux grands yeux étonnés. De toute évidence, elle était le genre de femme habituée à obtenir ce qu'elle désirait, d'où ses sonores contestations quand elle découvrit qu'il lui fallait prendre rendez-vous pour rendre visite à une patiente. Elle exigea de parler au responsable et accompagna sa requête d'un geste emphatique, comme si elle se trouvait au restaurant plutôt que dans un hôpital psychiatrique.
— C'est grotesque, s'indigna-t-elle. Où est le responsable ?

— Je suis la responsable, madame Hellmann, répliqua Stephanie. Nous avons déjà fait connaissance.

Pour la première fois, je ressentis une vague empathie à l'égard de Stephanie. Il était difficile de ne pas la plaindre de devoir subir de tels assauts. L'ancienne voisine d'Alicia parlait beaucoup, et vite, ne laissant aucun répit à son adversaire.

— Eh bien, vous n'avez jamais parlé de rendez-vous avant! cria Barbie en riant. Bon sang, c'est plus simple de réserver une table au *Ivy*.

Je les rejoignis et souris innocemment à Stephanie.

— Puis-je vous aider?

Stephanie me décocha un regard courroucé.

— Non merci. Je peux m'en occuper.

Barbie me toisa avec un certain intérêt.

— Qui êtes-vous?

— Theo Faber. Le thérapeute d'Alicia.

— Ah, vraiment? Comme c'est intéressant!

Les thérapeutes étaient visiblement des personnes avec lesquelles elle pouvait nouer des relations, à l'inverse des responsables. Dès lors, elle s'en remit uniquement à moi, traitant Stephanie comme une insignifiante réceptionniste, et, je dois l'admettre, je trouvais cette situation diablement amusante.

— Vous devez être nouveau, si nous ne nous sommes jamais rencontrés.

J'ouvris la bouche pour répondre, mais Barbie me devança.

— En général, je viens tous les deux mois à peu près. J'ai laissé passer un peu plus de temps cette fois-ci parce que je suis allée aux États-Unis pour un séjour dans ma famille, mais dès mon retour je me suis dit qu'il fallait que j'aille voir mon Alicia. C'était ma meilleure amie, vous savez.

— Non, je l'ignorais.

— Oh si. Quand ils ont emménagé à côté de chez moi, j'ai beaucoup aidé Gabriel et Alicia à prendre leurs marques dans le quartier. Alicia et moi sommes devenues extrêmement proches. On se confiait « tout ».

— Je vois.

Yuri apparut. Je lui fis signe d'approcher.

— Mme Hellmann est ici pour voir Alicia.

— Appelle-moi Barbie, mon chou. Yuri et moi sommes de vieux amis, m'informa-t-elle en lui adressant un clin d'œil. Ça remonte à longtemps. Ce n'est pas lui le problème. C'est cette dame.

Elle fit un geste dédaigneux en direction de Stephanie, qui trouva enfin une occasion de s'exprimer.

— Je suis désolée, madame Hellmann, mais le règlement de l'établissement a changé depuis votre visite l'an passé. Nous avons renforcé la sécurité. À partir de maintenant, il vous faudra téléphoner avant.

— Oh, mon Dieu, on est encore obligés de revenir là-dessus ? Je vais me mettre à hurler si j'entends ça encore une fois. Comme si la vie n'était pas déjà assez compliquée !

Stephanie abandonna et Yuri fit entrer Barbie. Je leur emboîtai le pas.

Nous entrâmes dans la salle des visiteurs et attendîmes Alicia. La pièce, uniquement meublée d'une table et de deux chaises et dépourvue de fenêtre, était éclairée par un néon jaune blafard. Je restai au fond et vis Alicia apparaître à la porte d'en face, accompagnée de deux infirmiers. Elle ne manifesta aucune réaction en découvrant Barbie. Elle se dirigea vers la table et s'assit. Barbie, en revanche, semblait bien plus émue.

— Alicia, ma chérie, tu m'as manqué. Tu es si mince, tu as fondu. Je suis si jalouse. Comment vas-tu ? Cette horrible femme a failli ne pas me laisser te voir. Ç'a été un vrai cauchemar.

Et elle poursuivit dans la même veine. Un flot continu de bavardage inepte, des détails de son séjour à San Diego pour rendre visite à sa mère et son frère. Alicia resta assise, silencieuse, le visage figé, ne trahissant rien, ne montrant rien. Au bout d'environ vingt minutes, par bonheur, le monologue prit fin. Yuri raccompagna Alicia, aussi indifférente qu'à son entrée.

Je m'approchai de Barbie alors qu'elle se dirigeait vers la sortie.

— Puis-je vous parler? lui demandai-je.

Elle hocha la tête, comme si elle s'y attendait.

— Vous voulez me parler d'Alicia? Il est grand temps que quelqu'un me pose ces fichues questions ! La police n'a rien voulu entendre. Et c'était fou, parce qu'Alicia se confiait tout le temps à moi. À propos de tout. Vous n'imaginez même pas ce qu'elle m'a dit.

Elle prononça sa phrase en me souriant avec une pudeur feinte. Elle savait qu'elle avait éveillé ma curiosité.

— Par exemple? lui demandai-je.

Elle m'adressa cette fois un sourire énigmatique, puis enfila son manteau de fourrure.

— Je ne peux pas vous en parler ici. Je suis déjà assez en retard comme ça. Passez chez moi en fin de journée. Disons à 18 heures?

La perspective de rencontrer Barbie chez elle ne m'enchantait guère. J'espérais sincèrement que Diomedes n'en serait pas informé. Mais je n'avais pas le choix. Je voulais découvrir ce qu'elle savait. Je me forçai à lui sourire.

— Où habitez-vous?

Chapitre 30

Barbie habitait une maison de l'autre côté d'Hampstead Heath, avec vue sur un des étangs, grande et, compte tenu de son emplacement, sans doute terriblement chère.

Elle vivait dans le quartier depuis plusieurs années quand Gabriel et Alicia y avaient emménagé. Son ex-mari travaillait comme banquier d'affaires et faisait des allers-retours entre Londres et New York jusqu'à ce qu'ils divorcent. Il s'était trouvé une version plus jeune et plus blonde de sa femme et Barbie avait obtenu la maison. « Comme ça, tout le monde était content, dit-elle en riant. Surtout moi. »

Les murs extérieurs bleu pâle tranchaient avec les façades blanches des maisons voisines. Le jardin donnant sur la rue était orné de petits arbustes et de plantes en pot.

Elle me salua sur le pas de la porte.

— Salut, mon petit lapin. Je suis contente que tu sois à l'heure. C'est bon signe. Suis-moi.

Je la suivis dans le living-room. Il régnait dans la maison une odeur de serre ; elle regorgeait de plantes et de fleurs : roses, lys, orchidées. Des tableaux, des miroirs, des photographies encadrées se serraient sur les murs ; de petites statues, des vases et d'autres objets d'art se disputaient l'espace sur les tables et les buffets. Des objets hors de prix, mais si entassés qu'on aurait dit de la camelote. Si l'on y voyait une image de la psyché de Barbie, ils suggéraient pour le moins un désordre intérieur. Cela m'évoquait le chaos, le fouillis, l'avidité, une faim insatiable. Je me demandais à quoi avait ressemblé son enfance.

Je déplaçai deux coussins à gland pour me faire de la place sur un grand canapé inconfortable. Barbie ouvrit une armoire à liqueurs d'où elle sortit deux verres.

— Alors, que veux-tu boire ? Tu m'as l'air d'un buveur de whisky. Mon ex-mari en consommait quatre litres par jour. Il disait qu'il en avait besoin pour me supporter.

Elle eut un petit rire espiègle.

— Il se trouve que je suis experte en vins. J'ai suivi des cours dans la région de Bordeaux. J'ai un excellent nez.

Elle marqua une pause pour reprendre son souffle ; je saisis cette rare occasion pour parler.

— Je n'aime pas le whisky. Je ne suis pas un grand buveur. Juste une bière de temps en temps.

— Ah. Je n'ai pas de bière, regretta-t-elle.

— Oh, ça ira alors.

— Moi non, mon chou. La journée a été difficile.

Elle se servit un grand verre de vin rouge, puis se lova dans un fauteuil comme si elle s'installait pour une longue conversation.

— Voilà, je suis toute à toi, annonça-t-elle avec un sourire aguicheur. Que veux-tu savoir ?

— J'ai quelques questions si cela ne vous dérange pas.

— Je t'écoute.

— Alicia a-t-elle jamais parlé d'avoir consulté un médecin ?

— Un médecin ? Tu veux dire, un psy ?

— Non, un généraliste.

— Oh, eh bien, je ne...

Elle laissa sa phrase en suspens et hésita.

— En fait, maintenant que tu en parles, oui, elle voyait quelqu'un.

— Connaissez-vous son nom ?

— Non, mais je me souviens lui avoir parlé de mon médecin, le docteur Monks, un personnage tout bonnement incroyable. Un simple coup d'œil lui suffit pour savoir ce que vous avez, et il vous dit exactement ce que vous devez manger. C'est stupéfiant.

S'ensuivit une longue et complexe explication des prérequis nutritionnels exigés par son médecin, après quoi elle insista pour que je le consulte bientôt. Je commençais à perdre patience et j'eus de la peine à revenir au sujet qui nous occupait.

— Avez-vous vu Alicia le jour du meurtre ?

— Oui, juste quelques heures avant.

Elle avala une grosse gorgée de vin.

— Je suis allée chez elle. J'y passais tout le temps, pour le café. Enfin, c'est elle qui prenait le café, en général. Pour moi, j'apportais une bouteille de quelque chose. On parlait pendant des heures. On était vraiment proches, tu sais.

C'est ce qu'elle n'arrêtait pas d'affirmer. Mais, ayant déjà décélé chez elle un très fort narcissisme, je doutais qu'elle fût capable de nouer avec les autres des liens au-delà de ceux qui pouvaient satisfaire ses besoins. Je conjecturais qu'Alicia ne devait pas beaucoup parler lors de ces visites.

— Comment décririez-vous son humeur cet après-midi-là ?

Barbie haussa les épaules.

— Elle semblait aller bien. Elle avait un gros mal de tête, rien de plus.

— Elle n'était pas du tout à bout ?

— Elle aurait dû ?

— Eh bien, étant donné les circonstances…

Barbie eut l'air surpris.

— Vous ne la croyez tout de même pas coupable ? dit-elle en riant. Oh, mon chou, je te pensais plus malin que ça.

— Je crains de ne pas…

— Alicia n'est pas du tout assez forte pour tuer qui que ce soit. Ce n'est pas une meurtrière. Crois-moi. Elle est innocente. J'en suis sûre à cent pour cent.

— Je me demande ce qui vous permet d'être à ce point affirmative, compte tenu des preuves.

— Je m'en fiche comme d'une guigne de ces preuves. J'ai les miennes.

— Vraiment ?

— Et comment ! Mais d'abord, il faut que je sache si je peux te faire confiance.

Elle me dévora des yeux. Je la fixai sans ciller. Puis elle annonça, sans détour :

— Tu vois, il y avait un homme.

— Un homme ?

— Oui. Qui observait.

Je fus un peu pris au dépourvu, et aussitôt alerté.

— Que voulez-vous dire ? Qui l'observait ?

— Ce que j'ai dit. Il observait. Je l'ai mentionné aux policiers, mais visiblement, ça ne les intéressait pas. Ils se sont fait leur opinion dès qu'ils ont trouvé Alicia près du corps de Gabriel avec l'arme. Ils ne voulaient pas entendre d'autre version.

— Quelle version ?

— Je vais te raconter. Et tu comprendras pourquoi j'ai tenu à ce que tu viennes ce soir. Ça vaut la peine.

Mais allez-y, pensai-je. Cependant, je me gardai d'intervenir et lui adressai un sourire encourageant.

Elle se resservit du vin.

— Ça a commencé quelques semaines avant le meurtre. Je suis passée la voir, nous avons bu un verre et j'ai remarqué qu'elle parlait moins que d'habitude. Je lui ai demandé si ça allait et elle s'est mise à pleurer. Je ne l'avais jamais vue comme ça. Elle pleurait toutes les larmes de son corps. D'habitude, elle était si réservée… mais ce jour-là elle a tout lâché. Elle était à ramasser à la petite cuillère.

— Qu'a-t-elle dit ?

— Elle m'a demandé si j'avais vu quelqu'un rôder dans le quartier. Elle avait remarqué un homme dans la rue, qui l'observait.

Elle hésita un instant.

— Je vais te montrer. Elle m'a envoyé un texto.

Elle tendit ses mains manucurées vers son téléphone, chercha parmi ses photos, puis me mit l'appareil sous les yeux.

Il me fallut une seconde pour comprendre ce que je voyais : la photo floue d'un arbre.

— Qu'est-ce ?

— À quoi ça ressemble ?

— À un arbre ?

— Derrière l'arbre.

Derrière l'arbre, on distinguait vaguement une forme grise. Il aurait pu s'agir de n'importe quoi, du lampadaire au gros chien.

— C'est un homme, déclara Barbie. On peut clairement distinguer sa silhouette.

Je n'étais pas convaincu, mais je ne discutai pas. Je ne voulais pas qu'elle se déconcentre.

— Poursuivez.

— C'est tout.

— Mais que s'est-il passé ?

Elle haussa les épaules.

— Rien. J'ai conseillé à Alicia de prévenir la police. Et c'est là que j'ai découvert qu'elle n'en avait même pas parlé à son mari.

— Elle n'en avait pas parlé à Gabriel ? Pourquoi donc ?

— Je l'ignore. J'ai eu l'impression qu'il n'était pas si sympathique que ça. Bref, j'ai insisté pour qu'elle prévienne la police. Parce qu'après tout il s'agit aussi de ma sécurité. Un homme rôde dans le quartier, et je suis une femme qui vit seule. J'ai envie de me sentir en sécurité quand je vais me coucher.

— Alicia a-t-elle suivi votre conseil ?

Barbie hocha la tête.

— Non. Quelques jours plus tard, elle m'a dit qu'elle avait mis son mari au courant et qu'il avait conclu qu'elle avait tout imaginé. Elle m'a conseillé d'oublier ça, et m'a demandé de ne pas en parler à Gabriel si je le croisais. Je ne sais pas, toute cette histoire ne sentait pas bon. Et elle m'a demandé d'effacer la photo. Ce que je n'ai pas fait. Je l'ai montrée à la police quand Alicia a été arrêtée. Mais ça ne les a pas intéressés. Ils avaient déjà leur opinion. Moi, je suis certaine qu'il y a autre chose. Et ce que je peux vous dire…

Elle baissa la voix et murmura d'un ton emphatique :

— Alicia avait peur.

Elle ménagea une pause dramatique, finit son vin, puis saisit la bouteille.

— Tu es sûr de ne pas vouloir un verre ?

Je refusai de nouveau, la remerciai, m'excusai et partis. Il était inutile de prolonger ma visite. Barbie n'avait rien d'autre à me révéler. J'avais largement de quoi nourrir ma réflexion.

Il faisait nuit quand je sortis. Je m'arrêtai un instant devant la maison voisine, l'ancienne maison d'Alicia. Elle avait été vendue peu après le procès et était habitée par un couple de Japonais, plutôt déplaisants d'après Barbie. Elle leur avait lancé plusieurs invitations qu'ils avaient toutes refusées. Je me demandais comment j'aurais réagi si elle avait été ma voisine et était sans cesse passée chez moi. Je me demandais ce qu'Alicia pensait d'elle.

J'allumai une cigarette et analysai les informations que je venais d'obtenir. Alicia avait ainsi confié à Barbie que quelqu'un l'observait. La police avait dû supposer que Barbie cherchait à se mettre en avant et inventait tout. Raison pour laquelle son témoignage avait été ignoré. Cela ne me surprenait pas. Il était difficile de prendre Barbie au sérieux.

Alicia avait donc eu suffisamment peur pour chercher son aide, puis celle de Gabriel. Et ensuite? S'était-elle confiée à quelqu'un d'autre? Il fallait que je sache.

Je me revis soudain enfant. Un petit garçon constamment au bord de la crise d'angoisse, gardant pour lui toutes ses terreurs, toute sa douleur, sans cesse tourmenté, inquiet, effrayé, seul face à sa peur d'un père dément. Sans personne à qui parler. Personne qui eût écouté. Alicia avait dû se sentir tout aussi désespérée, ou elle ne se serait pas confiée à Barbie.

Je frissonnai et sentis un regard dans mon dos.

Je me retournai, mais il n'y avait personne. J'étais seul. La rue était déserte, sombre et silencieuse.

Chapitre 31

Le lendemain matin, j'arrivai au Grove avec l'intention de parler à Alicia des confidences de Barbie. Mais à peine la porte franchie, j'entendis une femme crier. Des hurlements d'agonie qui résonnaient dans les couloirs.

— Qu'est-ce que c'est? Qu'est-ce qui se passe? m'inquiétai-je.

L'agent de sécurité ignora ma question et passa en courant devant moi en direction du service. Les cris s'intensifiaient à mesure que j'approchais. J'espérais qu'Alicia allait bien, qu'elle n'était pas impliquée, mais j'avais un mauvais pressentiment.

Je tournai au coin du couloir. Une meute d'infirmiers, de patientes et d'agents de sécurité se pressait devant le bocal à poissons rouges. Diomedes appelait le SAMU avec son portable. Des éclaboussures de sang maculaient sa chemise, mais ce n'était pas le sien. Deux infirmiers agenouillés venaient en aide à une femme qui hurlait. Ce n'était pas Alicia.

C'était Elif.

Elle se tortillait, hurlant de douleur, portait les mains à son visage couvert de sang. Il en jaillissait d'un de ses yeux. Un objet dépassait d'une de ses orbites, enfoncé dedans. Mais ce n'était pas une queue de billard. Je compris immédiatement de quoi il s'agissait. C'était un pinceau.

Alicia se tenait près du mur, maîtrisée par Yuri et un autre infirmier, mais sans réel besoin car elle était parfaitement calme, immobile, comme une statue. L'expression de son visage me rappelait beaucoup le tableau *Alceste*. Vide, inexpressif. Ses yeux étaient rivés sur moi.

Et, pour la première fois, j'avais peur.

Chapitre 32

J'attendis dans le bocal à poissons rouges et abordai Yuri quand il revint du service des urgences.
— Comment va Elif ?
— Elle est stable, répondit-il avec un profond soupir. Et c'est le mieux qu'on puisse espérer.
— J'aimerais la voir.
— Elif ? Ou Alicia ?
— Elif d'abord.
Il hocha la tête.
— Ils veulent qu'elle se repose ce soir, mais demain matin je t'amènerai la voir.
— Que s'est-il passé ? Tu étais là ? Je suppose qu'elle a provoqué Alicia.
Il soupira et haussa les épaules de nouveau.
— Je ne sais pas. Elif traînait devant l'atelier. Il a dû y avoir un différend. Je n'ai aucune idée de la raison de leur dispute.
— Tu as la clé ? Allons jeter un coup d'œil. On trouvera peut-être des indices.
Nous sortîmes du bocal et nous dirigeâmes vers l'atelier d'Alicia. Yuri déverrouilla et ouvrit la porte, puis alluma la lumière.
Et là, sur le chevalet, se trouvait la réponse que nous cherchions.

Le tableau, la représentation du Grove dévoré par les flammes, avait été dégradé. Le mot « salope » barbouillé à la peinture rouge défigurait la toile.

— Eh bien, ceci explique cela.
— Tu penses que c'est Elif ? me demanda Yuri.
— Qui d'autre ?

Elif se trouvait dans une chambre du service des urgences, le dos contre la tête de lit, une perfusion dans le bras. Des bandages rembourrés lui enveloppaient le crâne et couvraient son œil borgne. Elle était en colère et elle souffrait. À peine me vit-elle qu'elle me lança :

— Va te faire voir.

Je tirai une chaise jusqu'au lit, m'assis et m'adressai à elle avec douceur et respect.

— Je suis désolé, Elif. Vraiment désolé. C'est une tragédie.
— Ouais. Maintenant dégage. Laisse-moi tranquille.
— Raconte-moi ce qui s'est passé.
— Cette salope a bousillé mon œil. Voilà ce qui s'est passé.
— Pourquoi t'a-t-elle attaquée ? Vous vous êtes disputées ?
— Tu essaies de m'accuser ? J'ai rien fait !
— Je n'essaie pas de t'accuser. Je veux juste comprendre pourquoi elle a agi comme ça.
— Parce qu'elle a une case en moins, tiens.
— Ça n'avait aucun rapport avec le tableau ? J'ai vu les dégâts. Tu l'as vandalisé, n'est-ce pas ?

Elle plissa son œil valide, puis le ferma très fort.

— Ce n'était pas bien de faire ça, Elif. Ça ne justifie pas sa réaction, mais tout de même…
— C'est pas pour ça qu'elle m'a attaquée.

Elle ouvrit l'œil et me lança un regard méprisant. J'hésitai.
— Non ? Alors pour quelle raison t'a-t-elle attaquée ?
Une sorte de rictus se forma sur ses lèvres. Elle ne répondit pas. Nous restâmes assis comme cela un petit moment. J'allais abandonner, quand elle se mit à parler.
— Je lui ai dit la vérité.
— Quelle vérité ?
— Que t'as un faible pour elle.
Sa réponse me stupéfia. Mais avant que j'aie le temps de réagir, elle poursuivit, méprisante.
— T'es amoureux d'elle, mon gars. Je le lui ai dit. « Il t'aime. » J'ai dit : « Il t'aime. Theo et Alicia sont amoureux ! Theo et Alicia s'embrassent. »
Elle se mit à rire, un horrible rire de crécelle. Je pouvais imaginer la suite. Alicia provoquée, enragée, qui se tourne, saisit son pinceau et l'enfonce dans l'œil d'Elif.
— C'est une grosse tarée.
Elif semblait au bord des larmes, angoissée, épuisée.
— C'est une psychopathe.
Et en regardant sa blessure pansée, je ne pouvais m'empêcher de me demander si elle n'avait pas raison.

Chapitre 33

Le rendez-vous se déroula dans le bureau de Diomedes, mais Stephanie prit les commandes dès le début. Nous avions à présent quitté le monde abstrait de la psychologie pour pénétrer dans le royaume concret de la santé et de la sécurité. Nous étions sous son autorité et elle le savait. À en juger par son silence et sa mine maussade, cela valait de toute évidence aussi pour Diomedes.

Stephanie était debout, les bras croisés, son excitation était palpable. Elle prend son pied, me dis-je – être responsable, avoir le dernier mot –, elle doit terriblement nous en vouloir, à tous, d'avoir passé outre ses recommandations, de nous être ligués contre elle. À présent, elle savoure sa revanche.

— L'incident d'hier matin est absolument inacceptable. J'avais averti du danger de laisser Alicia peindre, mais on n'a pas tenu compte de mon avis. Les privilèges individuels suscitent des jalousies et du ressentiment. Je savais qu'il se produirait quelque chose de ce genre. Dorénavant, la sécurité passe avant tout.

— Est-ce pour cela qu'Alicia est en isolement? demandai-je. Par souci de sécurité?

— Elle représente un danger pour elle-même et pour les autres. Elle a agressé Elif, elle aurait pu la tuer.

— Elif l'a provoquée.

Diomedes hocha la tête et se joignit à la conversation.

— Je pense qu'aucun degré de provocation ne justifie ce type d'agression, dit-il d'un ton las.

— Exactement, acquiesça Stephanie.

— C'était un incident isolé, insistai-je. Mettre Alicia en isolement n'est pas seulement cruel, c'est barbare.

J'avais vu à Broadmoor des patients soumis à cette mesure, enfermés dans une pièce dépourvue de fenêtre, à peine assez grande pour y loger un lit, sans parler d'autre mobilier. Des heures ou des jours en isolement suffisaient à rendre fou n'importe qui. D'autant plus une personne déjà instable.

Stephanie reprit :

— En tant que directrice de cette clinique, j'ai autorité pour prendre toute initiative que je juge nécessaire. J'ai demandé conseil à Christian et il est d'accord avec moi.

— Ça, je m'en doute.

De l'autre côté de la pièce, Christian m'adressa un sourire suffisant. Je sentais aussi le regard de Diomedes peser sur moi. Je savais ce qu'ils pensaient – je laissais la situation prendre un tour personnel et je laissais paraître mes sentiments –, mais cela m'était égal.

— L'enfermer n'est pas la solution. Nous devons continuer de lui parler. Il nous faut comprendre.

— Je comprends parfaitement le problème, répliqua Christian.

Au ton on ne peut plus condescendant de sa voix, on aurait cru qu'il s'adressait à un enfant attardé.

— C'est toi, Theo, ajouta-t-il.

— Moi ?

— Qui d'autre ? C'est toi qui as semé la pagaille.

— Dans quel sens, semé la pagaille ?

— C'est vrai, n'est-ce pas ? Tu as fait campagne pour diminuer son traitement.

Je me mis à rire.

— C'était loin d'être une campagne. C'était une intervention. On lui administrait une dose de cheval. Alicia était un vrai zombie.

— Foutaises.

Je me tournai vers Diomedes.

— Vous n'essayez pas sérieusement de me mettre cette affaire sur le dos ? C'est donc cela l'objet de cette réunion ?

Diomedes hocha la tête, mais évita mon regard.

— Bien sûr que non. Toutefois, il ne fait aucun doute que sa thérapie l'a déstabilisée. Ça lui en a demandé trop, trop tôt. Je soupçonne que ce soit l'origine de ce malheureux incident.

— Je ne suis pas d'accord.

— Vous êtes peut-être trop impliqué pour le voir clairement.

Il leva les mains au ciel et poussa un soupir, découragé.

— Nous ne pouvons pas nous permettre d'autres erreurs, pas dans un moment aussi critique que celui-ci. Comme vous le savez, l'avenir de cette structure est en jeu. Chaque erreur donne une nouvelle raison au Trust de nous mener à la fermeture.

Son défaitisme, son acceptation lasse m'irritaient profondément.

— La solution ne consiste pas à la bourrer de médicaments et à l'enfermer. Nous ne sommes pas des geôliers.

— Je suis d'accord, intervint Indira.

Elle m'adressa un sourire de connivence, puis poursuivit :

— Le problème, c'est que nous sommes devenus tellement frileux que nous préférons avoir recours à la surmédication plutôt que prendre des risques. Il nous faut être assez courageux pour nous adapter à la folie, pour l'accueillir plutôt que d'essayer de l'emmurer.

Christian, hérissé, était sur le point d'émettre une objection, mais Diomedes le devança.

— Il est trop tard pour ça. C'est ma faute. Alicia n'est pas une patiente adaptée pour la psychothérapie. Je n'aurais jamais dû l'autoriser.

Il affirmait se reprocher l'incident, mais, en réalité, il me tenait pour responsable. Tous les regards étaient braqués sur moi. Celui de Diomedes était noir, celui de Christian moqueur et triomphant, celui de Stephanie hostile, et celui d'Indira inquiet.

Je tentai de ne pas avoir l'air de plaider ma cause.

— Empêchez Alicia de peindre si c'est nécessaire. Mais ne mettez pas un terme à sa thérapie, c'est le seul moyen de l'atteindre.

— Je commence à penser qu'elle est impossible à atteindre.

— Accordez-moi juste un peu plus de temps.

Le ton catégorique de sa réponse m'indiqua qu'il était inutile d'argumenter davantage.

— Non, conclut-il. C'est terminé.

Chapitre 34

Diomedes s'était trompé au sujet des nuages et de la neige. Il plut à verse cet après-midi-là. Un orage accompagné de coups de tonnerre furieux et d'éclairs aveuglants.

J'attendis Alicia dans la pièce où se déroulaient les séances de thérapie, en regardant la pluie battre contre la vitre. Je me sentais las et déprimé. Toute cette entreprise n'avait été qu'une perte de temps. J'avais perdu Alicia avant de pouvoir l'aider; je n'y parviendrais plus, désormais.

On frappa à la porte. Yuri accompagna Alicia à l'intérieur. Elle n'avait jamais eu aussi mauvaise mine. Elle était pâle, blême, fantomatique. Ses mouvements étaient gauches et sa jambe droite tremblait sans discontinuer. Salaud de Christian – il lui prescrivait une dose de cheval.

Après le départ de Yuri, il ne se passa rien pendant un long moment. Alicia ne me regardait pas. Finalement, je parlai. D'une voix haute et intelligible, pour m'assurer qu'elle comprenait.

— Alicia, je suis désolé qu'on vous ait mise en isolement. Je suis désolé que vous ayez dû traverser ça.

Aucune réaction. J'hésitai.

— Je crains qu'en raison de ce que vous avez fait à Elif on ait mis un terme à la thérapie. Ce n'est pas ma décision, loin de là, mais je ne peux rien y changer. Alors j'aimerais vous offrir cette occasion aujourd'hui de parler de ce qui s'est produit, d'expliquer pourquoi vous avez agressé Elif. Et d'exprimer le remords que, j'en suis sûr, vous ressentez.

Alicia resta silencieuse. Je doutais un peu que mes paroles percent son brouillard médicamenteux.

— Je vais vous dire ce que je ressens, continuai-je. Pour être honnête, je suis en colère. Je suis en colère parce que notre travail s'arrête avant d'avoir vraiment commencé. Et parce que vous n'avez pas fourni davantage d'efforts.

Alicia bougea la tête. Elle me regarda dans les yeux.

— Vous avez peur, je le sais. J'ai essayé de vous aider, mais vous avez refusé. Et maintenant, je suis démuni.

Je me tus, vaincu.

Mais elle eut alors une réaction que je n'oublierai jamais.

Elle avança vers moi une main tremblante dans laquelle elle tenait un petit carnet en cuir relié.

— Qu'est-ce ?

Pas de réponse. Elle me le tendait toujours. Je le considérai, intrigué.

— Voulez-vous que je le prenne ?

Pas de réaction. J'hésitai, puis le saisis doucement dans sa main tremblotante. Je l'ouvris, le feuilletai. C'était un journal intime.

Le journal d'Alicia.

L'écriture laissait penser qu'il avait été rédigé dans un état d'esprit confus, en particulier les dernières pages, à peine lisibles. Des flèches reliaient différents paragraphes écrits dans différents angles sur la page, des gribouillages et des dessins en occupaient certaines, des fleurs muées en plantes grimpantes recouvraient les phrases et les rendaient presque indéchiffrables.

Je regardai Alicia, brûlant de curiosité.

— Que voulez-vous que je fasse de ce carnet ?

La question était inutile et la réponse évidente.

Alicia voulait que je le lise.

TROISIÈME PARTIE

« Voilà ce qu'il faut éviter, il ne faut pas mettre de l'étrange où il n'y a rien. Je pense que c'est le danger si l'on tient un journal : on s'exagère tout, on est aux aguets, on force continuellement la vérité. »

Jean-Paul Sartre, *La Nausée*

« Quoique je ne sois pas honnête de mon naturel, je le suis cependant quelquefois par hasard. »

William Shakespeare, *Conte d'hiver*

8 août

Un événement étrange a eu lieu aujourd'hui.
J'étais dans la cuisine en train de préparer du café et je regardais par la fenêtre – je regardais sans voir, je rêvassais –, quand j'ai aperçu quelque chose, ou plutôt quelqu'un, dehors. Un homme. Je l'ai remarqué parce qu'il se tenait parfaitement immobile telle une statue face à la maison. Il se trouvait de l'autre côté de la rue, près de l'entrée du parc, dans l'ombre d'un arbre. Il était grand, bien bâti. Je n'ai pas pu discerner ses traits parce qu'il portait des lunettes de soleil et une casquette.
J'ignorais s'il me voyait ou non, à travers la vitre, mais j'avais l'impression qu'il me fixait. J'ai trouvé cela étrange. J'ai l'habitude de voir des gens attendre de l'autre côté de la rue à l'arrêt de bus. Mais lui n'attendait pas le bus. Il regardait la maison.
Je me suis alors rendu compte que je n'avais pas bougé depuis plusieurs minutes, alors je me suis forcée à m'éloigner de la fenêtre. Je me suis dirigée vers l'atelier. J'ai essayé de peindre mais j'étais incapable de me concentrer. Mes pensées ne cessaient de revenir à cet homme. J'ai décidé de m'accorder encore vingt

minutes, puis de retourner à la cuisine. Et s'il était toujours là, que ferais-je ? Il ne faisait rien de mal, après tout. Il pouvait pourtant s'agir d'un cambrioleur en train d'étudier la maison – je suppose que, ç'a été ma première pensée –, mais pourquoi rester là, visible de tous ? Peut-être envisage-t-il de déménager ici ? Peut-être achète-t-il la maison en vente au bout de la rue ? Ce pourrait être une explication.

Mais quand je suis retournée à la cuisine et que j'ai de nouveau regardé par la fenêtre, il était parti. La rue était déserte.

Je suppose que je ne saurai jamais ce qu'il faisait. C'est vraiment étrange.

10 août

Je suis allée au théâtre avec Jean-Félix hier soir. Gabriel s'y opposait, mais je m'y suis rendue malgré tout. Je redoutais ce moment, mais j'ai pensé que, si je donnais satisfaction à Jean-Félix en l'accompagnant, cela mettrait peut-être un terme au problème. Je l'espérais en tout cas.

Nous étions convenu de nous retrouver tôt, pour boire un verre – à son initiative –, et quand je suis arrivée il faisait encore jour. Le soleil brillait bas dans le ciel, coloriait la rivière de rouge sang. Jean-Félix m'attendait devant le National. Je l'ai vu avant qu'il ne m'aperçoive. Il balayait la foule du regard, la mine renfrognée. Si je doutais encore du bien-fondé de ma démarche, découvrir son visage sévère a dissipé mes doutes. J'étais envahie par une effroyable crainte. J'ai failli faire demi-tour et déguerpir. Mais il s'est tourné et m'a repérée. Il m'a fait signe de la main et j'ai marché vers lui. J'ai feint un sourire et lui aussi. Il m'a dit : « Je suis si heureux que tu sois là. Je craignais que tu ne viennes pas. On entre prendre un verre ? »

Nous avons pris un verre dans le foyer. C'était pour le moins embarrassant. Aucun de nous deux n'a mentionné l'incident de l'autre jour. Nous avons beaucoup parlé, de tout et de rien, ou plutôt Jean-Félix a parlé et j'ai écouté. Nous avons fini par boire deux verres. Je n'avais pas dîné et je ressentais une légère ivresse. C'était sans doute l'intention de Jean-Félix. Il faisait de son mieux pour m'intéresser, mais le ton était guindé – la conversation était orchestrée. Tout ce qui sortait de sa bouche semblait commencer par « c'était cool, non, quand » ou « tu te rappelles la fois où on », comme s'il avait répété ces petites réminiscences dans l'espoir qu'elles entameraient ma détermination et me rappelleraient quelle longue histoire nous partagions, à quel point nous étions proches. Ce dont il ne semble pas avoir conscience, c'est que j'ai pris ma décision. Et rien de ce qu'il peut dire maintenant ne la changera.

Au bout du compte, je suis contente d'y être allée. Non pas parce que j'étais Jean-Félix, mais parce que j'ai vu la pièce. Je n'avais jamais entendu parler d'Alceste – je suppose que cette tragédie est peu connue parce qu'il s'agit en somme d'une histoire de couple, raison pour laquelle elle m'a autant plu. La mise en scène la situe à l'époque actuelle, dans une petite maison de la banlieue d'Athènes. J'ai aimé cette transposition. Une tragédie domestique intime. Un homme est condamné à mort, et sa femme, Alceste, veut le sauver. La comédienne qui interprétait Alceste ressemblait à une statue grecque, elle avait un magnifique visage – je n'ai cessé de penser à la peindre, j'ai même envisagé de demander ses coordonnées et de contacter son agent. J'ai failli faire part de mon idée à Jean-Félix, mais je m'en suis abstenue. Je ne veux plus le mêler à ma vie, en aucune façon. J'avais les larmes aux yeux à la fin. Alceste meurt, mais est ressuscitée. Elle revient littéralement d'entre les morts. Il y a là de quoi m'inspirer. Mais je ne sais pas encore exactement de quelle manière. Bien entendu, Jean-Félix a eu toutes sortes de réactions à la représentation, mais aucune n'a vraiment résonné en moi, alors je n'y ai plus prêté attention et j'ai cessé d'écouter.

Je ne pouvais m'ôter la mort et la résurrection d'Alceste de l'esprit et je n'ai cessé d'y penser pendant que nous traversions le pont pour rejoindre la gare. Jean-Félix m'a demandé si je voulais prendre un dernier verre, mais j'ai répondu que j'étais fatiguée. Il y a eu de nouveau un blanc embarrassant dans la conversation. Nous sommes restés devant l'entrée de la gare. Je l'ai remercié pour la soirée et lui ai dit que j'avais passé un bon moment. Il a insisté.

— Juste un dernier verre ? En souvenir du bon vieux temps ?

— Non, il faut que je parte.

J'ai essayé de m'éloigner, mais il m'a saisi la main.

— Alicia. Écoute-moi. Je dois te dire quelque chose.

— Non, s'il te plaît, il n'y a rien à dire, vraiment.

— Écoute simplement. Ce n'est pas ce que tu crois.

Et en effet. Je m'attendais à ce qu'il plaide en faveur de notre amitié, ou essaie de me faire culpabiliser de quitter la galerie. Mais il m'a totalement prise au dépourvu.

— *Sois prudente. Tu accordes trop facilement ta confiance. Les gens qui t'entourent, tu leur fais confiance. Mais tu as tort. Ne te fie pas à eux.*

J'étais ahurie. Il m'a fallu un instant pour me reprendre.

— *De quoi parles-tu ? De qui parles-tu ?*

Il s'est contenté de hocher la tête sans répondre. Il a lâché ma main et il est parti. Je l'ai appelé, mais il ne s'est pas arrêté.

Il ne s'est pas retourné. Je l'ai regardé disparaître au coin de la rue. Et je suis restée là, clouée sur place. Je ne savais pas quoi penser. Que cherchait-il à faire, à me lancer une mise en garde mystérieuse et puis à s'en aller comme cela ? Je suppose qu'il voulait prendre l'ascendant et me quitter inquiète et déstabilisée. Et il y est parvenu.

Il m'a aussi laissée dans un état de colère folle. Mais, en un sens, il m'a facilité les choses. Maintenant, je suis fermement résolue à le bannir de ma vie. Qu'entendait-il par « les gens qui m'entourent » ? Il fait sans doute référence à Gabriel, mais pourquoi ?

Non. Je ne veux pas. C'est exactement ce qu'il voulait, me brouiller les idées. Occuper toutes mes pensées. S'interposer entre Gabriel et moi.

Je ne vais pas tomber dans le panneau. Je ne vais plus y penser.

Je suis rentrée à la maison et Gabriel était au lit, endormi. Il devait se lever à 5 heures pour un shooting. Mais je l'ai réveillé et nous avons fait l'amour. Je n'arrivais pas à être suffisamment proche de lui, à le sentir assez profondément en moi. Je voulais fusionner avec lui. Je voulais grimper en lui et disparaître.

11 août

J'ai revu cet homme. Il se tenait un peu plus à l'écart cette fois. Assis sur un banc plus loin dans le parc. Mais c'était lui, je le sais – la plupart des gens portent des shorts, des tee-shirts et des couleurs claires par ce temps, et lui portait une chemise et un pantalon sombres, des lunettes noires et une casquette. Et il avait la tête tournée vers la maison, il l'observait.

Il m'est alors venu une pensée étrange : il ne s'agit peut-être pas d'un cambrioleur, mais d'un peintre. Peut-être est-il peintre comme moi et prépare-t-il un tableau dans lequel figure la rue – ou la maison. Mais j'ai su tout de suite que cette hypothèse ne se vérifiait pas. S'il envisageait vraiment de représenter la maison, il ne se contenterait pas de rester assis sans rien faire, il dessinerait des croquis.

Je me suis mise dans tous mes états et j'ai téléphoné à Gabriel. C'était une erreur. Je sentais qu'il était occupé – la dernière chose dont il avait besoin, c'était que je l'appelle, paniquée parce que je crois que quelqu'un épie la maison.

Bien sûr, cet homme n'épie peut-être pas la maison comme je le crois.

Il pourrait bien m'épier, moi.

13 août

Il est revenu.

Peu après le départ de Gabriel ce matin. J'ai pris une douche, et je l'ai aperçu par la fenêtre de la salle de bains. Plus près cette fois. Debout à l'arrêt de bus. Comme s'il attendait nonchalamment.

J'ignore qui il croit duper.

Je me suis habillée en vitesse et je suis descendue à la cuisine pour mieux y voir. Mais il était parti.

J'ai décidé de raconter l'incident à Gabriel à son retour. Je pensais qu'il ne le prendrait pas au sérieux, mais cette fois, si. Il a semblé assez inquiet.

Il m'a tout de suite demandé :

— C'est Jean-Félix ?

— Non, bien sûr que non. Comment peux-tu imaginer une chose pareille ?

J'ai essayé de paraître surprise et indignée. Mais en réalité je m'étais posé la question, moi aussi. Cet homme a la même carrure que Jean-Félix. Il pourrait s'agir de lui, mais, quand bien même, je ne veux tout simplement pas le croire. Il n'essaierait pas de m'effrayer comme cela. N'est-ce pas ?

Gabriel a ajouté :

— Donne-moi son numéro. Je l'appelle immédiatement.

— Mon amour, ne fais pas ça, s'il te plaît. Je suis sûre que ce n'est pas lui.

— Certaine ?

— Absolument. Il n'est rien arrivé. Je ne sais pas pourquoi j'en fais toute une histoire. Ce n'est rien.

— Combien de temps est-il resté ?

— Pas longtemps, une heure environ, et puis il a disparu.

— Comment ça, disparu ?

— Il a tout simplement disparu.

— Hmm. Est-il possible que tu aies tout imaginé ?

La manière dont il a posé la question m'a agacée.

— Je n'imagine rien. J'ai besoin que tu me croies.

— Je te crois.

Mais j'ai bien senti que ce n'était pas entièrement vrai. Il ne me croyait qu'en partie. En un sens, il se prêtait au jeu. Et cela me met en colère, pour être honnête. Tellement en colère que je dois m'arrêter là – ou je pourrais écrire des mots que je regretterais.

14 août

J'ai sauté du lit dès mon réveil. J'ai regardé par la fenêtre dans l'espoir que l'inconnu serait de nouveau là. Pour que Gabriel soit témoin. Mais il n'y avait aucun signe de lui. Alors je me suis sentie encore plus idiote.

Cet après-midi, j'ai décidé d'aller me promener, malgré la chaleur. J'avais envie de me retrouver dans le parc, loin des immeubles, des rues et des autres – seule avec mes pensées. J'ai marché jusqu'à Parliament Hill, entre les gens qui prenaient un bain de soleil, étalés des deux côtés du sentier. J'ai trouvé un banc libre et je me suis assise. J'ai contemplé Londres qui scintillait au loin.

Pendant tout le temps où je suis restée là, j'ai eu conscience de regarder sans cesse par-dessus mon épaule – sans voir personne. Mais quelqu'un était là, en permanence. Je le sentais. On m'observait.

Sur le chemin du retour, je suis passée près de l'étang. J'ai levé les yeux par hasard, et il était là. L'homme. Il se tenait de l'autre côté du plan d'eau, trop loin pour que je le voie distinctement, mais c'était lui. Je le savais. Il était immobile, statique et me dévisageait.

Et j'ai frissonné de peur. Puis, par instinct, j'ai crié :

— *Jean-Félix ? C'est toi ? Arrête. Arrête de me suivre !*

L'homme n'a pas bougé. J'ai agi aussi vite que j'ai pu : j'ai glissé la main dans ma poche, j'ai sorti mon téléphone et j'ai pris une photo de lui. À quoi cela servira, je n'en ai aucune idée. Ensuite, je me suis retournée et je me suis dépêchée de rejoindre le bout de l'étang en m'interdisant de regarder derrière moi avant d'avoir regagné le sentier principal. Je craignais qu'il ne soit juste derrière moi.

Je me suis retournée. Il avait disparu.

J'espère que ce n'est pas Jean-Félix. Je l'espère sincèrement.

Quand je suis rentrée, j'étais tendue – j'ai fermé les stores et éteint la lumière. J'ai regardé par un interstice : et il était là.

Il se tenait dans la rue et me fixait. Je me suis figée, je ne savais pas quoi faire.

J'ai failli sursauter quand quelqu'un a appelé mon nom.

— *Alicia ? Alicia, tu es là ?*

C'était cette horrible voisine, Barbie Hellmann. Je me suis éloignée de la fenêtre et je suis allée ouvrir. Barbie était entrée par le portillon du côté et se trouvait dans le jardin, une bouteille de vin à la main. Elle m'a dit :

— *Bonjour, ma chérie. J'ai vu que tu n'étais pas dans ton atelier, je me demandais où tu étais.*

— *J'étais sortie. Je viens de rentrer.*

— *Tu as le temps de boire un verre ?*

— *En fait, je devais me remettre au travail.*

— *Juste un petit. Pas longtemps, j'ai mon cours d'italien ce soir. D'accord ?*

Elle est entrée sans attendre de réponse. Elle a fait une remarque sur le manque de lumière dans la cuisine et a ouvert les stores sans me demander la permission. J'étais sur le point de l'en empêcher, mais j'ai regardé dehors et il n'y avait personne dans la rue. L'inconnu était parti.

J'ignore pourquoi je l'ai raconté à Barbie. Je ne l'apprécie pas, je ne lui fais pas confiance, mais j'avais peur, je crois, j'avais besoin de quelqu'un à qui parler. Et elle était là. Nous avons bu un verre, ce qui ne me ressemble pas, et j'ai fondu en larmes. Et elle m'a écoutée, les yeux écarquillés, sans rien dire pour une fois. Quand j'ai eu fini, elle a posé la bouteille et décidé que la situation exigeait quelque chose de plus fort.

Elle nous a versé deux whiskys.

— Tiens, m'a-t-elle dit. Tu en as besoin.

Elle avait raison. J'en avais besoin. Je l'ai bu d'un seul trait et cela m'a fait du bien. Maintenant, c'était à mon tour d'écouter pendant que Barbie parlait. Elle ne voulait pas m'affoler, m'a-t-elle affirmé, mais tout ça ne sentait pas bon.

— J'ai vu ça dans un million de séries télé. Il étudie ta maison, tu vois? Avant d'agir.

— Tu crois que c'est un cambrioleur?

Elle a haussé les épaules.

— Ou un violeur. Quelle importance? C'est mauvais signe de toute façon.

J'ai ri, soulagée et reconnaissante qu'elle me prenne au sérieux. Même si c'était juste Barbie. Je lui ai montré la photo sur mon téléphone, mais cela ne l'a pas impressionnée.

— Envoie-la-moi par texto pour que je puisse l'examiner avec mes lunettes. On dirait une tache

floue. Dis-moi, est-ce que tu en as déjà parlé à ton mari?

J'ai décidé de mentir et de répondre par la négative. Barbie m'a lancé un regard bizarre.

— *Pourquoi?*

— *Je ne sais pas. Je crains sans doute que Gabriel ne croie que j'exagère ou que tout cela est le produit de mon imagination.*

— *Et c'est le cas?*

— *Non.*

— *Bien. Si Gabriel ne te prend pas au sérieux, on ira à la police ensemble. Toi et moi. Je peux être très persuasive, crois-moi.*

— *Merci, mais je suis sûre que ce ne sera pas nécessaire.*

— *C'est déjà nécessaire. Prends ça au sérieux, ma chérie. Promets-moi que tu le raconteras à Gabriel quand il rentrera.*

J'ai fait oui de la tête. Mais j'avais déjà décidé de ne rien dire de plus à Gabriel. Il n'y a rien à dire. Je n'ai aucune preuve que cet inconnu me suive ou m'épie. Barbie avait raison, la photo ne prouve rien.

Tout est dans mon imagination, c'est ce que conclura Gabriel. Mieux vaut ne rien lui raconter du tout, au risque de le contrarier de nouveau. Je ne veux pas l'ennuyer.

Je vais oublier tout ça.

4 heures du matin

La nuit a été mauvaise.

Gabriel est rentré, épuisé, aux alentours de 22 heures. Il avait eu une longue journée et voulait se coucher tôt. J'ai essayé de dormir aussi, sans y parvenir.

Et puis, il y a deux heures, j'ai entendu un bruit venant du jardin. Je me suis levée et je suis retournée à la fenêtre. Il n'y avait personne dehors, mais j'ai senti un regard sur moi. Quelqu'un m'observait dans l'ombre.

J'ai réussi à m'écarter de la fenêtre et j'ai couru dans la chambre. J'ai secoué Gabriel pour le réveiller. Je lui ai dit :

— L'homme est dehors. Il est devant la maison.

Gabriel n'a tout d'abord pas compris de quoi je parlais. Puis il s'est mis en colère.

— Pour l'amour de dieu, change de disque ! Je dois être au boulot dans trois heures. Je n'ai pas envie de jouer à ça.

— Je ne joue pas. Viens voir. S'il te plaît.

Alors nous sommes allés au salon. Et, bien entendu, l'inconnu n'était pas là. Il n'y avait personne.

Je voulais que Gabriel sorte, pour vérifier, mais il a refusé. Il est remonté à l'étage, fâché. J'ai tenté de le raisonner, mais il m'a dit qu'il ne m'adresserait plus la parole et est allé dormir dans la chambre d'amis.

Je ne suis pas retournée me coucher. Je suis assise là depuis, à attendre, à tendre l'oreille, à regarder par les fenêtres. Aucun signe de lui pour l'instant.

Encore quelques heures à tenir seulement. Le jour va bientôt se lever.

15 août

Gabriel est descendu, prêt à se rendre à son shooting. Quand il m'a vue près de la fenêtre et s'est *rendu compte que j'étais restée debout toute la nuit, il est devenu tout calme et s'est mis à se comporter bizarrement.*

— Alicia, assieds-toi. Il faut qu'on parle.
— Oui. Il faut qu'on parle. Du fait que tu ne me croies pas.
— Je crois que tu y crois.
— Ce qui n'est pas pareil. Je ne suis pas complètement stupide.
— Je n'ai jamais dit que tu étais stupide.
— Alors qu'est-ce que tu dis ?

J'ai pensé qu'une dispute s'annonçait, alors ce qu'il a ajouté m'a beaucoup surprise. Il murmurait. Je l'entendais à peine.

— Je veux que tu ailles parler à quelqu'un. S'il te plaît.
— À qui ? À la police ?
— Non.

Il s'énervait de nouveau.

— Pas à la police.

Je savais ce qu'il avait en tête. Mais j'avais besoin qu'il le dise. Qu'il l'exprime clairement.

— Qui alors ?
— Un médecin.
— Je n'irai pas voir de médecin, Gabriel.
— J'ai besoin que tu le fasses pour moi. Il faut qu'on arrive à un compromis.

Et il l'a répété.

— Il faut qu'on arrive à un compromis.
— Je ne comprends pas. Quel compromis ? Je n'ai rien à négocier.
— Si. Tu dérapes.

Il avait l'air si fatigué, si contrarié. Je voulais le protéger. Je voulais le réconforter.

— *Tout va bien, mon chéri. Tout va bien se passer, tu verras.*

Il a hoché la tête, comme s'il ne me croyait pas.

— *Je vais prendre rendez-vous avec le docteur West. Dès qu'il pourra te recevoir. Aujourd'hui, si c'est possible. D'accord ?*

Il a tendu la main pour prendre la mienne. J'avais envie de la repousser violemment ou de la griffer. J'avais envie de le mordre ou de le frapper, de me jeter par-dessus la table et de hurler : « *Tu crois que je suis folle, mais je ne suis pas folle ! Je ne suis pas folle !* »

Mais je me suis contenue, j'ai opiné, j'ai pris sa main et l'ai serrée dans la mienne.

— *D'accord, mon chéri. Tout ce que tu voudras.*

16 août

J'ai consulté le docteur West aujourd'hui. À contrecœur, mais j'y suis allée.

Je le déteste, c'est décidé. Je les déteste lui et sa maison étriquée, j'ai horreur d'être assise dans cette petite pièce bizarre à l'étage, d'entendre son chien aboyer dans le salon. Il n'a pas cessé, de tout le rendez-vous. Je voulais lui crier de se taire, et j'attendais une remarque à son sujet de la part du médecin, mais il s'est comporté comme s'il ne l'entendait pas. Peut-être était-ce le cas ? Il ne semblait pas non plus entendre un mot de ce que je disais. Je lui ai raconté les événements. Je lui ai parlé de l'homme qui observe la maison, que j'ai vu me suivre dans le parc. Je lui ai confié tout cela, mais il n'a pas réagi. Il n'a pas sourcillé, il est resté imperturbable, avec *un petit sourire. Il me regardait comme si j'étais un insecte. Gabriel et lui sont censés être amis, je le sais, mais je ne vois pas ce qui a pu un jour les rapprocher. Gabriel est si chaleureux, et le docteur West est tout sauf chaleureux. C'est étrange de dire cela d'un médecin, mais il ne manifeste aucune bienveillance.*

Quand j'ai eu fini de lui parler de l'inconnu, il n'a pas prononcé un mot pendant une éternité. Le silence semblait interminable. On n'entendait que le chien au rez-de-chaussée. Je me suis mise à écouter les aboiements et je suis entrée dans une sorte de transe. J'ai donc été surprise quand il a ouvert la bouche.

— Nous avons déjà abordé la question, Alicia, n'est-ce pas ?

Je l'ai regardé d'un air interdit. Je n'étais pas sûre de comprendre.

— Vraiment ?

Il a hoché la tête.

— Oui. Vraiment.

— Je sais que vous pensez que j'imagine tout. Je n'imagine rien. C'est réel.

— C'est ce que vous avez affirmé la dernière fois. Vous vous souvenez de la dernière fois ? Et de ce qui s'est passé ?

Je n'ai pas répondu, je refusais de lui donner satisfaction. Je me suis contentée de le fixer d'un regard furieux, comme une enfant désobéissante.

Il n'a pas attendu de réponse. Il a continué de parler, m'a rappelé ce qui m'est arrivé après la mort de mon père, la dépression dont j'ai souffert, les accusations paranoïaques que j'ai portées, cette certitude qu'on m'épiait, qu'on me suivait, qu'on m'espionnait.

— Alors, vous voyez, nous avons déjà examiné le problème.

— Mais c'était différent. C'était juste une impression. Je n'ai jamais vu personne. Cette fois-ci, j'ai vraiment vu quelqu'un.
— Et qui avez-vous vu ?
— Je vous l'ai déjà dit. Un homme.
— Décrivez-le-moi.
J'ai hésité.
— C'est impossible.
— Pourquoi cela ?
— Je n'ai pas pu l'observer. Je vous l'ai dit, il était trop loin.
— Je comprends.
— Et il était déguisé. Il portait une casquette. Et des lunettes de soleil.
— Beaucoup de gens portent des lunettes de soleil par ce temps. Et des chapeaux. Sont-ils tous déguisés ?
Je commençais à perdre patience.
— Je sais ce que vous essayez de faire.
— Quoi donc ?
— Vous essayez de me pousser à admettre que je perds de nouveau la raison, comme après la mort de mon père.
— Et pensez-vous que c'est le cas ?
— Non. À l'époque, j'étais malade. Cette fois, je ne le suis pas. Je n'ai pas de problème, si ce n'est que quelqu'un m'espionne et que vous mettez ma parole en doute !
Il a acquiescé d'un signe de la tête, mais s'est abstenu de tout commentaire. Il a pris quelques notes dans son carnet.
— Je vais vous represcrire un traitement. Par précaution. Nous ne voulons pas que cela prenne des proportions démesurées, n'est-ce pas ?
J'ai secoué la tête.

— *Je ne prendrai pas de médicaments.*
— *Je vois. Mais si vous refusez le traitement, il est important que vous ayez conscience des conséquences.*
— *Quelles conséquences ? Vous me menacez ?*
— *Cela n'a rien à voir avec moi. Je parle de votre mari. Que pensez-vous que Gabriel ressente au sujet de ce qu'il a traversé, la dernière fois que vous étiez souffrante ?*

Je me représentais Gabriel au rez-de-chaussée, en train d'attendre dans le salon où le chien aboyait.

— *Je ne sais pas. Pourquoi ne lui demandez-vous pas ?*
— *Voulez-vous qu'il ait à traverser tout cela de nouveau ? Vous rendez-vous compte qu'il y a peut-être une limite à ce qu'il peut supporter ?*
— *Qu'est-ce que vous sous-entendez ? Que je perdrais Gabriel ? C'est ce que vous pensez ?*

Le seul fait de le formuler m'a rendue malade. L'idée de le perdre m'est intolérable. Je ferais n'importe quoi pour le garder, même prétendre être folle bien que je ne le sois pas. Alors j'ai cédé. J'ai accepté d'être « honnête » avec lui au sujet de mes pensées, de mes impressions, et, si j'entendais des voix, de l'en informer. J'ai promis de prendre les médicaments qu'il me prescrivait et de revenir dans deux semaines, pour un bilan.

Il a semblé satisfait. Nous pouvions rejoindre Gabriel au rez-de-chaussée. Il m'a précédée dans l'escalier, et j'ai songé à le pousser. Si seulement je l'avais fait.

Gabriel semblait bien plus heureux sur le trajet du retour. Il me jetait des coups d'œil en conduisant et il souriait.

— *C'est bien. Je suis fier de toi. Nous allons traverser ça, tu verras.*

J'ai fait oui de la tête, mais je n'ai rien répondu. Parce que, bien entendu, c'est n'importe quoi. « Nous » n'allons pas traverser ça.

Je vais devoir le faire seule.

C'était une erreur de me confier, à qui que ce soit. Demain, je vais demander à Barbie d'oublier toute cette histoire, j'arguerai que c'est du passé et que je ne veux plus en parler. Elle va me trouver bizarre et elle sera agacée que je lui refuse son drame, mais si je me comporte normalement elle oubliera vite. Quant à Gabriel, je vais le rassurer. Je vais me comporter comme si tout était rentré dans l'ordre. Je vais offrir une superbe prestation. Je ne baisserai pas la garde une seconde.

Sur le chemin du retour, nous sommes passés à la pharmacie et Gabriel a acheté mes médicaments. Une fois tous les deux rentrés, dans la cuisine, il m'a tendu les cachets jaunes et un verre d'eau.

— *Prends-les.*

— *Je ne suis pas une enfant. Tu n'as pas besoin de me les tendre.*

— *Je sais que tu n'es pas une enfant. Je veux simplement m'assurer que tu vas les avaler et non les jeter.*

— *Je vais les prendre.*

— *Alors, vas-y.*

Il m'a regardée mettre les comprimés dans ma bouche et boire une petite gorgée d'eau.

Et il m'a dit : « C'est bien. » Il m'a embrassée sur la joue. Puis il a quitté la pièce.

Dès qu'il a eu le dos tourné, j'ai craché les comprimés. Je les ai crachés dans l'évier et j'ai ouvert le robinet. Je ne suivrai pas ce traitement. Les médicaments que le docteur West m'a prescrits la dernière fois m'ont rendue folle. Et je ne courrai pas ce risque de nouveau.

J'ai besoin d'avoir les idées claires.

J'ai besoin de me tenir prête.

17 août

Je me suis mise à cacher ce journal. Une lame du parquet est disjointe dans la chambre d'amis. Je le laisse là, dissimulé sous le plancher. Pourquoi ? Parce que je livre mes pensées intimes dans ces pages. Ce n'est pas prudent de le laisser traîner. J'imagine sans arrêt que Gabriel le découvre et, incapable de réprimer sa curiosité, l'ouvre et se met à le lire. S'il s'apercevait que je ne suis pas le traitement, il se sentirait vraiment trahi, il serait tellement blessé – je ne pourrais pas le supporter.

Dieu merci, j'ai ce journal dans lequel écrire. Il me garde saine d'esprit. Car je n'ai personne à qui parler.

Personne en qui je peux avoir confiance.

21 août

Je ne suis pas sortie depuis trois jours. Je laisse croire à Gabriel que je vais me promener l'après-midi quand il est absent, mais c'est faux.

L'idée de sortir m'effraie. Je serais trop exposée. Au moins, ici, à la maison, je me sais en sécurité. Je peux m'asseoir près de la fenêtre et surveiller les *passants. Je scrute chaque visage, à la recherche de cet homme, mais j'ignore à quoi il ressemble, voilà le problème. Il aurait pu ôter son déguisement et aller et venir sous mes yeux sans que je le remarque.*

Y penser me terrifie.

22 août

Toujours aucun signe de lui. Mais je ne dois pas relâcher ma vigilance. C'est une simple question de temps. Tôt ou tard, il va revenir. Je dois me tenir prête. Prendre les mesures qui s'imposent.

Au réveil ce matin, je me suis rappelé le pistolet de Gabriel. Je vais le déplacer. Le retirer de la chambre d'amis et le ranger au rez-de-chaussée où je pourrai facilement y accéder. Dans le placard de la cuisine, à côté de la fenêtre. Il sera là en cas de besoin.

Je sais que tout cela semble fou. J'espère que cela sera inutile. J'espère ne jamais revoir l'inconnu.

Mais j'ai l'horrible sensation que je vais y être forcée.

Où est-il ? Pourquoi ne vient-il plus ? Essaie-t-il de me faire baisser la garde ? Je dois tenir bon. Je dois continuer ma veille près de la fenêtre.

Attendre.
Surveiller.

23 août

Je commence à croire que j'ai tout imaginé. Peut-être bien.

Gabriel ne cesse de me demander comment je me sens, si je vais bien. Je vois qu'il s'inquiète, même si je le rassure sur mon état de santé. Ma comédie ne semble plus le convaincre. Je dois faire des efforts. Je feins de me concentrer sur le travail toute la journée, alors qu'en fait c'est la dernière de mes préoccupations. J'ai perdu tout intérêt pour la peinture, tout élan pour terminer les tableaux. Au moment où j'écris ces mots, je ne peux affirmer que je repeindrai un jour. Du moins pas avant que tout cela soit derrière moi.

J'ai trouvé des prétextes pour justifier mon refus de sortir, mais Gabriel m'a dit ce soir que je n'avais pas le choix. Max nous a invités au restaurant.

Il n'y a rien de pire pour moi que de voir Max. J'ai supplié Gabriel d'annuler, j'ai allégué la nécessité d'avancer dans mon travail, mais il m'a répondu que cela me ferait du bien d'y aller. Il a insisté. Je le sentais vraiment inflexible, je n'ai pas eu le choix. J'ai capitulé et accepté.

Je me suis inquiétée toute la journée, au sujet de ce dîner. Parce qu'aussitôt j'ai eu une intuition, et tous les éléments semblent y trouver leurs places. Tout devient logique. Je ne sais pas pourquoi je n'y ai pas pensé plus tôt, c'est si évident.

Je comprends tout à présent. L'homme, l'inconnu qui m'épie, n'est pas Jean-Félix. Jean-Félix n'est ni assez sombre ni assez sournois pour se livrer à de tels agissements. Qui d'autre voudrait me tourmenter, m'effrayer, me punir?

Max.

Bien sûr, c'est Max. C'est forcément Max. Il essaie de me rendre folle.

J'appréhende ce moment, mais je dois trouver le courage. Je vais agir ce soir.

Je vais l'affronter.

24 août

C'était étrange et un peu effrayant de sortir hier soir, après tout ce temps passé à la maison.

Le monde extérieur m'a paru gigantesque – un espace vide autour de moi, le ciel immense au-dessus. Je me suis sentie toute petite, et je me suis appuyée au bras de Gabriel.

Nous avons dîné dans notre restaurant favori, Augusto, mais malgré cela je ne me suis pas sentie en sécurité. L'endroit n'était ni réconfortant ni familier. Il semblait changé. Et il n'y régnait pas l'odeur habituelle, mais un relent de brûlé. J'ai demandé à Gabriel s'il pensait que quelque chose était en train de brûler, mais il a répondu qu'il ne sentait rien, que c'était le produit de mon imagination.

— Tout va bien. Calme-toi, m'a-t-il dit.

— Je suis calme. Je n'ai pas l'air calme ?

Il n'a pas répondu. Il a serré la mâchoire, comme à l'accoutumée quand il est énervé. Nous nous sommes assis et avons attendu Max en silence.

Il est venu avec sa réceptionniste. Tanya. Visiblement, ils sont ensemble. Il se comportait comme s'il était amoureux d'elle, il la caressait sans arrêt, l'embrassait et me fixait en même temps. Pensait-il me rendre jalouse ? Il est horrible. Il me dégoûte.

Tanya a remarqué qu'il se passait quelque chose – elle l'a surpris deux fois en train de me regarder. Je devrais la mettre en garde à son sujet, vraiment. Lui expliquer dans quoi elle s'engage. Je le ferai peut-être, mais pas tout de suite. J'ai d'autres priorités.

Max s'est excusé et est allé aux toilettes. J'ai attendu un petit moment et puis j'ai saisi l'occasion. J'ai prétexté que je devais m'y rendre aussi. Je me suis levée de table et je l'ai suivi.

Je l'ai rattrapé à l'angle de la salle et je l'ai saisi par le bras. Je l'ai serré fermement. Je lui ai dit :

— Arrête. Arrête !

Il a paru déconcerté.

— Arrêter quoi ?

— Tu m'espionnes, Max. Tu m'observes. Je le sais.

— Comment ? Mais qu'est-ce que tu racontes, Alicia ?

— Ne me mens pas.

J'avais du mal à contrôler le ton de ma voix. J'avais envie de hurler.

— Je t'ai vu, d'accord ? J'ai pris une photo. J'ai une photo de toi !

Il s'est mis à rire.

— De quoi parles-tu ? Lâche-moi, espèce de sale timbrée.

Je l'ai giflé. Fort.

Puis je me suis retournée et j'ai vu Tanya. On aurait cru que c'était elle qui venait de recevoir la gifle.

Ses yeux se sont tournés vers moi. Mais elle n'a pas prononcé un mot. Elle s'est dirigée vers la sortie.

Max m'a foudroyée du regard et, avant de la suivre, m'a lancé :

— Je ne sais absolument pas de quoi tu parles. Je ne t'espionne pas. Maintenant, pousse-toi.

Il a prononcé ces mots avec tant de colère et de mépris que j'ai convenu de sa sincérité. Je l'ai cru. À contrecœur, mais je l'ai cru.

Mais si ce n'est pas Max qui me suit, alors qui est-ce ?

25 août

Je viens d'entendre un bruit. Dehors. J'ai regardé par la fenêtre. Et j'ai vu une silhouette bouger dans l'ombre.

C'est lui. Il est dehors.

J'ai téléphoné à Gabriel, mais il n'a pas décroché. Dois-je appeler la police ? Je ne sais pas quoi faire. Ma main tremble tellement que je parviens à peine...

Je l'entends. Au rez-de-chaussée. Il essaie d'ouvrir les fenêtres, et les portes. Il essaie d'entrer.

Je dois sortir d'ici. Je dois m'enfuir.

Oh, mon Dieu, je l'entends.

Il est à l'intérieur.

Il est dans la maison.

QUATRIÈME PARTIE

« Le but de la thérapie n'est pas de corriger le passé, mais de permettre au patient de faire face à son histoire, et d'en faire le deuil. »

Alice Miller

Chapitre 1

Je refermai le journal intime d'Alicia, le posai sur mon bureau, puis restai assis, immobile, à écouter la pluie tomber à torrents. Je tentais de démêler l'écheveau. La vie d'Alicia Berenson était visiblement plus complexe qu'elle n'en avait l'air. Alicia m'apparaissait comme un livre à présent ouvert et son contenu me prenait complètement au dépourvu.

Je me posais quantité de questions. Alicia soupçonnait qu'un homme l'observait. Avait-elle jamais découvert son identité ? Et si oui, en avait-elle parlé à quelqu'un ? Il me fallait le découvrir. Manifestement, elle s'était confiée à trois personnes seulement : Gabriel, Barbie et ce mystérieux docteur West. S'était-elle limitée à eux ou y avait-il quelqu'un d'autre ? Question supplémentaire. Pourquoi le journal se terminait-il si brusquement ? Avait-elle poursuivi, ailleurs ? Dans un second carnet, qu'elle ne m'aurait pas remis ? Et dans quel but m'avait-elle donné celui-ci ? Elle cherchait à communiquer, nul doute là-dessus. Et d'une façon presque choquante compte tenu de son contenu. Était-ce pour me prouver sa bonne foi ? Me montrer à quel point elle avait confiance en moi ? Existait-il une raison plus sinistre ?

Un point supplémentaire méritait mon attention, ce personnage auquel je devais m'intéresser. Le docteur West – le thérapeute d'Alicia. Un témoin de moralité important, qui détenait des informations cruciales sur son état d'esprit au moment du meurtre. Il n'avait pourtant pas témoigné lors du procès. Pourquoi ? Il n'était fait mention de lui nulle part. Avant que je lise son nom dans le journal intime, c'était comme s'il n'avait jamais existé. Que savait-il ? Pourquoi ne s'était-il pas manifesté ?

Le docteur West.

Il ne pouvait pas s'agir du même homme. Ce devait être une simple coïncidence. Mais il fallait que j'en aie le cœur net.

Je rangeai le carnet dans le tiroir de mon bureau, que je fermai à clé. Mais je me ravisai presque aussitôt. Je le rouvris et l'en sortis. Mieux valait le garder avec moi, il était plus prudent de ne pas le laisser sans surveillance. Je le glissai dans la poche de mon manteau, que je portai ensuite sur le bras.

Puis je quittai mon bureau, descendis au rez-de-chaussée et suivis le couloir jusqu'à la porte du fond.

Je m'arrêtai un instant. Un nom était inscrit sur une petite plaque : D.C. WEST.

Je ne pris pas la peine de frapper. J'ouvris et entrai.

Chapitre 2

Assis à son bureau, Christian déjeunait de sushis à l'aide de baguettes. Il leva les yeux vers moi et fronça les sourcils.

— On ne t'a pas appris à frapper ?
— Il faut que je te parle.
— Pas maintenant, je mange.
— Ce ne sera pas long. Juste une question rapide. As-tu eu Alicia Berenson comme patiente ?

Il avala une bouchée de riz et me gratifia d'un regard vide.

— Comment ça ? Tu sais que je la suis. Je dirige l'équipe qui la prend en charge.
— Je ne parle pas d'ici, mais d'avant son admission au Grove.

Je l'observai attentivement. L'expression de son visage me donna toutes les indications dont j'avais besoin. Il rougit et posa ses baguettes.

— De quoi parles-tu ?

Je sortis de ma poche le journal et le lui montrai.

— Ceci pourrait t'intéresser. C'est le journal intime d'Alicia. Elle l'a rédigé au cours des mois qui ont précédé le meurtre. Je l'ai lu.
— Et qu'ai-je à voir là-dedans ?
— Elle y parle de toi.
— Je, je ne comprends pas. Il doit y avoir une erreur.

— Je ne pense pas. Tu l'as reçue en consultation de ville pendant plusieurs années. Et tu ne t'es pourtant pas manifesté pour témoigner à son procès, malgré l'importance qu'aurait eu ton témoignage. Pas plus que tu n'as admis la connaître quand tu as commencé à travailler ici. Vraisemblablement, elle t'a reconnu tout de suite. C'est une chance pour toi qu'elle ne parle pas.

Je me contentai de prononcer ces mots d'un ton sec, mais j'étais hors de moi. Je comprenais à présent pourquoi il s'était à ce point opposé à mon projet d'amener Alicia à parler. C'était dans son intérêt de la garder muette.

— Tu es un sale égoïste, Christian, tu le sais?

Il semblait de plus en plus désemparé.

— Merde, dit-il dans sa barbe. Merde. Theo. Écoute. Ce n'est pas ce que tu crois.

— Non?

— Qu'as-tu lu d'autre dans le journal?

— Qu'y a-t-il d'autre à lire?

Il ne répondit pas. Mais tendit la main.

— Je peux y jeter un coup d'œil?

— Désolé, répondis-je en hochant la tête. Je pense que ce ne serait pas opportun.

Christian parlait en jouant avec ses baguettes.

— Je n'aurais pas dû. C'était entièrement innocent. Il faut que tu me croies.

— J'ai bien peur de ne pas pouvoir. Si c'était innocent, pourquoi ne t'es-tu pas fait connaître après le meurtre?

— Parce que je n'étais pas vraiment le médecin d'Alicia. Je veux dire, officiellement. Si je l'ai prise en consultation, c'est uniquement pour rendre service à Gabriel. On était amis. On s'est connus à la fac. J'ai assisté à leur mariage. Je ne l'avais pas vu depuis des années quand il m'a appelé. Il cherchait un psychiatre pour sa femme. Elle est tombée malade après le décès de son père.

— Et tu as proposé tes services ?
— Non, pas du tout. Au contraire. Je voulais lui recommander un confrère, mais il a insisté pour que ce soit moi qui la voie. Il a ajouté qu'Alicia était extrêmement réfractaire à l'idée d'entamer une thérapie, et qu'elle était plus susceptible de coopérer si elle était prise en charge par un de ses amis. J'étais réticent, bien évidemment.
— Je n'en doute pas.
— Pas besoin d'être ironique.
— Dans quel cadre l'as-tu traitée ?
Il hésita.
— Chez ma petite amie. Mais comme je te l'ai dit, c'était officieux, je n'étais pas vraiment son médecin. Je la voyais rarement. De temps en temps, c'est tout.
— Et en ces rares occasions, demandais-tu des honoraires ?
Il cligna des yeux et évita mon regard.
— Eh bien, Gabriel insistait pour payer, alors je n'avais pas le choix.
— En espèces, je présume ?
— Theo...
— En espèces ?
— Oui, mais...
— Et tu le déclarais ?
Christian se mordit les lèvres et ne répondit pas. La réponse était donc négative. Voilà pourquoi il ne s'était pas manifesté. Je me demandais combien de patients il voyait à titre « officieux », sans déclarer de revenus.
— Écoute, me dit-il. Si Diomedes l'apprend, je pourrais perdre mon boulot. Tu le sais, n'est-ce pas ?
On entendait l'imploration dans sa voix. Il sollicitait ma compassion. Mais je n'avais aucune pitié pour lui, que du mépris.

— Oublie Diomedes. Mais l'ordre des médecins ? Tu perdrais le droit d'exercer.

— Seulement si tu parles. Tu n'as pas besoin de le dire à qui que ce soit. L'eau a coulé sous les ponts. Enfin, c'est ma carrière qui est en jeu, merde !

— Tu aurais dû y penser plus tôt.

— Theo, s'il te plaît.

Ce devait être horrible pour lui de ramper devant moi, mais le voir aussi honteux ne m'apportait aucune satisfaction, cela m'agaçait. Je n'avais aucune intention de le dénoncer à Diomedes, pas dans l'immédiat en tout cas. Il me serait bien plus utile à mijoter.

— C'est bon. Personne d'autre n'a besoin de savoir. Pour le moment.

— Merci. Franchement, je le pense. À charge de revanche.

— D'accord. Tu peux t'acquitter de ta dette tout de suite.

— Qu'est-ce que tu veux ?

— Je veux que tu me racontes. Je veux que tu me parles d'Alicia.

— Que veux-tu savoir ?

— Tout.

Chapitre 3

Christian me dévisageait tout en jouant avec ses baguettes. Il réfléchit quelques secondes avant de se lancer.

— Il n'y a pas grand-chose à raconter. Je ne sais pas ce que tu veux savoir ni par quoi tu veux que je commence.

— Par le début. Tu l'as vue pendant plusieurs années?

— Non, enfin... oui, mais, je te l'ai dit, pas aussi souvent que tu l'insinues. Je l'ai vue deux ou trois fois après la mort de son père.

— Quand pour la dernière fois?

— Environ une semaine avant le meurtre.

— Et comment décrirais-tu son état à ce moment-là?

— Oh.

Il se carra dans son fauteuil, plus détendu maintenant qu'il se trouvait en terrain plus sûr.

— Elle était en phase paranoïaque, délirante, psychotique même. Mais elle l'avait déjà été auparavant. Elle présentait depuis longtemps des symptômes de troubles bipolaires. Des hauts, des bas, borderline typique.

— Épargne-moi le diagnostic. Donne-moi les faits.

Il me lança un regard blessé, mais évita la dispute.

— Que veux-tu savoir d'autre?

— Alicia t'a confié qu'on l'observait, c'est bien ça?

— « Qu'on l'observait »? demanda-t-il sans la moindre émotion.

— Quelqu'un l'épiait. Je croyais qu'elle t'en avait parlé.

Christian me regarda bizarrement. Puis, à ma grande surprise, il se mit à rire.

— Qu'y a-t-il de si drôle ?

— Tu n'y crois pas réellement, si ? Le voyeur qui épie par les fenêtres ?

— Tu penses qu'il s'agissait de fantasme ?

— De pur fantasme. Ça me semblait évident.

Je désignai le journal d'un signe de tête

— Elle le décrit de manière assez convaincante. Je l'ai crue.

— Eh bien, évidemment, elle était convaincante. Je l'aurais crue aussi, si je n'avais pas été mieux avisé. Elle traversait un épisode psychotique.

— C'est ce que tu n'arrêtes pas de dire. On ne la sent pas psychotique dans son journal. Juste effrayée.

— Elle avait des antécédents : la même chose s'est produite à Hampstead, là où ils vivaient avant. C'est pour ça qu'ils ont déménagé. Elle a accusé le voisin d'en face, un vieil homme, de l'espionner. Ça a fait tout un foin. Il s'est avéré que le vieil homme était aveugle. Il ne pouvait même pas la voir, encore moins l'espionner. Elle était extrêmement instable, mais c'est le suicide de son père qui a tout déclenché. Elle ne s'en est jamais remise.

— A-t-elle parlé de lui avec toi ? De son père ?

— Pas vraiment. Elle insistait toujours sur le fait qu'elle l'aimait et qu'ils avaient une relation normale. Aussi normale qu'elle pouvait l'être dans la mesure où sa mère s'est suicidée. En toute franchise, j'ai eu de la chance de tirer quelque chose d'elle. Elle ne se montrait pas du tout coopérante. Elle était, enfin... tu sais comment elle est.

— Pas aussi bien que toi, visiblement.

Je poursuivis avant qu'il ait le temps de m'interrompre.

— Elle a fait une tentative de suicide après la mort de son père ?

— Si on veut. Mais je le formulerais autrement.

— C'est-à-dire ?

— Ça relevait du comportement suicidaire, mais je ne crois pas qu'elle ait eu réellement l'intention de mourir. Elle était trop narcissique pour se faire du mal. Elle a fait une overdose, mais plus pour la galerie qu'autre chose. Elle « communiquait » sa détresse à Gabriel, elle essayait sans cesse d'attirer son attention, le pauvre. S'il n'y avait pas eu le secret médical, je lui aurais conseillé de se barrer.

— Quel dommage pour lui que tu aies un tel sens éthique.

Christian grimaça.

— Theo, je sais que tu fais preuve de beaucoup d'empathie, c'est ce qui fait de toi un aussi bon thérapeute, mais tu perds ton temps avec Alicia Berenson. Même avant le meurtre, sa capacité d'introspection, ou de mentalisation si tu préfères, était très limitée. Elle était tout entière tournée vers sa personne et son art. Toute l'empathie que tu ressens pour elle, toute la bienveillance, elle est incapable de te la renvoyer. C'est une cause perdue. Une garce.

Christian prononça ses mots avec un rictus méprisant. Et sans empathie aucune envers une femme confrontée à une telle souffrance. Un instant, je me demandai si ce n'était pas plutôt Christian qui était borderline, et non Alicia. Ç'aurait été bien plus logique. Je me levai.

— Je vais la voir. J'ai besoin de réponses.

— De sa part ? Et comment comptes-tu t'y prendre ?

— En lui posant des questions.

Chapitre 4

J'attendis que Diomedes ait disparu dans son bureau et que Stephanie soit en réunion avec le Trust pour me glisser dans le bocal à poissons rouges et trouver Yuri.

— J'ai besoin de voir Alicia, lui dis-je.

— Ah oui ? Je croyais que la thérapie était interrompue ?

— C'est bien le cas. Mais j'ai besoin d'avoir une conversation privée avec elle, c'est tout.

— D'accord, je vois.

Il semblait sceptique.

— Bon, la pièce est occupée. Indira y reçoit des patients tout l'après-midi.

Il réfléchit un instant.

— En revanche, la salle d'art est libre, si ça ne te dérange pas de la voir là-bas. Il faudra malgré tout que ce soit rapide.

Il ne s'étendit pas, mais je savais ce qu'il voulait dire : il fallait faire vite pour que personne ne s'en aperçoive et ne le rapporte à Stephanie. Je lui étais reconnaissant d'être de mon côté. C'était un homme bon, de toute évidence. Je me sentais coupable de l'avoir mal jugé de prime abord.

— Merci, lui dis-je. J'apprécie.

Il me sourit.

— Elle sera là dans dix minutes.

Yuri se montra digne de confiance. Dix minutes plus tard, Alicia et moi étions assis face à face dans la salle d'art de part et d'autre de la surface de travail maculée de peinture.

Juché sur un tabouret bancal, je chancelai. Alicia sembla parfaitement calme quand elle s'assit. Comme si elle prenait la pose pour son propre portrait ou pour en peindre un.

— Merci, lui dis-je.

Je sortis de ma poche son journal intime et le plaçai devant moi.

— Merci de m'avoir permis de le lire. Cela signifie beaucoup pour moi que vous m'ayez confié quelque chose d'aussi personnel.

Je souris mais n'obtins pour seule réaction qu'un visage vide de toute expression. Ses traits étaient durs et rigides. Ressentait-elle de la honte à s'être autant exposée ? Je laissai passer un petit moment, puis je repris.

— Le journal s'interrompt brutalement, sur une sorte de point de suspension.

Je feuilletai les pages restées vierges.

— Un peu comme notre thérapie, inachevée, incomplète.

Alicia ne dit rien. Elle se contentait de regarder dans le vague. J'ignore ce que j'avais espéré, mais pas cette indifférence en tout cas. Je supposais que me confier son journal marquait une évolution, représentait une invitation, une ouverture, un point d'entrée. Et pourtant, j'étais revenu à la case départ, face à un mur impénétrable.

— Vous savez, j'espérais qu'après m'avoir parlé, indirectement, à travers ces pages, vous pourriez aller un peu plus loin et me parler en personne.

Aucune réaction.

— Je pense que vous me l'avez donné parce que vous souhaitiez communiquer avec moi. Et vous avez communiqué.

Cette lecture m'en a appris beaucoup sur vous. Combien vous étiez seule, isolée, effrayée. Votre situation était bien plus compliquée que je ne le pensais. Votre relation avec le docteur West, par exemple.

J'escomptais obtenir une réaction en prononçant le nom de Christian, un cillement, une contraction de la mâchoire, quelque chose, n'importe quoi, mais il n'y eut rien, pas le moindre battement de paupières.

— J'ignorais que vous aviez connu Christian avant votre admission au Grove. Vous l'avez vu en consultation de ville pendant plusieurs années. Vous l'avez évidemment reconnu à son arrivée ici, quelques mois après votre admission. Cela a dû être déroutant, qu'il ne vous prête pas attention. Et un peu contrariant, j'imagine ?

Ce n'était pas une assertion. Je l'avais formulé sous forme de question, mais n'obtins pas davantage de réponse. Christian semblait présenter peu d'intérêt pour elle. Elle détourna les yeux, lassée, déçue, comme si j'avais manqué une occasion, fait fausse route. Elle attendait quelque chose de ma part ; quelque chose que je n'avais pas su lui offrir.

Je n'en avais pas terminé pour autant.

— Mais il y a plus : le journal soulève des questions, porte à s'interroger. Certains éléments n'ont aucun sens, ils ne concordent pas avec les informations que je tiens d'autres sources. Maintenant que vous m'avez autorisé à le lire, je me sens obligé d'approfondir. J'espère que vous le comprenez.

Je lui rendis son journal. Elle le posa sur ses genoux, laissa les doigts dessus. Nous nous regardâmes dans les yeux un petit moment, puis je finis par lui dire :

— Je suis de votre côté, Alicia. Vous le savez, n'est-ce pas ?

Elle ne répondit rien.

J'y vis un assentiment.

Chapitre 5

Kathy devenait négligente. C'était inévitable, je suppose. Elle s'en était tirée si longtemps en toute impunité qu'elle ne faisait plus beaucoup d'effort pour cacher son infidélité.

Quand je rentrai à la maison, elle s'apprêtait à sortir.

— Je vais me promener, me dit-elle en enfilant ses baskets. Je n'en ai pas pour longtemps.

— Un peu d'exercice me ferait du bien. Tu veux que je t'accompagne ?

— Non, j'ai besoin de répéter mon rôle.

— Je peux t'aider à réviser si tu veux.

— Non. C'est plus facile toute seule. Je répète juste les tirades, celles que je n'arrive pas bien à saisir, tu sais, celles de l'acte II. Je me balade dans le parc et je les récite à voix haute. Si tu savais de quoi j'ai l'air.

Je devais le lui accorder, Kathy me servit tout cela sur un ton parfaitement naturel, en maintenant le contact visuel. C'était une actrice remarquable.

Mon jeu s'améliorait aussi. Je lui adressai un grand sourire chaleureux et lui souhaitai une bonne promenade.

Je la suivis après qu'elle eut quitté l'appartement. Je gardai une distance prudente, mais elle ne tourna pas la tête une seule fois. Elle se montrait vraiment négligente.

Elle marcha environ cinq minutes, jusqu'à l'entrée du parc, et au moment où elle s'en approchait un homme émergea de l'ombre. Je ne pouvais pas voir son visage car il me tournait le dos. Il était brun et bien bâti, plus grand que moi. Elle alla à sa rencontre et il la serra contre lui. Et ils se mirent à s'embrasser. Kathy dévorait ses baisers avec avidité, s'abandonnait à lui. C'était pour le moins étrange de la voir enlacée par un autre. Il chercha ses seins à travers ses vêtements et la pelota.

Je savais que je devais me cacher. J'étais visible, à découvert, en pleine lumière. Si Kathy se tournait, elle me verrait. Mais je ne parvenais pas à bouger. J'étais paralysé, je regardais ma Méduse, pétrifié.

Finalement, ils cessèrent de s'embrasser et entrèrent dans le parc. Je leur emboîtai le pas. C'était déroutant. De derrière, à une certaine distance, cet homme me ressemblait. Pendant quelques secondes, j'eus l'impression confuse d'être sorti de mon corps, convaincu que je me regardais en train de me promener dans le parc avec Kathy.

Elle conduisit son compagnon vers une zone boisée. Il la suivit, puis ils disparurent entre les arbres.

Je ressentis aussitôt une déchirante angoisse. Ma respiration devint pénible, lente. Un poids m'oppressait. Chaque partie de mon corps me dictait de partir, de m'en aller, de courir, de fuir. Mais je les suivis dans le bois.

J'essayais d'être aussi discret que possible, mais les brindilles craquaient sous mes pas et les branches me griffaient. Je ne les voyais nulle part. Les arbres avaient poussé si près les uns des autres que ma visibilité se limitait à quelques mètres.

Je m'arrêtai et tendis l'oreille. Je perçus un bruissement, peut-être le vent. Puis j'entendis un bruit sans ambiguïté, un son guttural, grave, que je reconnus immédiatement.

Les gémissements de Kathy.

Je tentai de m'approcher, mais les branches m'arrêtèrent et me retinrent prisonnier telle une mouche dans une toile d'araignée. Je restai là dans la pénombre, à respirer l'odeur d'écorce et de terre. J'écoutai Kathy gémir pendant qu'il la baisait. Il grognait comme un animal.

Je bouillais de haine. Cet homme avait surgi de nulle part et envahi ma vie. Il avait volé, séduit, corrompu la seule personne au monde qui m'était précieuse. C'était monstrueux, contre nature. Peut-être n'avait-il rien d'humain, peut-être était-il l'instrument d'une divinité malveillante résolue à me punir. Dieu me punissait-il ? Pourquoi ? De quoi étais-je coupable, sinon d'être tombé amoureux ? Aimais-je trop profondément, avais-je trop d'attentes ?

Cet homme l'aimait-elle ? J'en doutais. Pas comme je l'aimais moi. Il se servait simplement d'elle, de son corps. Il ne pouvait pas tenir à elle autant que moi. J'aurais donné ma vie pour Kathy.

J'aurais tué pour elle.

Je pensai à mon père. Je savais comment il aurait agi dans une situation pareille. Il aurait assassiné le type. *Sois un homme !* l'entendais-je crier. *Endurcis-toi !* Était-ce là mon devoir ? Le tuer ? Me débarrasser de lui ? C'était un moyen de sortir de ce bourbier, un moyen de rompre le charme, de libérer Kathy et de nous libérer. Quand elle aurait fait son deuil, ce serait terminé ; il ne serait plus qu'un souvenir, facile à oublier. Et nous pourrions continuer comme avant. Je pouvais le faire maintenant, ici, dans le parc. Je le traînerais dans l'étang, lui plongerais la tête dans l'eau. J'appuierais jusqu'à ce qu'il convulse, jusqu'à ce que je sente ses muscles se relâcher. Ou bien je pourrais le suivre dans le métro, me placer derrière lui sur le quai et, d'un geste vif, le jeter sur la voie juste avant l'arrivée du train. Ou l'approcher par-derrière sans bruit dans une rue déserte, armé d'une brique, et lui frapper le crâne. Pourquoi pas ?

Les gémissements de Kathy se firent soudain plus sonores et je reconnus les grognements qu'elle poussait quand elle atteignait l'orgasme. Et puis, le silence. Interrompu par ce gloussement étouffé que je connaissais si bien. J'entendis ensuite les brindilles craquer quand ils sortirent du bois d'un pas lourd.

J'attendis un petit moment, puis je cassai les branches qui m'entouraient et me dégageai des arbres en m'écorchant profondément les mains au passage.

Quand j'émergeai du bois, j'étais à demi aveuglé par les larmes. Je les essuyai d'un poing ensanglanté.

Je titubai, sans but. Tournai en rond comme un dément.

Chapitre 6

J'appelai : « Jean-Félix ? »
Il n'y avait personne à l'accueil et personne ne vint. J'hésitai un instant avant d'entrer dans la galerie.
Je me dirigeai vers le couloir où était exposé l'*Alceste*. Encore une fois, je contemplai le tableau. Encore une fois, je tentai de le déchiffrer, et encore une fois j'échouai. Quelque chose dans cette œuvre défiait toute interprétation. Possédait-elle un sens caché qu'il me restait à découvrir ? Lequel ?
Et soudain, un éclair. Je venais de remarquer un détail qui m'avait jusque-là échappé. Derrière Alicia, dans l'obscurité, si l'on plissait les yeux et que l'on examinait attentivement la toile, les parties les plus sombres des ombres s'unissaient à la manière d'un hologramme qui passe de deux à trois dimensions quand on le regarde sous un certain angle. Et une forme surgissait : une silhouette d'homme. Un homme, caché dans le noir. Il observait. Il épiait Alicia.
— Que voulez-vous ?
Je sursautai, me retournai. Jean-Félix ne semblait pas enchanté de me voir.
— Que faites-vous ici ? me demanda-t-il.
J'étais sur le point de lui montrer la silhouette de l'homme sur le tableau et de lui poser des questions à ce sujet, mais je sentis qu'il valait mieux m'abstenir et lui souris.

— J'avais juste encore quelques questions. Avez-vous un moment à m'accorder ?

— Pas vraiment. Et je vous ai dit tout ce que je sais. Vraiment.

— En réalité, il y a du nouveau.

— C'est-à-dire ?

— Eh bien, pour commencer, j'ignorais qu'Alicia projetait de quitter votre galerie.

Il y eut un blanc avant que Jean-Félix ne réponde d'un ton sec au possible.

— De quoi parlez-vous ?

— En avait-elle réellement l'intention ?

— En quoi cela vous regarde-t-il ?

— Alicia est ma patiente. Je souhaite l'aider à sortir de son mutisme. Mais je constate qu'il semble être dans votre intérêt qu'elle reste muette.

— Bon sang, mais qu'est-ce que c'est censé vouloir dire ?

— Eh bien, tant que personne ne sait qu'elle désirait partir, vous pouvez conserver ses toiles.

— De quoi m'accusez-vous au juste ?

— Je ne vous accuse de rien du tout. J'énonce simplement un fait.

Il ricana.

— Nous allons voir ça. Je vais contacter mon avocat et déposer une plainte en bonne et due forme auprès de l'hôpital.

— Je ne pense pas que vous le ferez.

— Et pourquoi donc ?

— Eh bien, vous ne savez pas encore comment j'ai appris qu'Alicia avait l'intention de partir.

— Votre source a menti.

— C'est Alicia.

— Pardon ?

Jean-Félix eut l'air abasourdi.

— Vous voulez dire qu'elle a parlé?
— En un sens. Elle m'a donné son journal intime.
— Son journal intime?

Il cligna des yeux deux ou trois fois comme s'il avait du mal à assimiler l'information.

— J'ignorais qu'Alicia tenait un journal.
— Eh bien, si. Elle y décrit vos dernières rencontres en détail.

Je n'ajoutai rien. Ce n'était pas nécessaire. Il y eut un silence pesant. Jean-Félix restait interdit.

— Je vous recontacterai.

Je lui souris, puis quittai la galerie.

Une fois dehors, je me sentis un peu coupable de lui avoir ainsi volé dans les plumes. Mais ce n'était pas mon intention, je voulais voir quel effet aurait la provocation, quelle serait sa réaction, ce qu'il ferait.

À présent, il ne me restait plus qu'à attendre.

En traversant Soho, je téléphonai au cousin d'Alicia, Paul Rose, afin de le prévenir de ma visite. Je ne voulais pas arriver chez lui à l'improviste et risquer d'être reçu comme la dernière fois. Mon hématome ne s'était pas encore résorbé.

Je coinçai mon portable entre l'épaule et l'oreille pour me permettre d'allumer une cigarette. J'eus à peine le temps d'aspirer la fumée. On décrocha dès la première sonnerie. J'espérais que ce serait Paul et non Lydia. J'eus de la chance.

— Allô?
— Paul. C'est Theo Faber.
— Oh, salut. Désolé de chuchoter, mais maman fait sa sieste et je ne veux pas la déranger. Comment va votre tête?
— Bien mieux, merci.
— Parfait… parfait. Que puis-je faire pour vous?

— Voilà, j'ai eu de nouvelles informations au sujet d'Alicia. Je voulais vous en parler.
— Quel genre d'informations ?
Je lui dis qu'Alicia m'avait donné son journal intime.
— Son journal intime ? Je ne savais pas qu'elle en tenait un. Qu'est-ce qu'il raconte ?
— Ce serait peut-être plus simple de se parler en personne. Vous avez un moment aujourd'hui ?
Il hésita.
— Ce serait mieux que vous ne veniez pas à la maison. Maman n'est pas, enfin, elle n'a pas été ravie de votre dernière visite.
— Oui, j'en ai bien l'impression.
— Il y a un pub au bout de la rue, près du rond-point. Le *White Bear*.
— Oui, je vois où c'est. Ça me semble bien. Quelle heure ?
— Vers 17 heures ? Je devrais pouvoir m'éclipser un peu.
J'entendis Lydia crier en arrière-fond. Évidemment, elle s'était réveillée.
— Je dois y aller. À tout à l'heure.
Il raccrocha.

Quelques heures plus tard, sur le chemin du retour vers Cambridge, je passai un autre coup de fil. À Max Berenson. J'avais pas mal tergiversé avant d'appeler. Il s'était déjà plaint une fois auprès de Diomedes, il ne serait donc pas ravi d'avoir de mes nouvelles. Mais, à ce moment-là, je savais que je n'avais pas le choix.

Tanya décrocha. Elle semblait moins enrhumée, mais je perçus son malaise quand elle comprit qui j'étais.

— Je ne pense pas, enfin, Max est occupé. Il a des rendez-vous toute la journée.

— Je rappellerai.
— Je ne suis pas sûre que ce soit une bonne idée, je...
J'entendis Max grommeler quelque chose. Tanya lui répondit :
— Ce n'est pas ce que je dis, Max.
Il saisit le combiné et s'adressa directement à moi.
— Je viens juste de demander à Tanya de vous dire d'aller vous faire voir.
— Ah.
— Vous avez du culot de rappeler. Je me suis déjà plaint auprès du docteur Diomedes.
— Oui, je suis au courant. Cependant, j'ai de nouvelles informations et elles vous concernent directement. J'ai pensé que je n'avais pas d'autre choix que de vous contacter pour vous en faire part.
— Quelles informations ?
— Les informations contenues dans un journal intime que tenait Alicia dans les semaines précédant le meurtre.
Il y eut un silence à l'autre bout de la ligne. J'hésitai, puis je poursuivis :
— Alicia y parle de vous avec force détails, Max. Elle écrit que vous étiez amoureux d'elle. Je me demandais...
Il raccrocha. Jusque-là, tout allait bien. Max avait mordu à l'hameçon. À présent, je n'avais plus qu'à attendre sa réaction.
Je me rendis compte que, tout comme Tanya, je le craignais un peu. Je me souvins du conseil qu'elle m'avait donné à mi-voix. Parler à Paul, lui poser une question. Mais laquelle ? Un élément important au sujet de *la nuit* qui avait suivi l'accident fatal à la mère d'Alicia. Je me souvins de l'expression sur le visage de Tanya quand Max était entré dans la pièce. Elle s'était tue et lui avait souri. Non, il ne fallait pas sous-estimer Max Berenson.
Ce serait une terrible erreur.

Chapitre 7

Quand le train approcha de Cambridge, le paysage devint plat et la température chuta. Je boutonnai mon manteau en sortant de la gare. Le vent me cingla le visage comme une volée de lames de rasoir glacées. Je marchai vers le pub pour y retrouver Paul.

Le *White Bear* était un vieil établissement délabré. Plusieurs extensions avaient visiblement été ajoutées à la structure de départ au fil des ans. Deux étudiants fumaient dans le jardin, pintes à la main, bravant les bourrasques enveloppés dans leurs écharpes. À l'intérieur, plusieurs radiateurs vrombissants prodiguaient un réconfort opportun contre le froid.

Je commandai un verre et partis à la recherche de Paul. Plusieurs petites pièces donnaient sur la salle principale faiblement éclairée. Je scrutai les silhouettes dans la pénombre, essayant de le repérer, en vain. L'endroit était propice à un rendez-vous clandestin. Terme qui, je suppose, décrivait bien la rencontre.

Je trouvai Paul seul dans une petite salle. Assis près du radiateur, il tournait le dos à la porte. Je le reconnus immédiatement, en raison de sa taille. Son dos immense masquait presque l'appareil. Je l'appelai.

Il se leva vivement et se retourna. Il avait l'air d'un géant dans cette pièce minuscule. Il lui fallait se baisser un peu pour ne pas heurter le plafond.

— Ça va ? me demanda-t-il.

On aurait dit qu'il se préparait à entendre un médecin lui annoncer de mauvaises nouvelles. Il se poussa un peu pour me permettre de m'asseoir devant le radiateur. Ce fut un soulagement d'en ressentir la chaleur sur mon visage et mes mains.

— Il fait plus froid qu'à Londres ici ! m'exclamai-je. Et ce vent n'arrange rien.

— Il vient droit de Sibérie, à ce qu'on dit.

De toute évidence pas d'humeur à bavarder, il poursuivit sans attendre.

— Qu'est-ce que c'est que ce journal intime ? Je n'étais pas au courant qu'elle en tenait un.

— Et pourtant si.

— Elle vous l'a donné ?

J'acquiesçai d'un hochement de tête.

— Et ? Que raconte-t-il ?

— Alicia y décrit en détail les deux mois qui ont précédé le meurtre. Et il y a quelques divergences dont j'aimerais vous parler.

— Quelles divergences ?

— Entre votre récit des événements et le sien.

— Comment ça ?

Il posa sa pinte et me dévisagea longuement.

— Que voulez-vous dire ?

— Pour commencer, vous avez affirmé n'avoir pas vu Alicia depuis plusieurs années avant le meurtre.

Il hésita.

— Ah bon ?

— Et dans son journal intime, elle écrit vous avoir vu quelques semaines avant la mort de Gabriel, lors d'une visite à Hampstead.

Je le fixai. Je le sentais se dégonfler intérieurement. Soudain, il eut l'air d'un enfant dans un corps bien trop grand pour lui. Il avait peur, c'était évident. Il ne répondit pas tout de suite. Et me lança un coup d'œil furtif.

— Je peux le voir deux minutes ?

— Je pense que ce ne serait pas judicieux. De toute façon, je ne l'ai pas avec moi.

— Alors comment puis-je être sûr qu'il existe ? Vous pouvez très bien mentir.

— Je ne mens pas. Mais vous, oui, en revanche, Paul. Pourquoi ?

— Parce que ça ne vous regarde pas, voilà pourquoi.

— Je crains que si. Le bien-être d'Alicia me concerne.

— Son bien-être n'a rien à voir avec ça. Je ne lui ai pas fait de mal.

— Je n'ai jamais prétendu le contraire.

— Très bien, alors.

— Pourquoi ne m'avez-vous pas raconté ce qui s'est passé ?

Il haussa les épaules.

— C'est une longue histoire.

Il hésita, puis céda. Il parla vite, sans reprendre son souffle. Je le sentis soulagé de se confier enfin à quelqu'un.

— J'allais mal. J'avais un problème. J'ai joué et emprunté de l'argent, et je ne pouvais pas rembourser mes dettes. J'avais besoin de liquide pour rembourser tout le monde.

— Vous avez donc demandé à Alicia ? Vous a-t-elle donné l'argent ?

— Que dit le journal ?

— Ce n'est pas précisé.

— Non, elle ne m'a rien donné. Elle m'a expliqué qu'elle ne pouvait pas se le permettre.

— Alors comment vous êtes-vous sorti d'affaire ?

— J'ai puisé dans mes économies. J'aimerais que ça reste entre nous. Je ne veux pas que ma mère le découvre.

— Aucune raison de mêler Lydia à tout cela.
— Vraiment ?

Ses joues reprirent un peu de couleur. Il semblait retrouver son optimisme.

— Merci. J'apprécie.
— Alicia vous a-t-elle jamais confié qu'elle se sentait espionnée ?

Paul reposa sa pinte et me regarda, surpris. Je devinai que non.

— Espionnée ? Comment ça ?

Je lui racontai l'histoire que j'avais lue dans son journal au sujet des soupçons qu'elle entretenait. On l'épiait et elle avait peur d'être attaquée à son domicile.

Paul sembla sceptique.

— Quelque chose clochait chez elle.
— Vous pensez qu'elle a tout inventé ?
— C'est logique, non ? Vous ne croyez pas réellement qu'on la suivait, si ? Enfin, je suppose que c'est possible.
— Oui, c'est possible. Donc je présume qu'elle ne vous a rien confié à ce sujet ?
— Pas un mot. Mais, Alicia et moi, on ne se parlait pas beaucoup, vous savez. Elle était assez réservée. On l'est tous dans la famille. Je me souviens qu'elle trouvait ça bizarre, qu'elle rendait visite à des amis et les voyait rire et plaisanter en famille, tenir des conversations, mais que chez nous c'était très silencieux. On ne parlait jamais. À part ma mère, qui donnait des ordres.
— Et le père d'Alicia ? Vernon ? Comment était-il ?
— Vernon n'était pas très bavard. Quelque chose clochait chez lui aussi, après la mort d'Eva. Il n'a plus jamais été le même après. Et Alicia non plus d'ailleurs.
— J'allais oublier : je voulais vous poser une question. Tanya m'a dit que vous pourriez me répondre.
— Tanya Berenson ? Vous lui avez parlé ?

— Très brièvement. Et elle m'a suggéré de m'adresser à vous.

— Tanya a fait ça?

Ses joues rosirent.

— Je ne la connais pas très bien, mais elle a toujours été très gentille avec moi. C'est une très bonne personne, vraiment. Elle nous a rendu visite deux fois, à maman et moi.

Un sourire se dessina sur ses lèvres et il détourna un instant le regard. Il avait le béguin pour elle. Je me demandais ce qu'en pensait Max.

— Qu'est-ce que Tanya vous a dit?

— Que vous pourriez me fournir des informations à propos de la nuit qui a suivi l'accident de voiture. Elle n'est pas entrée dans les détails.

— Oui, je sais de quoi elle veut parler. Je le lui ai raconté pendant le procès. Je lui ai demandé de ne le répéter à personne.

— Elle ne me l'a pas répété. La décision de me l'apprendre vous appartient. Si vous le souhaitez. Bien entendu, si vous préférez...

Il finit sa bière d'un seul trait et haussa les épaules.

— C'est sans doute rien, mais ça pourrait vous aider à la comprendre. Elle...

Il hésita, puis se tut.

— Allez-y.

— La première chose qu'elle a faite en rentrant de l'hôpital – ils l'ont gardée une nuit après l'accident – a été de grimper sur le toit de la maison. Et je l'ai rejointe. On est restés assis là toute la nuit, presque. On y allait tout le temps, elle et moi. C'était notre cachette.

— Le toit?

Il hésita, me regarda une seconde, fit le tour de la question, puis se décida.

— Venez, dit-il en se levant. Je vais vous montrer.

Chapitre 8

La maison était plongée dans le noir.
— C'est ici, m'indiqua Paul. Suivez-moi.
Nous nous dirigeâmes vers une échelle en fer fixée à un mur extérieur. La boue gelée sous nos pieds était sculptée de rides et d'arêtes figées. Sans m'attendre, Paul se mit à grimper.
J'avais de plus en plus froid. Je commençais à douter de la pertinence de mon initiative. Je le suivis malgré tout, saisis le premier barreau – glacé et glissant, recouvert d'une espèce de plante grimpante, du lierre peut-être.
J'escaladai, barreau après barreau. Une fois en haut, j'avais les doigts engourdis et le visage cinglé par le vent. Je me hissai sur le toit. Paul m'y attendait, tout sourire, excité comme un adolescent. Un croissant de lune brillait au-dessus de nos têtes. Le reste n'était qu'obscurité.
Soudain, Paul fonça sur moi, une expression étrange sur le visage. Je paniquai un instant quand il tendit les bras vers moi. Je m'écartai pour l'éviter, mais il m'attrapa. L'espace d'une seconde, terrifié, je crus qu'il allait me faire tomber du toit. Au lieu de cela, il m'attira contre lui.
— Vous êtes trop près du bord. Restez au milieu, ici. C'est plus sûr.
Je hochai la tête, repris mon souffle. C'était une mauvaise idée. Je ne me sentais pas le moins du monde en sécurité en

compagnie de Paul. J'étais sur le point de lui suggérer de redescendre, quand il sortit de sa poche un paquet de cigarettes et m'en proposa une. J'hésitai, puis acceptai. J'attrapai mon briquet d'une main tremblante.

Nous restâmes un moment à fumer en silence.

— C'est ici qu'on s'asseyait, Alicia et moi. Tous les jours, ou presque.

— Quel âge aviez-vous ?

— Sept ans, peut-être huit. Alicia ne devait pas en avoir plus de dix à l'époque.

— Vous étiez un peu jeunes pour grimper aux échelles.

— Je suppose. Mais ça nous semblait normal. Ados, on montait pour fumer et boire des bières.

J'essayais d'imaginer Alicia, se cachant de son père et de sa tante tyrannique. Paul, son jeune cousin qui l'adorait, l'embêtant alors qu'elle aurait préféré rester seule avec ses pensées.

— C'est une bonne cachette, lui répondis-je.

— Oncle Vernon ne pouvait pas monter à l'échelle. Il était assez corpulent, comme maman.

— J'ai moi-même eu du mal. Le lierre est dangereux.

— Ce n'est pas du lierre. C'est du jasmin.

Il contempla les plantes qui s'enroulaient en haut de l'échelle.

— Pas encore en fleur. Il faut attendre le printemps. On dirait du parfum quand il y en a beaucoup.

Il sembla un instant perdu dans un souvenir.

— C'est drôle.

— Quoi donc ?

— Rien, répondit-il en haussant les épaules. Les choses dont on se souvient. Je pensais au jasmin, il était en pleine floraison ce jour-là, le jour de l'accident, quand Eva est morte.

Je jetai un coup d'œil autour de moi.

— Vous avez dit qu'Alicia et vous étiez montés ensemble.
Il acquiesça d'un hochement de la tête.

— Maman et oncle Vernon nous cherchaient en bas. On les entendait nous appeler. Mais on n'a pas répondu. On est restés cachés. Et c'est là que c'est arrivé.

Il écrasa sa cigarette et m'adressa un sourire étrange.

— C'est pour ça que je vous ai amené ici. Pour que vous puissiez la voir. La scène du crime.

— Du crime?

Paul ne répondit pas. Il se contentait de me sourire.

— Le crime de Vernon. Oncle Vernon n'était pas un homme bien. Pas bien du tout.

— Que voulez-vous dire?

— Eh bien, c'est là qu'il l'a fait.

— Fait quoi?

— C'est là qu'il a tué Alicia.

Je le regardai avec stupeur, je n'en croyais pas mes oreilles.

— Tué Alicia? De quoi parlez-vous?

Paul désigna le sol en dessous.

— Oncle Vernon était là avec maman. Il était saoul. Maman n'arrêtait pas de lui demander de rentrer. Mais il restait là, à crier le nom d'Alicia. Il était tellement en colère contre elle. Il était fou furieux.

— Parce qu'Alicia se cachait? Mais, c'était une enfant, sa mère venait de mourir!

— C'était un salaud. La seule personne qui comptait à ses yeux, c'était tante Eva. Je suppose que c'est pour ça qu'il l'a dit.

— Dit quoi?

Je perdais patience.

— Je ne comprends pas ce que vous me racontez. Que s'est-il passé exactement?

— Vernon n'arrêtait pas de hurler à quel point il aimait Eva, qu'il ne pouvait pas vivre sans elle. Il n'arrêtait pas de répéter : « Eva, ma pauvre Eva, mon Eva… Pourquoi est-elle morte ? Pourquoi elle ? Pourquoi Alicia n'est pas morte à sa place ? »

— « Pourquoi Alicia n'est pas morte à sa place » ?

— C'est ce qu'il a dit.

— Alicia l'a entendu ?

— Oui. Et je n'oublierai jamais ce qu'Alicia m'a chuchoté à l'oreille : « Il m'a tuée. Papa vient de me tuer. »

Je le fixai, sans voix. Un chœur de cloches se mit à tinter dans ma tête. Elles carillonnèrent, résonnèrent. Voilà ce que je recherchais. Je venais de trouver la pièce manquante du puzzle, enfin. Là, sur un toit à Cambridge.

Pendant tout le trajet du retour vers Londres, je réfléchis aux implications de cette découverte. Je comprenais maintenant pourquoi *Alceste* avait touché la corde sensible d'Alicia. Admète condamne Alceste à une mort physique et Vernon avait condamné sa fille à une mort psychique. Admète devait aimer Alceste un tant soit peu, mais Vernon Rose ne ressentait aucun amour, juste de la haine. Il avait commis un infanticide psychique, et Alicia le savait.

Elle l'avait verbalisé. « Il m'a tuée. Papa vient de me tuer. »

À présent, au moins, je disposais d'un élément à partir duquel travailler. Un élément que je connaissais : les effets émotionnels des blessures psychiques sur les enfants, et la manière dont elles se manifestent plus tard à l'âge adulte. Imaginez que vous entendiez votre père, la personne dont dépend votre survie, souhaiter votre mort. Comme ce doit être terrifiant pour un enfant, traumatisant, comme l'estime de soi doit imploser. La douleur est trop grande, trop immense pour être ressentie, alors elle est réprimée, ravalée, enterrée. Avec le temps, vous vous éloignez des origines du traumatisme, vous dissociez les sources de sa cause, et vous oubliez. Mais un jour la douleur et la colère ressurgissent comme le feu du ventre d'un dragon et vous saisissez un pistolet. Vous passez votre rage non pas sur votre père, mort et oublié et hors de portée, mais sur votre mari, l'homme qui a pris sa place dans votre vie, qui vous a aimée et a partagé votre lit. Vous lui tirez cinq fois dans la tête, sans même savoir pourquoi.

Le train filait dans la nuit vers Londres. Enfin, je savais comment atteindre Alicia.

À présent, nous pouvions commencer.

Chapitre 9

J'étais assis face à elle.

Je m'améliorais, j'endurais mieux le silence, je m'y adaptais et tenais bon. C'était devenu presque confortable de rester assis en sa compagnie dans cette petite pièce silencieuse.

Les mains sur les genoux, elle serrait et desserrait les poings en cadence, comme un battement de cœur. Elle me faisait face, mais ne me regardait pas. Elle regardait par la fenêtre à travers les barreaux. La pluie avait cessé et les nuages s'étaient momentanément écartés pour révéler un ciel bleu pâle; puis un autre nuage était apparu, l'obscurcissant de son gris. Enfin, je me décidai à parler :

— J'ai pris connaissance d'un fait. Par l'intermédiaire de votre cousin.

Je le lui dis avec le plus de douceur possible. Comme elle ne réagissait pas, je poursuivis.

— Paul m'a confié que, lorsque vous étiez enfant, vous avez entendu votre père prononcer une phrase dévastatrice. Après l'accident de voiture dans lequel votre mère a été tuée. Vous l'avez entendu dire qu'il aurait souhaité vous voir morte à sa place.

J'étais certain qu'elle aurait montré une réaction physique, un mouvement réflexe, qu'elle manifesterait une émotion d'une manière ou d'une autre. J'attendis, mais rien ne vint.

— Je me demande ce que vous ressentez, de savoir que Paul me l'a raconté. Vous pourriez vous sentir trahie. Mais je crois qu'il a agi dans votre intérêt. Après tout, vous êtes ma patiente.

Pas de réaction. J'hésitai.

— Peut-être cela vous aiderait-il si je vous révélais quelque chose. Non, peut-être est-ce de l'hypocrisie de ma part, peut-être est-ce moi que cela aiderait. En vérité, je vous comprends mieux que vous ne le croyez. Sans trop me dévoiler, je peux avancer que vous et moi avons vécu des enfances assez proches, avec des pères assez semblables. Et nous avons tous les deux quitté le foyer familial dès que nous en avons eu l'occasion. Mais nous avons vite découvert que la distance géographique importe peu dans le monde du psychisme. Il y a certaines choses qu'on ne laisse pas facilement derrière soi. Je sais à quel point votre enfance vous a été dommageable. Il est important que vous compreniez la gravité de cet événement. Les paroles de votre père équivalent à un meurtre psychique. Il vous a tuée.

Cette fois, elle réagit.

Elle tourna brusquement les yeux vers moi et me foudroya du regard. Si un regard pouvait tuer, je serais mort sur-le-champ, mais je le soutins sans ciller.

— Alicia, c'est notre dernière chance, lui dis-je. Je suis ici à l'insu du professeur Diomedes et sans son accord. Si je continue à enfreindre le règlement pour vous, je vais être licencié. C'est pourquoi cette séance sera la dernière. Vous comprenez ?

Je prononçai ces mots sans rien attendre, sans émotion, sans espoir. J'en avais assez de me heurter à un mur. Je ne m'attendais à aucune réaction.

Et puis, je crus d'abord l'avoir imaginé. Je crus entendre des voix. Je la fixai, le souffle coupé. Je sentis mon cœur cogner dans ma poitrine. J'avais la bouche sèche.

— Vous venez de dire quelque chose ?

Silence. J'avais dû me méprendre. Ce devait être mon imagination. Mais le miracle se reproduisit.

Les lèvres d'Alicia bougèrent lentement, avec peine. Sa voix grésilla un peu, comme un portail qui aurait besoin d'être graissé.

— Qu'est-ce que…, murmura-t-elle.

Elle s'interrompit. Puis répéta :

— Qu'est-ce que…

Nous restâmes un petit moment à nous regarder. Mes yeux s'emplirent lentement de larmes. J'y croyais à peine, j'étais excité, reconnaissant.

— Qu'est-ce que je veux ? demandai-je. Je veux que vous continuiez à parler. À me parler, Alicia.

Elle me fixait. Absorbée par une pensée. Puis elle se décida. Elle hocha lentement la tête.

— D'accord.

Chapitre 10

— Elle a dit *quoi* ?
Diomedes me regardait, sidéré. Nous étions dehors en train de fumer. Je le savais enthousiasmé parce qu'il avait laissé tomber son cigare sans s'en apercevoir.
— Elle a parlé ? Alicia a vraiment parlé ?
— Oui.
— C'est incroyable. Vous aviez donc raison. Et j'avais tort.
— Pas du tout. J'ai eu tort de la recevoir sans votre autorisation. Je suis désolé, j'ai simplement eu une intuition.
Diomedes balaya mon excuse d'un revers de main et formula la phrase pour moi.
— Vous avez suivi votre instinct. J'aurais fait la même chose, Theo. Bien joué.
J'évitai de me réjouir outre mesure.
— Ne tirons pas encore de plans sur la comète. C'est une avancée, certes. Mais il n'y a aucune garantie. Elle pourrait revenir à son état précédent ou régresser à tout moment.
Il hocha la tête.
— C'est vrai. Nous devons procéder à un examen en bonne et due forme et interroger Alicia dès que possible, la soumettre à une commission d'évaluation : vous, moi et quelqu'un du Trust. Julian sera parfait, il est inoffensif.

— Vous allez trop vite. Vous ne m'écoutez pas. C'est trop tôt. Cela l'effraierait. Il nous faut procéder pas à pas.

— Il est important que le Trust sache.

— Non, pas encore. Cela ne se reproduira peut-être pas. Attendons. Ne faisons pas d'annonce. Pas tout de suite.

Diomedes approuva d'un signe de tête. Il tendit la main vers mon épaule, la serra.

— Bien joué, me félicita-t-il de nouveau. Je suis fier de vous.

Je ressentis une légère fierté, comme quand un père complimente son fils. J'avais conscience de mon désir de lui plaire, de justifier sa foi en moi et de le satisfaire. J'étais ému. J'allumai une cigarette pour masquer mon émotion.

— Et maintenant ?

— Maintenant, vous continuez. Continuez votre travail avec Alicia.

— Et si Stephanie le découvre ?

— Oubliez Stephanie, je m'en charge. Concentrez-vous sur Alicia.

Et c'est ce que je fis.

Durant la séance suivante, Alicia et moi parlâmes sans interruption. Après tant de silence, l'écouter s'avérait une expérience inhabituelle et déconcertante. Elle s'exprima avec hésitation au début, timidement, comme si elle se remettait à marcher sur des jambes restées longtemps inactives. Mais elle trouva vite ses marques et gagna en vitesse et en agilité, voyageant dans les phrases comme si elle n'avait jamais été muette, ce qui, en un sens, était le cas.

La séance terminée, je me rendis à mon bureau et m'assis pour transcrire notre échange tant qu'il était encore frais dans mon esprit. Je notai tout, mot pour mot, consignant ses propos avec le plus de précision et de justesse possible.

Comme vous le verrez, le récit d'Alicia est incroyable. Cela, du moins, ne fait aucun doute.

À vous de décider si l'on peut y croire.

Chapitre 11

Alicia était assise sur la chaise face à moi dans la pièce où se déroulaient les séances.

— Avant tout, lui dis-je, j'ai quelques questions à vous poser. Deux ou trois points que je voudrais clarifier.

Pas de réponse. Elle me dévisageait avec dans le regard cette expression indéchiffrable qui la caractérisait.

Je poursuivis.

— En particulier, je voudrais comprendre votre silence. Je veux savoir pourquoi vous avez refusé de parler.

La question sembla la décevoir. Elle tourna la tête vers la fenêtre.

Nous restâmes sans rien dire une ou deux minutes. Je tentai de cacher mon incertitude. L'avancée avait-elle été temporaire ? Allions-nous continuer comme avant ? Je ne pouvais y consentir.

— Alicia, je sais que c'est difficile. Mais une fois que vous aurez commencé à me parler, cela deviendra plus facile, je vous le promets.

Aucune réaction.

— Essayez, s'il vous plaît. N'abandonnez pas maintenant que vous avez fait un tel progrès. Continuez. Dites-moi pourquoi vous ne vouliez pas parler.

Elle se retourna et me lança un regard glacial. Elle répondit à voix basse.

— Rien. Rien à dire.
— Je ne suis pas sûr de le croire. Je crois plutôt qu'il y avait trop à dire.
Pause. Haussement d'épaules.
— Peut-être. Peut-être avez-vous raison.
— Poursuivez.
Elle hésita.
— Au début, quand Gabriel… quand il est mort, je n'ai pas pu, j'ai essayé. Mais je ne pouvais pas parler. J'ouvrais la bouche, mais aucun son n'en sortait. Comme dans un rêve. Où on essaie de crier. Sans y parvenir.
— Vous étiez en état de choc. Mais au cours des jours suivants, votre voix a dû vous revenir, non ?
— À ce moment-là, ça m'a semblé vain. C'était trop tard.
— Trop tard ? Pour plaider votre cause ?
Elle continuait de me regarder, un sourire énigmatique aux lèvres. Elle ne répondit pas.
— Dites-moi pourquoi vous vous êtes remise à parler.
— Vous connaissez la réponse.
— Vraiment ?
— À cause de vous.
— De moi ?
J'écarquillai les yeux.
— Parce que vous êtes venu ici.
— Et cela a fait la différence ?
— Toute la différence. Cela a fait toute la différence.
Elle baissa la voix et me fixa sans ciller.
— Je veux que vous compreniez. Ce qui m'est arrivé. Ce que j'ai ressenti. C'est important. Que vous compreniez.
— C'est mon souhait. Et c'est pour cela que vous m'avez confié votre journal intime, n'est-ce pas ? Vous voulez que je comprenne. Selon moi, les personnes qui comptaient le plus pour vous n'ont pas cru votre histoire à propos de

l'homme qui vous épiait. Peut-être vous demandez-vous si je vous crois.

— Vous me croyez.

Je ne lui avais pas posé de question, c'était une simple assertion.

— Oui, je vous crois. Alors pourquoi ne pas débuter par là ? Dans la dernière entrée de votre journal, cet homme pénètre chez vous. Que s'est-il passé ensuite ?

— Rien.

— Rien ?

Elle hocha la tête.

— Ce n'était pas lui.

— Ce n'était pas lui ? Mais alors, qui était-ce ?

— Jean-Félix. Il voulait… il était venu parler de l'exposition.

— À en juger par votre journal, vous ne sembliez pas disposée à recevoir de la visite.

Elle acquiesça d'un haussement d'épaules.

— Est-il resté longtemps ?

— Non. Je l'ai prié de partir. Il a refusé. Il était fâché. Il m'a un peu crié dessus. Puis, au bout d'un moment, il a fini par partir.

— Et ensuite ? Que s'est-il passé après le départ de Jean-Félix ?

— Je ne veux pas en parler.

— Non ?

— Pas encore.

Elle me regarda un instant dans les yeux, puis elle se tourna vers la fenêtre et contempla le ciel qui s'obscurcissait au-delà des barreaux. Il y avait quelque chose d'aguicheur dans la manière dont elle inclinait la tête ; et elle esquissa un sourire. Cela lui plaît, songeai-je. Que je sois sous sa coupe.

— De quoi voulez-vous parler ? lui demandai-je.

— Je ne sais pas. De rien. Je veux juste parler.

Et nous parlâmes. De Lydia et de Paul, de sa mère et de l'été de sa mort. Nous évoquâmes son enfance, et la mienne. Je lui décrivis mon père, lui racontai ma vie dans ce foyer-là. Elle semblait curieuse de connaître les moindres détails de mon passé, ce qui m'avait construit et avait fait de moi l'homme que je suis.

Je me souviens avoir pensé : je ne peux plus faire marche arrière maintenant. Nous brisions les dernières barrières entre thérapeute et patient. Bientôt, il serait impossible de dire qui était qui.

Chapitre 12

Le lendemain matin, nous nous retrouvâmes de nouveau. Alicia semblait changée, plus réservée, prudente. Elle se préparait sans doute à parler du jour de la mort de Gabriel.

Contrairement à son habitude, elle me regarda droit dans les yeux et maintint le contact visuel toute la séance. Elle parla sans que j'aie à l'y inciter. Lentement, en mûrissant chaque phrase avec le même soin qu'elle aurait pris pour poser des touches de peinture sur une toile.

— Je me trouvais seule cet après-midi-là. Je savais que je devais peindre, mais la chaleur était terrible et je pensais ne pas pouvoir la supporter. Mais j'ai malgré tout décidé d'essayer. Alors j'ai emporté le petit ventilateur jusqu'à l'atelier dans le jardin, et puis…

— Et puis?

— Mon téléphone a sonné. C'était Gabriel. Il appelait pour me prévenir qu'il rentrerait tard du shooting.

— C'était dans ses habitudes? Vous appeler pour vous prévenir de son retard?

Alicia me regarda bizarrement, comme si la question lui paraissait étrange.

— Non. Pourquoi?

— Je me demandais juste s'il avait pu appeler pour une autre raison. Savoir comment vous vous sentiez, par exemple. À en juger par votre journal, il semble qu'il s'inquiétait de votre état mental.

— Oh.

Elle considéra cette possibilité, interloquée.

— Je vois. Oui, oui, c'est possible.

— Excusez-moi, je vous ai interrompue. Poursuivez. Que s'est-il passé après le coup de fil ?

Elle hésita un instant.

— Je l'ai vu.

— Qui donc ?

— L'inconnu. Je veux dire, j'ai aperçu son reflet. Sur la vitre. Il était à l'intérieur, dans l'atelier. Juste derrière moi.

Elle ferma les yeux, resta immobile. Il y eut une longue pause, puis je lui demandai, tout bas :

— Pouvez-vous me le décrire ? À quoi ressemblait-il ?

Elle rouvrit les yeux et me fixa un moment.

— Il était grand. Fort. Je ne distinguais pas son visage, il portait un masque, un masque noir. Mais je pouvais voir ses yeux. Deux trous noirs. Il ne s'en dégageait aucune lumière.

— Qu'avez-vous fait quand vous avez découvert sa présence ?

— Rien. J'avais trop peur. Je le regardais fixement. Il avait un couteau à la main. Je lui ai demandé ce qu'il voulait. Il n'a pas répondu. Je lui ai dit que j'avais de l'argent à la cuisine, dans mon sac. Il a hoché la tête et m'a répondu : « Je ne veux pas d'argent. » Et il s'est mis à rire. Un rire horrible, un bruit de verre qui se brise. Il a porté le couteau à mon cou. Le bout de la lame était contre ma gorge, contre ma peau. Il m'a ordonné de le suivre dans la maison.

À ce souvenir, elle ferma les yeux.

— Il m'a fait sortir de l'atelier, sur la pelouse. Nous avons marché vers la maison. Je voyais le portail qui donne sur la rue, juste à quelques mètres. J'étais si près. Et puis, quelque chose en moi a pris le dessus. C'était mon unique chance de m'échapper. Alors je lui ai donné un grand coup de pied et je me suis libérée. Et j'ai couru. J'ai couru vers le portail.

Ses yeux s'ouvrirent et elle sourit à ce souvenir.

— L'espace de quelques secondes, j'étais libre.

Mais son sourire s'évanouit.

— Et puis... il m'a sauté dessus. Sur le dos. Nous sommes tombés par terre. Il couvrait ma bouche de sa main et je sentais la lame contre ma gorge. Il a menacé de me tuer si je bougeais. Nous sommes restés comme cela quelques secondes. Je sentais son souffle sur mon visage. Son haleine était fétide. Puis il m'a relevée et traînée jusqu'à la maison.

— Et ensuite? Que s'est-il passé?

— Il a fermé la porte à clé. J'étais prisonnière.

À ce point du récit, la respiration d'Alicia devint difficile et ses joues rougirent. Je m'inquiétai de la voir ainsi bouleversée et je me gardai de la pousser trop brutalement.

— Vous voulez faire une pause?

Elle hocha la tête.

— Continuons. J'ai attendu assez longtemps pour parler. Je veux en finir.

— Vous êtes sûre? Ce pourrait être une bonne idée de prendre un petit moment.

Elle hésita.

— Je peux fumer?

— Fumer? Je ne savais pas que vous fumiez.

— Je ne fume pas. J'ai été fumeuse. Vous pouvez me donner une cigarette?

— Comment savez-vous que je fume?

— Vous sentez le tabac.

— Oh.

Je souris, un peu gêné.

— D'accord, lui dis-je en me levant. Sortons.

Chapitre 13

Dans la cour, les patientes, rassemblées comme à leur habitude en petits groupes, bavardaient, se querellaient, fumaient. Certaines serraient les bras contre leur buste et tapaient des pieds pour se réchauffer.

Alicia porta la cigarette à ses lèvres en la tenant entre ses longs doigts fins. Je la lui allumai; la flamme caressa le bout qui crépita en s'embrasant. Elle aspira une profonde bouffée et me fixa. Elle semblait presque amusée.

— Vous ne fumez pas? C'est déplacé, de fumer avec une patiente?

Elle se moque de moi, me dis-je. Mais elle avait raison. Rien dans le règlement n'interdisait à un membre de l'équipe soignante de fumer avec un patient. Mais quand les membres de l'équipe fumaient, ils le faisaient plutôt en secret, sur l'escalier de secours à l'arrière du bâtiment, et certainement pas devant les patientes. Me tenir là dans la cour la cigarette aux lèvres en sa compagnie ressemblait à une transgression. Et peut-être était-ce le fruit de mon imagination, mais j'avais l'impression qu'on nous observait. J'avais la sensation que Christian nous espionnait par la fenêtre. Ses paroles me revinrent : « Les borderline sont séduisantes. » Le regard d'Alicia n'était pas aguicheur, il n'était même pas amical. Un esprit féroce vivait derrière ces pupilles, une intelligence vive qui venait tout juste de s'éveiller. Alicia Berenson était une force qu'il ne fallait pas sous-estimer. Je le comprenais à présent.

Peut-être était-ce pour cette raison que Christian lui avait prescrit des sédatifs. Peut-être redoutait-il ce qu'elle pouvait faire, ce qu'elle pouvait dire. J'avais moi-même un peu peur d'elle. Ou pas exactement peur, mais j'étais inquiet, vigilant. Je devais rester prudent.

— Pourquoi pas? répondis-je. Je vais en fumer une aussi.

J'allumai une cigarette. Nous fumâmes un moment en silence, nous fixant droit dans les yeux, à quelques centimètres l'un de l'autre. Puis je ressentis soudain une gêne étrange, comme un adolescent. Je détournai le regard, tentant de dissimuler mon embarras.

— On poursuit notre conversation en marchant? proposai-je.

— OK, me répondit-elle.

Nous longeâmes le mur qui ceinturait la cour. Les autres patientes nous observaient. Je me demandais ce qu'elles pensaient. Alicia semblait ne pas s'en soucier. Elle semblait même ne pas les remarquer. Nous marchâmes un moment en silence. Finalement, elle me demanda :

— Vous voulez que je continue?

— Si vous voulez, oui. Vous êtes prête?

— Oui.

— Que s'est-il passé une fois entrés dans la maison?

— L'homme a dit qu'il voulait boire un verre. Alors je lui ai servi une des bières de Gabriel. Je ne bois pas de bière. Je n'avais rien d'autre.

— Et ensuite?

— Il a parlé.

— De quoi?

— Je ne me souviens pas.

— Vous ne vous souvenez pas?

— Non.

Elle sombra dans le silence. J'attendis aussi longtemps que je pus avant de l'inciter à reprendre.

— Poursuivons. Vous étiez dans la cuisine. Comment vous sentiez-vous ?

— Je ne me rappelle pas avoir ressenti quoi que ce soit.

— C'est assez fréquent dans ce genre de situation. En cas d'agression, on ne réagit pas forcément par la fuite ou la lutte. Il existe une troisième réaction, courante : on reste figé.

— Je ne suis pas restée figée.

— Non ?

— Non.

Elle me décocha un regard féroce.

— Je me préparais. Je me tenais prête. Prête à me battre. Prête à... le tuer.

— Je vois. Et de quelle manière comptiez-vous vous y prendre ?

— Avec le pistolet de Gabriel. Il fallait que j'arrive à m'en saisir.

— Il était dans la cuisine ? Vous l'y aviez rangé ? C'est ce que vous avez noté dans votre journal.

— Oui, dans le placard à côté de la fenêtre.

Elle tira longuement sur sa cigarette et souffla un long filet de fumée.

— Je lui ai dit que j'avais soif. J'ai pris un verre. J'ai traversé la cuisine, j'ai mis des siècles à faire ces quelques pas. Petit à petit, j'ai atteint le placard. Ma main tremblait. Je l'ai ouvert.

— Et ?

— Le placard était vide. Le pistolet avait disparu. Et j'ai entendu l'homme dire : « Les verres sont dans le placard sur votre droite. » Je me suis retournée et l'arme était là, dans sa main. Il la braquait sur moi en riant.

— Et ensuite ?

— Ensuite ?
— À quoi avez-vous pensé ?
— Que ç'avait été ma dernière chance de m'enfuir et qu'il allait m'abattre.
— Vous pensiez qu'il allait vous tuer ?
— Je savais qu'il allait le faire.
— Mais alors pourquoi a-t-il attendu ? Pourquoi ne vous a-t-il pas tiré dessus dès qu'il s'est introduit dans la maison ?

Elle ne répondit pas. Je l'observai du coin de l'œil. À ma grande surprise, un sourire s'était dessiné sur ses lèvres.

— Quand j'étais enfant, tante Lydia avait un chaton. Une chatte tigrée. Je ne l'aimais pas beaucoup. Elle était sauvage et elle m'attaquait souvent à coups de griffe. Elle était méchante, et cruelle.

— Les animaux n'agissent-ils pas par instinct ? Est-ce qu'ils peuvent être cruels ?

— Ils le peuvent. Elle l'était. Elle rapportait des animaux du champ : des souris ou des petits oiseaux qu'elle avait attrapés. À moitié morts, mais encore en vie. Blessés, mais vivants. Elle les laissait dans cet état, et elle jouait avec eux.

— Je vois. Vous étiez la proie de cet homme. Il jouait une espèce de jeu sadique avec vous. C'est bien ça ?

Elle laissa tomber son mégot par terre et l'écrasa.

— Donnez-m'en une autre.

Je lui tendis le paquet. Elle prit une cigarette et l'alluma elle-même. Elle aspira quelques bouffées, puis reprit :

— Gabriel allait rentrer à 20 heures. Il restait encore deux heures. Je n'arrêtais pas de regarder l'horloge. L'homme m'a dit : « Qu'est-ce qu'il y a ? Ça ne vous plaît pas de passer du temps avec moi ? » Et il m'a caressé le bras avec le pistolet, du coude au poignet, puis du poignet au coude.

Elle frissonna à l'évocation de ce souvenir.

— Je lui ai expliqué que Gabriel allait rentrer d'une minute à l'autre. Il a dit : « Et alors ? Il va vous sauver ? »

— Et qu'avez-vous répondu ?
— Je n'ai rien répondu. J'ai continué de fixer l'horloge. Et puis mon téléphone a sonné. C'était Gabriel. L'homme m'a ordonné de prendre l'appel. Il a pressé le canon de l'arme contre ma tête.
— Et ? Qu'a dit Gabriel ?
— Il a dit que le shooting virait au cauchemar, que je pouvais dîner sans lui. Qu'il ne rentrerait qu'à 22 heures au plus tôt. J'ai raccroché. J'ai dit : « Mon mari est en chemin. Il sera là dans quelques minutes. Vous devriez partir. » Il s'est contenté de rire. « Dommage, mais j'ai entendu. Il ne sera pas là avant 22 heures. Nous avons des heures à tuer. Donnez-moi de la corde. Ou du ruban adhésif. Je veux vous attacher. » J'ai fait ce qu'il me demandait. Je savais alors que je n'avais plus rien à espérer. Je savais comment ça allait finir.

Elle cessa de parler et me regarda. Je lisais une émotion à l'état brut dans ses yeux. Je me demandai si je n'insistais pas trop.

— Nous devrions peut-être faire une pause.
— Non, il faut que je termine. J'en ai besoin.

Elle continua, le débit plus rapide.

— Je n'avais pas de corde, alors j'ai pris le fil dont je me sers pour accrocher les toiles. Il m'a poussée dans le salon. Il a tiré une des chaises de la table à manger, m'a ordonné de m'asseoir. Il a commencé par me ligoter les chevilles, m'attacher aux pieds de la chaise. Je sentais le lien s'enfoncer dans ma chair. Je l'ai supplié : « S'il vous plaît, s'il vous plaît. » Mais il n'a rien écouté. Il m'a ligoté les poignets dans le dos. À ce moment-là, j'étais sûre qu'il allait me tuer. J'aurais... J'aurais préféré.

Elle avait craché cette phrase. Sa véhémence me surprenait.

— Pourquoi ?

— Parce que ce qu'il a fait est pire.

Pendant un instant, je crus qu'elle allait éclater en sanglots. Je luttai contre une soudaine envie de la prendre dans mes bras, de la serrer contre moi, de l'embrasser, de la rassurer, de lui promettre qu'elle ne risquait rien. Je me retins. J'écrasai mon mégot contre le mur en brique rouge.

— Vous donnez l'impression d'avoir besoin qu'on s'occupe de vous. Maintenant, j'ai envie de prendre soin de vous, Alicia.

— Non.

Elle secoua vivement la tête.

— Ce n'est pas ce que j'attends de vous.

— Que voulez-vous ?

Elle ne répondit pas. Elle se retourna et rentra.

Chapitre 14

J'allumai la lumière dans la pièce dédiée aux séances et fermai la porte. Quand je me retournai, Alicia était déjà assise, mais pas sur sa chaise. Elle s'était installée à ma place.
En temps normal, j'aurais réfléchi avec elle à la signification d'une conduite révélatrice comme celle-ci. Mais cette fois-là, pourtant, je n'émis aucune remarque. Si occuper ma chaise signifiait qu'Alicia avait le dessus sur moi, eh bien c'était le cas. J'étais impatient d'arriver au bout de son récit, maintenant que nous en étions si proches. Je m'assis et attendis qu'elle parle. Elle avait baissé les yeux et se tenait parfaitement immobile. Puis elle commença.
— J'étais ligotée à la chaise et, à chaque mouvement, le fil s'enfonçait un peu plus dans mes jambes. Je saignais. C'était un soulagement de me concentrer sur la douleur plutôt que de réfléchir. Mes pensées étaient trop effrayantes. Je croyais ne plus jamais revoir Gabriel. J'étais persuadée que j'allais mourir.
— Que s'est-il passé ensuite ?
— Nous sommes restés assis là pendant ce qui m'a semblé être une éternité. C'est drôle, j'ai toujours considéré que la peur était froide ; mais non, elle brûle comme le feu. Il faisait si chaud dans cette pièce, fenêtres fermées et stores baissés. On étouffait. Des perles de sueur me coulaient du front jusque dans les yeux. Ça piquait. Je sentais l'odeur

de l'alcool sur lui et la puanteur de sa transpiration pendant qu'il buvait et qu'il parlait. Il n'arrêtait pas de parler. Je n'écoutais pas vraiment. J'entendais une grosse mouche bourdonner entre le store et la fenêtre, elle était prise au piège et cognait contre la vitre. Boum, boum, boum. Il me posait des questions à propos de Gabriel et moi : comment nous nous étions rencontrés, depuis combien de temps nous étions ensemble, si nous étions heureux. Je me disais que, si je pouvais continuer de le faire parler, j'avais davantage de chances de rester en vie. Alors j'ai répondu à ses questions, sur moi, Gabriel, mon travail. J'ai fait ce qu'il voulait. Juste pour gagner du temps. Je me concentrais sur l'horloge. J'écoutais son tic-tac. Et 22 heures ont sonné. Puis 22 h 30. Gabriel n'était toujours pas rentré. L'homme a dit : « Il est en retard. Peut-être qu'il ne viendra pas. » J'ai répondu qu'il allait arriver. Il a répliqué : « C'est une chance que je sois là pour vous tenir compagnie. » Et puis l'horloge a sonné 23 heures et j'ai entendu une voiture dehors. L'homme a regardé par la fenêtre et a dit : « Timing parfait. »

La suite, m'expliqua Alicia, s'était passée très vite.

Son agresseur l'avait attrapée et avait fait pivoter sa chaise pour qu'elle se retrouve dos à la porte. Il l'avait prévenue qu'il tirerait une balle dans la tête de Gabriel si elle prononçait un seul mot ou faisait un seul bruit. Puis il avait disparu. Un instant plus tard, le disjoncteur avait sauté et la maison avait été plongée dans l'obscurité. Dans l'entrée, la porte s'était ouverte, puis s'était refermée. Gabriel avait appelé :

— Alicia ?

N'obtenant pas de réponse, il l'avait appelée de nouveau. Il était allé dans le salon, l'avait vue à côté de la cheminée, assise dos à lui, et lui avait demandé :

— Pourquoi es-tu dans le noir ?

Comme elle ne répondait pas, il l'avait appelée de nouveau.

Elle luttait pour rester silencieuse. Elle voulait crier, mais ses yeux s'étaient habitués à l'obscurité et elle voyait, devant elle dans un coin de la pièce, le pistolet qui luisait dans l'ombre. L'homme le pointait sur Gabriel. Alicia se taisait pour lui épargner la mort.

Gabriel s'était avancé vers elle. Lui avait demandé :

— Alicia ? Qu'est-ce qui ne va pas ?

Juste au moment où il tendait la main vers elle, l'homme avait surgi de l'ombre. Alicia avait hurlé, mais c'était trop tard. Gabriel était jeté au sol, son agresseur sur lui. Le pistolet brandi comme un marteau s'était abattu sur la tête de Gabriel avec un bruit écœurant. Une fois, deux fois, trois fois. Et il était resté allongé là, évanoui, en sang. L'homme l'avait relevé, assis sur une chaise. Ligoté avec du fil. Puis Gabriel, reprenant connaissance, avait remué et balbutié :

— Qu'est-ce que...

L'homme avait levé son arme, l'avait braquée sur Gabriel. Il y avait eu un coup de feu. Puis un autre. Et encore un autre. Alicia s'était mise à crier. L'homme avait continué. Et atteint Gabriel à la tête six fois avant de jeter l'arme par terre.

Et de partir sans dire un mot.

Chapitre 15

Et voilà. Alicia Berenson n'avait pas tué son mari. Un homme sans visage s'était introduit chez elle, animé d'une intention criminelle sans mobile, et avait abattu Gabriel avant de disparaître dans la nuit. Alicia était parfaitement innocente.

Du moins si l'on croit à son récit.

Je n'en croyais pas un seul mot.

Il comportait de flagrantes incohérences et plusieurs inexactitudes. Par exemple, Gabriel n'avait pas reçu six balles, mais cinq, l'une d'elle ayant atteint le plafond. Et Alicia n'avait pas été retrouvée ligotée à une chaise, mais debout au milieu de la pièce, les poignets tailladés. En outre, elle ne m'avait pas raconté que l'homme l'avait détachée, pas plus qu'elle ne m'avait expliqué pourquoi elle n'avait pas dès le départ donné sa version des faits à la police. Non, je savais qu'elle mentait. Et j'étais fâché qu'elle ait menti, sans talent et sans raison, éhontément. L'espace d'une seconde, je me demandai si elle me testait, pour voir si j'étais dupe. S'il s'agissait bien de cela, j'étais déterminé à ne rien laisser paraître.

Je restai assis, silencieux. Et, fait surprenant, Alicia parla la première.

— Je suis fatiguée. Je veux arrêter, dit-elle.

J'acquiesçai d'un signe de la tête. Je ne pouvais pas m'y opposer.

— Poursuivons demain, proposa-t-elle.
— Il y a quelque chose à ajouter ?
— Oui. Une dernière chose.
— Très bien. Demain.

Yuri attendait dans le couloir. Il raccompagna Alicia à sa chambre et je regagnai mon bureau à l'étage.

Comme je l'ai expliqué, j'ai depuis des années l'habitude de retranscrire les séances immédiatement après. La faculté de se rappeler exactement les échanges survenus durant les cinquante minutes précédentes est d'une importance primordiale pour un thérapeute. Autrement, on oublie de nombreux détails et l'immédiateté des émotions est perdue.

Je m'assis à mon bureau et notai, aussi vite que possible, tout ce qui était ressorti de notre entretien. Je parcourus ensuite les couloirs d'un pas rapide, mes notes à la main.

Je frappai à la porte de Diomedes. Je n'obtins pas de réponse et frappai donc de nouveau. Toujours sans réponse, j'entrouvris la porte et je le découvris profondément endormi sur son petit canapé.

— Docteur ? l'appelai-je.

Puis, plus fort :

— Professeur Diomedes ?

Il se réveilla en sursaut, s'assit aussitôt et cligna des yeux.

— Qu'y a-t-il ? Qu'est-ce qui ne va pas ?

— J'ai besoin de vous parler. Mais je devrais peut-être revenir plus tard ?

Il fronça les sourcils et hocha la tête.

— Je faisais une courte sieste. Comme toujours après le déjeuner. Ça m'aide à tenir l'après-midi. Ça devient nécessaire quand on vieillit.

Il bâilla, se leva.

— Entrez, Theo. Asseyez-vous. À vous voir, ça semble important.

— Je pense que ça l'est, oui.
— Alicia ?

J'opinai, puis m'installai face à son bureau. Il prit place dans son fauteuil. Il était encore ensommeillé et ses cheveux se hérissaient sur un côté.

— Vous êtes sûr de ne pas vouloir que je revienne plus tard ?

Il prit une carafe et se versa un verre d'eau.

— Je suis réveillé maintenant. Allez-y. De quoi s'agit-il ?
— J'ai parlé avec Alicia. J'ai besoin de supervision.

Il semblait de plus en plus éveillé et de plus en plus intéressé.

— Allez-y.

Je lui lus mes notes. Je lui relatai la séance entière. Je répétai les mots d'Alicia avec la plus scrupuleuse exactitude et lui rapportai l'histoire qu'elle m'avait racontée : l'homme qui l'espionnait s'était introduit dans la maison, l'avait faite prisonnière, avait tiré sur Gabriel et l'avait tué.

Quand j'eus terminé, il y eut une longue pause. Diomedes ne laissait transparaître aucune émotion identifiable. Il tira une boîte de cigares du tiroir de son bureau, prit un petit massicot en argent, y introduisit le bout d'un cigare et le coupa.

— Commençons par le contre-transfert, dit-il. Parlez-moi de votre expérience. Commençons par le commencement. Pendant qu'elle vous racontait son histoire quelles sortes de sensations vous venaient ?

Je réfléchis un instant.

— J'étais excité, je suppose. Et inquiet. Effrayé.
— Effrayé ? Était-ce votre peur ou la sienne ?
— Les deux, j'imagine.
— Et de quoi aviez-vous peur ?
— Je ne sais pas exactement. D'échouer, peut-être. L'enjeu est important pour moi, comme vous le savez.

— Quoi d'autre ?
— De la frustration aussi. Je me sens assez souvent frustré pendant nos séances.
— Et en colère ?
— Oui, je suppose.
— Vous vous sentez comme un père frustré, qui s'occupe d'un enfant difficile ?
— Oui, je voulais lui venir en aide, mais je ne sais pas vraiment si elle veut qu'on l'aide.
— Revenez sur votre colère. Parlez-en davantage. Comment se manifeste-t-elle ?

J'hésitai.

— Eh bien, je sors souvent des séances avec un terrible mal de tête.
— Voilà, exactement. Il faut qu'elle s'exprime d'une manière ou d'une autre. « Un stagiaire qui n'est pas anxieux sera malade. » Qui a dit ça déjà ?
— Je ne sais pas. Je suis malade *et* anxieux.

Diomedes sourit.

— Et vous n'êtes plus un stagiaire, même si ces émotions ne disparaîtront jamais complètement.

Il prit son cigare.

— Allons fumer dehors.

Nous nous installâmes sur l'escalier de secours. Diomedes tira un moment sur son cigare, pensif.

— Elle vous ment, vous savez.
— Vous voulez dire au sujet de cet homme qui aurait tué Gabriel ? C'est ce que j'ai pensé aussi.
— Pas seulement à ce sujet-là.
— Sur quoi alors ?
— Sur toute la ligne. C'est une histoire à dormir debout. Je n'en crois pas un traître mot.

Je parus sans doute déconcerté. J'avais présagé qu'il ne croirait pas certains éléments du récit d'Alicia, mais je ne m'attendais pas à ce qu'il le rejette intégralement.

— Vous ne croyez pas à l'histoire de l'homme ?

— Non. Je suis persuadé qu'il n'a jamais existé. C'est un fantasme. Du début à la fin.

— Qu'est-ce qui vous permet d'en être si sûr ?

Il m'adressa un sourire étrange.

— Appelez ça mon intuition. Des années d'expérience professionnelle au contact d'affabulateurs.

Je tentai de l'interrompre, mais il me retint d'un geste de la main.

— Bien entendu, je ne m'attends pas à ce que vous partagiez mon opinion, Theo. Vous êtes très engagé dans votre travail avec Alicia, et ses sentiments sont liés aux vôtres comme les fils d'une pelote de laine. Et c'est le but d'une supervision comme celle-ci, vous aider à démêler l'écheveau, voir ce qui lui revient et ce qui vous revient. Et quand vous aurez pris de la distance et gagné en lucidité, vous porterez probablement un regard neuf sur votre expérience avec Alicia Berenson.

— Je ne suis pas sûr de comprendre.

— Eh bien, pour m'exprimer sans détour, je crains qu'elle n'ait joué un personnage avec vous. Qu'elle vous ait manipulé. Et c'est un rôle qui, je pense, a été créé pour en appeler à votre instinct chevaleresque ou, disons, romantique. Pour moi, il était évident depuis le début que vous vouliez la sauver. Je suis presque certain que cela l'était aussi pour Alicia. D'où la séduction opérée sur vous.

— On croirait entendre Christian. Elle ne m'a pas séduit. Je suis tout à fait capable de supporter les projections sexuelles d'un patient. Ne me sous-estimez pas, professeur.

— Et ne la sous-estimez pas, elle. Elle joue son rôle à merveille.

Il secoua la tête et leva les yeux vers les nuages gris.

— La femme vulnérable, attaquée, seule, qui a besoin qu'on la protège. Alicia s'est mise en scène dans le rôle de la victime et a donné à cet homme mystère le rôle du méchant. Alors qu'en réalité cet homme et elle sont une seule et même personne. Elle a tué Gabriel. Elle est coupable, et elle refuse toujours d'endosser cette culpabilité. Alors elle se dédouble, elle dissocie, elle fantasme. Alicia devient la victime innocente et vous êtes son protecteur. Et, en vous associant à ce fantasme, vous lui permettez de rejeter toute responsabilité.

— Je ne suis pas d'accord. Je pense qu'elle ne ment pas, consciemment en tout cas. À tout le moins, Alicia croit que son histoire est vraie.

— Oui, elle le croit. Elle est attaquée, mais par son propre psychisme, pas par le monde extérieur.

Je savais que c'était faux. Mais il ne servait à rien de débattre de ce sujet. J'écrasai mon mégot.

— Comment devrais-je procéder, selon vous ?

— Vous devez la forcer à affronter la vérité. C'est seulement là que naîtra un espoir de guérison. Vous devez catégoriquement refuser de cautionner sa version. La défier. Exiger qu'elle vous dise la vérité.

— Et vous pensez qu'elle le fera ?

Il haussa les épaules, tira une longue bouffée sur son cigare.

— C'est là la question.

— Très bien. Je lui parlerai demain. Je la mettrai face à ses contradictions.

Diomedes parut légèrement mal à l'aise. Il ouvrit la bouche comme s'il voulait ajouter quelque chose, mais il se ravisa et écrasa son cigare avec le pied, l'air d'en avoir terminé.

— Demain, dit-il.

Chapitre 16

Après le travail, je suivis de nouveau Kathy jusqu'au parc. Sans surprise, son amant l'attendait sur le lieu de leur précédent rendez-vous. Ils s'embrassèrent et se pelotèrent comme des adolescents.

Kathy jeta un coup d'œil dans ma direction et je crus un instant qu'elle m'avait repéré. Mais elle n'avait d'yeux que pour lui. J'essayai de mieux l'observer cette fois-ci. Je ne parvenais toujours pas à distinguer correctement son visage, et, cependant, quelque chose dans sa carrure me semblait familier. J'avais le sentiment de l'avoir déjà aperçu quelque part.

Ils se dirigèrent vers Camden et disparurent dans un pub, le *Rose and Crown*, un endroit miteux. J'attendis dans le café d'en face. Environ une heure plus tard, ils sortirent. Kathy tripotait le type dans tous les sens, le couvrait de baisers. Ils s'embrassèrent un moment au bord de la chaussée. Je regardais, nauséeux, consumé de haine.

Elle finit par lui dire au revoir et ils se quittèrent. Kathy commença à s'éloigner. L'autre se tourna et partit dans la direction opposée. Je ne suivis pas Kathy.

Je le suivis, lui.

Il attendit à un arrêt de bus. Je restai derrière lui. J'observai son dos, ses épaules. J'imaginais lui foncer dessus et le jeter sous le premier bus venu. Mais je ne le poussai pas sous le bus. Il monta dedans. Et moi aussi.

J'avais supposé qu'il rentrerait directement chez lui, mais je me trompais. Il se rendit dans East End où il disparut dans un entrepôt pendant une demi-heure. Et puis il fit un autre trajet, dans un autre bus. Il passa deux coups de fil. Il parlait à voix basse et gloussait souvent. Je me demandais s'il discutait avec Kathy. Je me sentais de plus en plus frustré et abattu. Mais j'étais aussi obstiné et refusais d'abandonner.

Finalement, il rentra chez lui. Il descendit du bus et tourna dans une rue tranquille. Il téléphonait toujours. Je le suivis, à bonne distance. La rue était déserte. S'il s'était retourné, il m'aurait vu.

Je passai devant une maison avec un jardin de rocaille peuplé de succulentes. Je ne maîtrisais plus mes gestes, mon corps semblait se mouvoir de lui-même. Mon bras se baissa par-dessus le muret et je ramassai une pierre. Je sentais son poids dans mes mains. Elles savaient quoi faire : elles avaient décidé de le tuer, de fracasser son crâne de sale ordure. Je suivis ce mouvement, comme en transe, me glissai furtivement derrière lui, comblai mon retard sans un bruit. Très vite, je le talonnai. Je levai la pierre, prêt à l'abattre sur sa tête de toute ma force. Je l'aurais mis à terre et lui aurais éclaté la cervelle, j'étais si près que s'il n'avait pas encore été en train de parler au téléphone il m'aurait entendu.

Je levai la pierre.

Mais juste derrière moi, sur ma gauche, une porte d'entrée s'ouvrit. Un bruit soudain de conversation, des « merci » et des « au revoir » sonores à mesure que les invités sortaient de cette maison. Je me figeai. Devant moi, l'amant de Kathy s'arrêta et dirigea le regard vers la source du bruit. Je m'écartai pour me cacher derrière un arbre. Il ne me vit pas.

Il reprit sa route, mais je renonçai à le suivre. La surprise de cette interruption m'avait tiré de mes divagations. La pierre me tomba de la main et atterrit bruyamment sur le sol. J'observai l'amant de Kathy depuis ma cachette. Il se dirigea vers une porte, ouvrit, entra.

Quelques secondes plus tard, la lumière s'alluma dans la cuisine. Il se tenait de profil, un peu à l'écart de la fenêtre. Seule une moitié de la pièce était visible depuis la rue. Il parlait à quelqu'un que je ne voyais pas. Ce faisant, il déboucha une bouteille de vin, s'assit avec l'autre personne, puis ils dînèrent ensemble. J'entraperçus cette personne. C'était une femme. Étaient-ils mariés ? Il la prit dans ses bras et l'embrassa.

Je n'étais donc pas le seul à être trompé. Il était rentré chez lui, après avoir couvert Kathy de baisers, et avait partagé avec cette femme le repas qu'elle lui avait préparé, comme si de rien n'était. Je ne pouvais pas en rester là. Je devais agir. Mais de quelle façon ? Malgré mes fantasmes d'homicide les plus fous, je n'étais pas un meurtrier. Je ne pouvais pas le tuer.

Je devais trouver une solution plus astucieuse.

Chapitre 17

Je projetais d'avoir une explication avec Alicia dès le lendemain matin. J'entendais lui faire admettre qu'elle m'avait menti en me racontant que cet homme avait tué Gabriel, et la forcer à affronter la vérité.

Malheureusement, je n'en eus pas l'occasion.

Yuri m'attendait à l'accueil.

— Theo, il faut que je te parle.

— Qu'y a-t-il ?

J'étudiai plus en détail l'expression de son visage. Il semblait avoir vieilli d'un coup. Il était ratatiné, pâle, blême. Un incident grave s'était produit.

— Il y a eu un accident. Alicia. Elle a fait une overdose.

— Comment ? Est-ce qu'elle...

— Elle est encore en vie, mais...

— Dieu merci.

— Mais elle est dans le coma. Ça ne s'annonce pas bien.

— Où est-elle ?

Yuri me conduisit par une série de couloirs sécurisés jusqu'au service des soins intensifs. Alicia occupait une chambre individuelle. Elle était reliée à un électrocardioscope et à un respirateur artificiel. Ses paupières étaient closes.

Christian se trouvait sur place avec un urgentiste. Il était blême, à l'inverse de sa consœur très bronzée qui, de toute évidence, revenait de vacances. Celles-ci ne semblaient toutefois pas l'avoir revigorée. Elle avait l'air épuisée.

— Comment va Alicia ? lui demandai-je.

— Pas bien. Nous devons la maintenir en coma pharmacologique. Son système respiratoire s'est arrêté.

— Qu'a-t-elle pris ?

— Un opioïde. De l'hydrocodone, sans doute.

— Il y avait un flacon de comprimés vide sur le bureau dans sa chambre, expliqua Yuri.

— Qui l'a découverte ?

— Moi, répondit-il. Elle était par terre, à côté du lit. On aurait dit qu'elle ne respirait plus. J'ai d'abord cru qu'elle était morte.

— Vous avez une idée de la manière dont elle a pu se procurer les médicaments ?

Yuri jeta un coup d'œil à Christian, qui haussa les épaules.

— Nous savons qu'il y a beaucoup de marché noir dans les services.

— Elif deale, confirmai-je.

Christian approuva d'un mouvement de tête et ajouta :

— Oui, c'est ce que je crois aussi.

Indira entra, au bord des larmes. Elle vint au chevet d'Alicia et y resta, à la regarder.

— Ça va avoir un effet terrible sur les autres. Les patients régressent toujours, de mois entiers, quand ce genre d'événement se produit.

Elle s'assit, prit la main d'Alicia et la caressa. Je regardais le respirateur monter et descendre. Le silence se fit pendant un petit moment.

— Je me sens responsable, avouai-je.

— Ce n'est pas votre faute, me consola Indira.

— J'aurais dû prendre davantage soin d'elle.

— Vous avez fait tout ce que vous avez pu. Vous l'avez aidée. C'est plus que personne ne peut en dire.
— Quelqu'un a-t-il prévenu Diomedes ?
— Nous n'avons pas encore réussi à le joindre, répondit Christian.
— Vous avez essayé sur son portable ?
— Et chez lui. J'ai essayé plusieurs fois.
Yuri fronça les sourcils.
— Mais je l'ai vu tout à l'heure. Il était ici.
— Il était là ?
— Oui, je l'ai aperçu tôt ce matin. Il était à l'autre bout du couloir, et il avait l'air pressé. Enfin, je crois que c'était lui.
— C'est bizarre. Il a dû rentrer chez lui. Essaye encore, tu veux bien ?
Yuri acquiesça. Il semblait lointain, abasourdi, perdu. Visiblement, cette overdose l'avait beaucoup affecté. J'avais de la peine pour lui.
Le biper de Christian sonna ; il sursauta et quitta vite la pièce, suivi de Yuri et de l'autre médecin.
Indira hésita puis, à voix basse, me demanda :
— Voulez-vous rester seul un moment avec Alicia ?
Je répondis d'un simple geste, je préférais ne pas parler. Indira se leva, posa la main sur mon épaule quelques instants, puis quitta la pièce.
Alicia et moi étions seuls à présent.
Je m'assis près du lit, tendis le bras et touchai celui d'Alicia. Un cathéter était relié à son poignet. Je lui tins doucement la main, lui caressai la paume et l'intérieur du poignet. Je l'effleurai, sentai les veines sous la peau et les cicatrices de ses tentatives de suicide.
Ce serait donc ça, le dénouement. L'histoire s'achèverait ainsi. Alicia serait de nouveau muette, et, cette fois, son silence serait définitif.

Je me demandais comment Diomedes réagirait. J'imaginais assez bien comment Christian lui présenterait la situation. Il trouverait un moyen de me rendre responsable, d'une manière ou d'une autre : les émotions que j'avais réveillées en thérapie étaient trop fortes pour qu'Alicia les contienne, elle s'était procuré l'hydrocodone pour essayer de se soulager en s'automédiquant. J'entendais déjà Diomedes : si l'overdose était accidentelle, le comportement restait suicidaire. Et on ne chercherait pas plus loin.

Mais il fallait chercher plus loin.

Une donnée avait été négligée. Un détail important que personne n'avait remarqué, pas même Yuri quand il l'avait trouvée inconsciente à côté du lit. Car la présence du flacon vide sur le bureau et des quelques comprimés sur le sol avait bien entendu conduit à conclure qu'il s'agissait d'une overdose.

Mais là, sous le bout de mon doigt, à l'intérieur du poignet d'Alicia, je venais de remarquer un bleu et une petite marque qui suggéraient une tout autre explication.

Une piqûre d'épingle sur la veine, un minuscule trou laissé par une aiguille hypodermique révélait la vérité. Alicia n'avait pas avalé un flacon de comprimés dans un geste suicidaire. On lui avait injecté une dose massive de morphine. Il ne s'agissait pas d'une overdose.

C'était une tentative de meurtre.

Chapitre 18

Diomedes arriva une demi-heure plus tard. Il était à une réunion avec le Trust, nous apprit-il, puis s'était retrouvé coincé dans le métro, retardé par une panne de signalisation. Il avait envoyé Yuri me chercher dans mon bureau.

— Le professeur Diomedes est là. Avec Stephanie. Ils t'attendent.

— Merci. J'arrive dans une minute.

Je les rejoignis dans le bureau de Diomedes, me préparant au pire. Il faudrait un bouc émissaire, quelqu'un pour porter le chapeau. J'avais déjà vu ça, à Broadmoor, dans les cas de suicide : le membre de l'équipe le plus proche de la victime, quel qu'il soit, thérapeute, médecin ou infirmier, était tenu pour responsable. Il ne faisait aucun doute que Stephanie voulait ma peau.

Je frappai à la porte, puis entrai. Stephanie et Diomedes se tenaient de chaque côté du bureau. À en juger par le silence tendu, je venais d'interrompre une conversation houleuse.

Diomedes s'exprima le premier. Manifestement, il était dans tous ses états. Il agitait les mains dans tous les sens.

— C'est une affaire terrible. Terrible. Évidemment, elle ne pouvait pas plus mal tomber. Elle fournit au Trust l'excuse idéale pour fermer le service.

— Je crois que le Trust n'est pas notre première préoccupation, intervint Stephanie. La sécurité des patientes passe avant tout. Il nous faut découvrir exactement ce qui s'est passé.

Elle se tourna vers moi.

— Indira a mentionné que vous suspecticz Elif de vendre des médicaments ? C'est de cette manière qu'Alicia s'est procuré l'hydrocodone ?

— Eh bien, je n'en ai aucune preuve. J'ai entendu des infirmiers en parler une ou deux fois. Mais, pour tout dire, il y a autre chose dont vous devriez être au courant.

— Nous connaissons les faits. Ce n'était pas Elif, m'interrompit Stephanie.

— Non ?

— Il se trouve que Christian passait devant la salle des infirmiers et qu'il a remarqué que l'armoire à médicaments avait été laissée grande ouverte. Il n'y avait personne dans la pièce. Yuri ne l'avait pas fermée à clé. N'importe qui aurait pu entrer et se servir. Et Christian a vu Alicia rôder dans le coin. Sur le moment, il s'est demandé ce qu'elle faisait là. Maintenant, bien entendu, tout est clair.

— Quelle chance que Christian ait été là.

Il y avait dans le ton de ma voix une ironie que Stephanie préféra ne pas relever. Elle poursuivit :

— Christian n'est pas le seul à avoir constaté la négligence de Yuri. J'ai souvent constaté que Yuri prenait la sécurité bien trop à la légère. Il se montre trop amical avec les patientes. Il a trop envie d'être apprécié. Je suis surprise qu'un accident de ce genre ne se soit pas déjà produit.

— Je vois.

Et en effet. Je comprenais à présent pourquoi Stephanie était si aimable avec moi. Visiblement, j'étais tiré d'affaire ; c'était Yuri le bouc émissaire.

— Yuri m'a toujours semblé méticuleux, ajoutai-je.

Je jetai un coup d'œil à Diomedes. Je me demandais s'il allait intervenir.

— Je ne crois vraiment pas…

Diomedes haussa les épaules et m'interrompit.

— Ce que j'en pense, c'est qu'Alicia a toujours été fortement suicidaire. Comme nous le savons, lorsque quelqu'un désire mourir, malgré tous les efforts pour l'aider, il est souvent impossible de l'en empêcher.

— N'est-ce pas notre métier ? lança Stephanie. De l'en empêcher ?

— Non. Notre métier est d'accompagner nos patientes sur la voie de la guérison. Mais nous ne sommes pas Dieu. Nous n'avons pas de pouvoir sur la vie et la mort. Alicia Berenson voulait mourir. À un moment ou à un autre, elle allait forcément réussir. Ou, du moins, réussir en partie.

J'hésitai. C'était le moment ou jamais.

— Je n'en suis pas convaincu. Je pense qu'il ne s'agissait pas d'une tentative de suicide.

— Vous pensez qu'il s'agit d'un accident ?

— Non. Je ne pense pas qu'il s'agit d'un accident.

Diomedes m'adressa un regard perplexe.

— Qu'essayez-vous de dire, Theo ? Quelle possibilité reste-t-il ?

— Tout d'abord, je ne crois pas que Yuri ait fourni les médicaments à Alicia.

— Vous voulez dire que Christian se trompe ?

— Non. Je dis que Christian ment.

Diomedes et Stephanie me dévisagèrent, choqués. Je poursuivis avant qu'ils aient recouvré la parole.

Je leur résumai ce que j'avais appris dans le journal intime d'Alicia : Christian avait été son thérapeute de ville avant le meurtre de Gabriel, il suivait d'autres patients de manière officieuse ; et non content de ne pas s'être manifesté pour témoigner lors du procès, il avait prétendu ne pas connaître Alicia quand elle avait été admise au Grove. Et j'ajoutai :

— Pas étonnant qu'il ait été à ce point hostile à toute tentative de combattre son mutisme. Si elle parlait, elle risquait de le mettre en cause.

Stephanie me fixait d'un air ébahi.

— Mais comment ça ! Vous ne suggérez tout de même pas sérieusement qu'il...

— Si, je le suggère. Ce n'était pas une overdose. C'était une tentative d'assassinat.

— Où se trouve le journal intime d'Alicia ? me demanda Diomedes. Vous l'avez ?

— Plus maintenant. Je le lui ai rendu. Il doit être dans sa chambre.

— Alors nous devons le récupérer.

Il se tourna vers Stephanie.

— Mais, avant tout, nous devrions appeler la police, vous ne croyez pas ?

Chapitre 19

À partir de là, tout s'enchaîna très vite.

Des policiers déferlèrent dans le Grove, posèrent des questions, prirent des photos, mirent l'atelier et la chambre d'Alicia sous scellés. L'enquête fut menée par l'inspecteur en chef Steven Allen – un chauve costaud à épaisses lunettes qui lui déformaient les yeux, les grossissaient et les rendaient plus grands que nature, pleins de curiosité.

Il écouta mon récit avec beaucoup d'attention. Je répétai l'intégralité de mon compte-rendu à Diomedes, et lui montrai mes notes de supervision.

— Merci infiniment, monsieur Faber, me dit-il.

— Appelez-moi Theo.

— Je voudrais que vous fassiez une déposition, s'il vous plaît. Et je vous recontacterai en temps utile.

— Oui, bien entendu.

Il me raccompagna hors du bureau de Diomedes, qu'il avait réquisitionné. Après ma déposition, je restai dans le couloir, à attendre. Et peu de temps après, un policier conduisit à la porte Christian qui avait l'air gêné, effrayé – et coupable. Je me réjouissais à l'idée qu'il serait bientôt accusé.

Il n'y avait plus rien à faire à présent, sinon patienter. En sortant, je passai devant le bocal à poissons rouges. Je jetai un coup d'œil à l'intérieur – et ce que je vis m'arrêta net.

Yuri remettait discrètement des médicaments à Elif et empochait des billets. Elif sortit en trombe et me regarda de son seul œil. Un regard méprisant et haineux.

— Elif, l'interpellai-je.

— Va te faire voir, me lança-t-elle.

Elle s'éloigna d'un pas lourd, puis disparut à l'angle de la pièce. Yuri sortit ensuite du bocal. Quand il m'aperçut, les bras lui en tombèrent.

— Je ne t'avais pas vu, bégaya-t-il.

— Manifestement pas.

— Elif a oublié ses médicaments. Je les lui donnais, tout simplement.

— Je vois.

Yuri dealait et fournissait Elif, donc. Je me demandais ce qu'il manigançait d'autre. Peut-être l'avais-je défendu un peu trop vite et avec un peu trop de conviction auprès de Stephanie. Je serais bien avisé de le garder à l'œil.

— Je voulais te demander, me dit-il en me conduisant à l'écart. Qu'est-ce qu'on doit faire au sujet de M. Martin ?

— Comment ça ? Tu parles de Jean-Félix Martin ? Qu'est-ce qu'il a ?

— Il est là depuis des heures. Il est venu ce matin rendre visite à Alicia. Et depuis, il attend.

— Comment ? Pourquoi tu ne me l'as pas dit plus tôt ? Tu veux dire qu'il était là pendant tout ce temps ?

— Désolé, ça m'est sorti de la tête avec tout ce qui s'est passé. Il est dans la salle d'attente.

— Je vois. Je ferais mieux d'aller lui parler.

Je me précipitai au rez-de-chaussée, passai par l'accueil, réfléchissant à ce que je venais d'apprendre. Pour quelle raison Jean-Félix était-il venu ?

Je me rendis dans la salle d'attente, balayai la pièce du regard.

Il n'y avait personne.

Chapitre 20

Je quittai le Grove, allumai une cigarette et entendis une voix d'homme m'apostropher. Je levai les yeux, pensant voir Jean-Félix, mais ce n'était pas lui.

C'était Max Berenson. Il descendait d'une voiture et fonçait sur moi.

— C'est quoi ce merdier ? hurla-t-il. Qu'est-ce qui lui est arrivé ?

Il était écarlate, les traits déformés par la colère.

— On vient de me dire pour Alicia. Qu'est-ce qui lui est arrivé ?

Je reculai d'un pas.

— Vous devriez vous calmer, monsieur Berenson.

— Me calmer ? Ma belle-sœur est ici dans le coma à cause de votre négligence !

Il serrait le poing. Et le leva. Je crus qu'il allait me l'envoyer au visage, mais Tanya intervint à temps. Elle se précipita vers nous, l'air aussi furieuse que lui – mais contre lui, pas contre moi.

— Arrête, Max ! cria-t-elle. Bon sang, ce n'est pas assez compliqué comme ça ? Theo n'y est pour rien !

Max l'ignora et se tourna de nouveau vers moi. Il avait un regard de dément.

— Alicia était sous votre surveillance à tous ! cria-t-il. Comment avez-vous pu laisser une chose pareille arriver ? Comment ?

Sous l'effet de la colère, ses yeux s'emplirent de larmes. Il tentait de masquer ses émotions. Il resta planté là, à pleurer. Je jetai un coup d'œil à Tanya. Il ne faisait aucun doute qu'elle connaissait ses sentiments pour Alicia. Elle semblait consternée et exténuée. Sans rien ajouter, elle regagna leur voiture.

Je voulais m'écarter de Max aussi vite que possible. Je continuai de m'éloigner.

Lui continua de m'insulter. Je crus qu'il allait me suivre, mais il était cloué sur place. C'était un homme brisé, qui criait pitoyablement.

— Je vous tiens pour responsable! Ma pauvre Alicia, ma pauvre Alicia! Vous allez payer pour ça! Vous m'entendez?

Il hurla de plus belle, mais je l'ignorai. Bientôt, sa voix s'éteignit, et ce fut le silence. J'étais seul.

Je poursuivis ma route.

Chapitre 21

Je retournai devant le domicile de l'amant de Kathy. Je restai là pendant une heure, à guetter. Finalement la porte s'ouvrit, et il sortit. Je le regardai s'éloigner. Où allait-il? Retrouver Kathy? J'hésitai, puis renonçai. Au lieu de cela, j'observai sa maison.

J'épiai sa femme à travers les fenêtres. La nécessité de lui venir en aide s'imposait chaque jour davantage. Elle était moi, et j'étais elle: nous étions deux victimes innocentes, trompées et trahies. Elle croyait que cet homme l'aimait, mais il ne l'aimait pas.

Peut-être avais-je tort de supposer qu'elle ne savait rien de la liaison. Peut-être était-elle au courant. Peut-être formaient-ils un couple libre et avait-elle un amant. J'ignore pourquoi, mais j'en doutais. Elle semblait innocente, comme moi à une époque. Il était de mon devoir de l'éclairer. Je pouvais lui révéler la vérité sur l'homme avec qui elle vivait, dont elle partageait le lit. Je n'avais pas le choix. Je devais l'aider.

Les jours qui suivirent, je me rendis là-bas à plusieurs reprises. Lorsqu'elle sortit se promener, je la suivis, en me tenant à bonne distance. Je craignais qu'elle ne me remarque, mais, même si elle m'apercevait, je resterais un simple inconnu. Pour l'instant.

Je partis faire quelques courses, puis je revins me poster de l'autre côté de la rue pour observer la maison. Je la vis de nouveau, près de la fenêtre.

Je n'avais rien prévu, rien de précis, j'avais juste une vague idée de ce que je devais accomplir. Tel un artiste amateur, je savais quel résultat je voulais obtenir, sans trop savoir comment. J'attendis un moment, puis m'approchai de la maison. Je tentai d'ouvrir le portillon ; il n'était pas fermé à clé. Je le poussai, entrai dans le jardin et eus une soudaine décharge d'adrénaline. Cette violation de propriété privée me procurait un délicieux frisson.

Puis je vis la porte de derrière s'ouvrir. Je cherchai un endroit où me cacher. Je remarquai un petit pavillon de jardin de l'autre côté de la pelouse et m'y glissai. J'y restai une seconde, retenant mon souffle. Mon cœur battait à tout rompre. M'avait-elle aperçu ? J'entendis un bruit de pas. Il était trop tard pour reculer à présent. Je plongeai la main dans la poche arrière de mon pantalon et en retirai la cagoule que je venais d'acheter. Je la passai sur ma tête, puis enfilai des gants.

Elle entra. Elle était au téléphone.

— D'accord, mon amour. À 20 heures. Oui. Je t'aime aussi.

Elle raccrocha, puis alluma un ventilateur. Elle se plaça devant, les cheveux volant dans l'air. Elle prit un pinceau, s'approcha d'une toile installée sur un chevalet. Elle me tournait le dos. Soudain, elle aperçut mon reflet sur la vitre. Mon couteau d'abord, sans doute. Elle se raidit et se retourna lentement. La peur se lisait dans ses yeux. Nous nous dévisageâmes en silence.

Pour la première fois, je me trouvais face à Alicia Berenson.

Et, selon l'expression consacrée, on connaît la suite.

CINQUIÈME PARTIE

« Si je me justifie, ma propre bouche me condamnera. »

Job ix, 20

Chapitre 1

23 février

Theo vient de partir. Je suis seule. J'écris aussi vite que je peux. Le temps presse. Il me faut écrire tant que j'en ai encore la force.

Au début, j'ai pensé être folle. C'était plus simple que de croire tout cela réel. Mais je ne suis pas folle. Non.

La première fois que je l'ai vu dans la pièce où se déroulaient les séances, j'ai douté. Il me rappelait quelqu'un mais pas complètement – j'ai reconnu ses yeux, et pas juste leur couleur. Leur forme aussi. Et l'odeur de tabac et d'after-shave musqué. Et la manière dont il formait les mots, son débit – mais pas le ton de sa voix. Alors j'ai douté – mais la deuxième fois, il s'est trahi. Il a prononcé la même phrase, mot pour mot, restée gravée dans ma mémoire :

Je veux vous aider à y voir clair.

Aussitôt, un déclic s'est produit et les pièces du puzzle se sont assemblées – le portrait était complet.

C'était lui.

Et une force m'a submergée, une sorte d'instinct animal sauvage. J'ai eu envie de le tuer, de tuer ou d'être tuée. J'ai bondi sur lui, essayé de l'étrangler, de lui arracher les yeux, de réduire son crâne en bouillie. Mais je n'ai pas réussi et on m'a plaquée au sol, droguée, et enfermée. Ensuite, j'ai flanché. J'ai recommencé à douter. Me méprenais-je ? Imaginais-je tout ? Était-ce quelqu'un d'autre ?

Comment pouvait-il s'agir de Theo ? Pourquoi serait-il venu me narguer comme cela ? Et puis j'ai compris. Sa prétendue volonté de m'aider – c'était la partie la plus vicieuse. Elle l'excitait, il y prenait plaisir – c'était la raison de sa présence, jubiler.

— Je veux vous aider à y voir clair.

À présent, je voyais. J'y voyais clair. Je voulais qu'il le sache. Alors j'ai menti sur la mort de Gabriel. Pendant que je parlais, je devinais qu'il percevait mon mensonge. On se regardait et il l'a compris : je le reconnaissais. Et j'ai lu dans ses yeux un sentiment nouveau. De la peur. Il avait peur de moi, de ce que je pourrais raconter. Peur du son de ma voix.

C'est pour cela qu'il est revenu il y a quelques minutes. Il n'a rien dit. Plus un seul mot. Il a saisi mon poignet et a planté une aiguille dans la veine. Je n'ai pas lutté. Je l'ai laissé faire. Je le mérite, je mérite ce châtiment. Je suis coupable – mais lui aussi. C'est pour cette raison que j'écris. Je le sens maintenant, ce qu'il m'a injecté commence à faire effet. Je somnole. Je veux m'allonger. Dormir. Mais non, pas encore. Je dois rester éveillée. Je dois terminer. Et cette fois, je vais dire la vérité.

Cette nuit-là, Theo s'est introduit dans la maison et m'a ligotée. Et quand Gabriel est rentré, Theo l'a assommé. Tout d'abord, j'ai cru qu'il l'avait tué et puis j'ai vu qu'il respirait toujours. Theo l'a relevé, *l'a ligoté à une chaise, dos à moi pour que je ne voie pas son visage. J'ai plaidé sa clémence :*

— *S'il vous plaît, ne lui faites pas de mal. Je vous en supplie. Je ferai n'importe quoi, tout ce que vous voudrez.*

Il a ri. J'ai tant haï ce rire – glacial, insensé. Cruel.

— *Lui faire du mal ? Je vais le tuer.*

Il le pensait. J'étais terrorisée, j'ai perdu le contrôle de mes larmes. J'ai pleuré et je l'ai imploré.

— *Je ferai tout ce que vous voudrez, tout. S'il vous plaît, laissez-le en vie. Il mérite de vivre. C'est le plus gentil, le meilleur des hommes, et je l'aime, je l'aime tant.*

— *Parlez-moi, Alicia. Parlez-moi de votre amour pour lui. Dites-moi, vous pensez qu'il vous aime ?*

— *Il m'aime.*

L'horloge a sonné. Un siècle m'a semblé s'écouler. Puis il a répondu :

— *Nous verrons.*

Il m'a fixée de son regard noir et, pendant une seconde, je me suis sentie rongée par la noirceur. J'étais en présence d'une créature inhumaine. Il était maléfique.

Il s'est placé face à Gabriel. J'ai tourné la tête aussi vite que j'ai pu, mais je ne les voyais pas. Il y a eu un bruit horrible – j'ai tressailli quand je l'ai entendu frapper Gabriel au visage. Il l'a frappé et frappé encore, jusqu'à ce que Gabriel tousse et reprenne ses esprits. Ensuite, il lui a dit :

— *Salut, Gabriel.*

Et Gabriel lui a demandé :

— *Mais qui êtes-vous ?*

— *Un homme marié. Alors je sais ce que c'est qu'aimer. Et je sais ce que c'est qu'être trompé.*
— *Mais de quoi parlez-vous ?*
— *Seuls les lâches trahissent ceux qui les aiment. Êtes-vous un lâche, Gabriel ?*
— *Je vous emmerde.*
— *J'allais vous tuer. Mais Alicia m'a supplié de vous laisser vivre. Alors je vais vous donner le choix. Soit vous mourez, soit c'est elle. Vous décidez.*

Sa voix était si froide, si calme. Dépourvue d'émotion. Gabriel n'a pas répondu tout de suite. Il semblait essoufflé, comme s'il avait reçu un coup de poing.
— *Non.*
— *Si. Soit Alicia meurt, soit vous mourez. À vous de choisir. Voyons combien vous l'aimez. Vous mourriez pour elle ? Vous avez dix secondes. Dix, neuf.*

J'ai protesté :
— *Ne le crois pas. Il va nous tuer tous les deux. Je t'aime.*
— *Huit, sept.*
— *Je sais que tu m'aimes, Gabriel.*
— *Six, cinq.*
— *Tu m'aimes.*
— *Quatre, trois.*
— *Gabriel, dis que tu m'aimes.*
— *Deux.*

Et il a parlé. Je n'ai pas reconnu sa voix. Si faible, si lointaine – une voix de petit garçon. Un enfant avec le pouvoir de vie et de mort. Et il a répondu :
— *Je ne veux pas mourir.*

Le silence s'est fait. Tout s'est arrêté. Tout s'est brisé en moi, chaque particule s'est étiolée, comme un pétale de fleur morte. Fleurs de jasmin au sol. Est-ce l'odeur du jasmin ? Oui, oui, du doux jasmin – sur le rebord de fenêtre peut-être.

Theo s'est éloigné et m'a parlé. J'avais du mal à me concentrer.

— Vous voyez ? Je savais que c'était un lâche. Baiser ma femme derrière mon dos. Il a détruit le seul bonheur de toute mon existence.

Il s'est penché, près de mon visage.

— Je suis désolé de le faire. Mais, en toute franchise, maintenant que vous connaissez la vérité, autant mourir.

Il a levé le pistolet et l'a braqué sur ma tête. J'ai fermé les yeux. J'ai entendu Gabriel crier :

— Ne tirez pas, ne tirez pas !

Un clic. Un coup de feu. Le silence. Je me suis crue morte.

Mais je n'ai pas eu cette chance.

J'ai ouvert les yeux. Theo était encore là, l'arme pointée vers le plafond. Il souriait. Il a posé un doigt sur ses lèvres pour me dire de me taire. Gabriel a crié :

— Alicia ?

Je l'entendais se tortiller sur sa chaise pour essayer de voir.

— Qu'est-ce que tu lui as fait salopard ? Salopard ! Oh, mon Dieu !

Theo a détaché mes poignets. A laissé tomber le pistolet. A posé un baiser, doux, sur ma joue. Puis il est parti et la porte a claqué. J'étais seule avec Gabriel. Il sanglotait, il pleurait, incapable de parler. Il répétait juste mon nom.

Je n'ai pas prononcé un mot.
— *Alicia ? Merde, merde.*
Je suis restée silencieuse.
— *Alicia, réponds-moi. Alicia, oh mon Dieu !*
Je ne disais toujours rien. Comment parler ? Il m'avait condamnée à mort.
Les morts ne parlent pas.
J'ai défait les liens à mes chevilles. Je me suis levée, puis baissée pour prendre le pistolet. Il était chaud et lourd. J'ai contourné la chaise, j'étais face à Gabriel. Il pleurait. Il a écarquillé les yeux.
— *Alicia, tu es vivante, Dieu merci, tu…*
J'aimerais pouvoir dire que j'ai pris la défense des vaincus – que j'ai défendu les trahis et les cœurs brisés, que Gabriel avait le regard des tyrans, de mon père. Mais je ne mens plus. En vérité, Gabriel avait mes yeux, soudain. Et j'avais les siens. Nous avions interverti nos personnages.
Je le voyais. Je ne serais jamais en sécurité. Jamais aimée. Tous mes espoirs, fichus. Tous mes rêves, brisés. Il ne restait rien. Rien. Mon père avait raison, je ne méritais pas de vivre. Je n'étais… rien. Voilà ce que Gabriel m'avait fait.
Voilà la vérité. Je n'ai pas tué Gabriel. Il m'a tuée.
Tout ce que j'ai fait, c'est appuyer sur la détente.

Chapitre 2

— Il n'y a rien de plus désolant, soupira Indira, que de voir toutes les affaires de quelqu'un dans un carton.

J'opinai et balayai tristement la pièce du regard.

— C'est étrange, vraiment, poursuivit-elle, le peu d'objets que possédait Alicia. Quand on pense à tout le bazar qu'accumulent les autres patientes. Elle avait seulement quelques livres, quelques dessins et ses vêtements.

Indira et moi nous occupions de vider sa chambre, selon les instructions de Stephanie. « Il est peu probable qu'elle se réveille », avait-elle dit. Puis elle avait ajouté : « Pour être franche, nous avions besoin du lit. »

Nous procédâmes en silence la majeure partie de notre tâche, décidant quoi mettre au garde-meuble et quoi jeter. Je fouillai minutieusement ses affaires afin de m'assurer qu'elles ne contenaient aucun indice incriminant, rien qui aurait pu me piéger.

Je me demandais comment Alicia s'y était prise pour garder son journal intime caché aussi longtemps. Chaque patiente était autorisée à apporter quelques objets personnels à son arrivée au Grove. Alicia avait choisi un carton à dessin, dans lequel, je supposais, elle l'avait fait entrer en douce. Je l'ouvris et y jetai un coup d'œil. Il s'agissait surtout de croquis et d'études. Quelques traits jetés machinalement sur une feuille, mais qui prenaient vie aussitôt, et dont la force évocatrice insufflait aux portraits une ressemblance parfaite avec leurs modèles.

J'en montrai un à Indira.

— C'est vous, lui dis-je.
— Comment? Non, ce n'est pas moi.
— Si.
— Vraiment?

Elle eut l'air ravie et examina attentivement le croquis.

— Vous croyez? Je ne l'ai jamais vue en train de me dessiner. Je me demande quand elle l'a fait. Il est bon, n'est-ce pas?
— Oui. Vous devriez le garder.

Elle fit la grimace et le reposa à sa place.

— Je ne pourrai pas.
— Bien sûr que si. Ça ne la dérangerait pas.

Je souris.

— Personne ne le saura jamais, ajoutai-je.
— Je suppose. Je suppose que non.

Elle jeta un coup d'œil au tableau appuyé contre le mur, celui qu'Elif avait vandalisé, qui nous représentait Alicia et moi sur l'escalier de secours du bâtiment en feu.

— Et celui-ci? me demanda Indira. Vous allez le prendre?
— Je vais appeler Jean-Félix. Il s'en occupera.
— Dommage que vous ne puissiez pas le garder.

Je l'examinai un moment. Il ne me plaisait pas. De tous les tableaux d'Alicia, c'était le seul que je n'aimais pas. Étrange, dans la mesure où j'en suis le sujet.

Je tiens à être clair : je n'aurais jamais pensé qu'Alicia tirerait sur Gabriel. C'est un point important. Je n'ai jamais voulu qu'elle le tue et j'étais loin de m'y attendre. Je désirais seulement lui permettre de connaître la vérité sur son mariage, comme moi. J'entendais lui montrer que Gabriel ne l'aimait pas, que sa vie reposait sur un mensonge, que leur mariage était un simulacre. À ce moment-là seulement, elle aurait pu avoir une chance, comme je l'avais eue, de construire une nouvelle vie sur ces décombres ; une vie fondée sur la vérité, pas sur le mensonge.

J'ignorais tout des antécédents d'instabilité mentale d'Alicia. Si j'avais su, je ne serais jamais allé aussi loin. Je ne me doutais absolument pas qu'elle réagirait de cette façon. Et lorsque la nouvelle s'est répandue dans la presse et qu'Alicia a été jugée pour meurtre, je me suis senti personnellement responsable, et j'ai voulu expier ma culpabilité, prouver que je n'y étais pour rien. Alors je me suis porté candidat pour le poste au Grove. Je voulais aider Alicia à supporter les conséquences du meurtre, lui permettre de comprendre ce qui s'était passé, travailler à partir de là et me libérer. Bien entendu, si l'on est cynique, on peut soutenir que je revisitais la scène du crime, pour ainsi dire. Que je dissimulais mes traces. C'est faux. Même si je connaissais les risques d'une telle entreprise – la possibilité bien réelle d'être démasqué et que tout tourne au désastre –, je n'avais pas le choix. Parce que je suis ce que je suis. Je suis psychothérapeute, ne l'oublions pas. Alicia avait besoin d'aide et moi seul savais comment m'y prendre.

Je craignais qu'elle m'identifie, malgré la cagoule. Et même si j'avais déguisé ma voix. Mais elle n'avait pas semblé me reconnaître, et j'avais pu prendre une nouvelle place dans sa vie. Et puis, cette nuit-là, à Cambridge, je compris enfin ce que j'avais inconsciemment rejoué ; le champ de mines oublié depuis longtemps sur lequel j'avais marché. Gabriel était le second homme à avoir condamné Alicia à mourir ; faire ressurgir ce traumatisme avait été plus qu'elle n'en pouvait supporter. C'est la raison pour laquelle elle avait ramassé le pistolet et mis à exécution, non pas sur son père, mais sur son mari, la vengeance tant attendue. Comme je le soupçonnais, le meurtre avait des origines plus profondes et plus lointaines que mes actes.

Mais quand elle me mentit sur la manière dont Gabriel était mort, il devint évident qu'elle m'avait reconnu et qu'elle me mettait à l'épreuve. J'étais obligé d'agir, de la réduire à jamais au silence. Christian était là pour endosser la responsabilité – une justice immanente, selon moi. Je n'avais aucun scrupule à le piéger. Il avait négligé Alicia quand elle avait le plus besoin de lui ; il méritait d'être puni.

La réduire au silence ne fut pas si simple. Lui injecter la morphine fut la décision la plus difficile que j'aie eu à prendre de toute ma vie. Qu'elle ne fût pas morte, mais endormie, valait mieux. De cette manière, je pouvais lui rendre visite tous les jours, m'asseoir à son chevet et lui tenir la main. Je ne l'avais pas perdue.

Indira interrompit le fil de mes pensées.

— A-t-on terminé ? me demanda-t-elle.
— Je crois.
— Bien. Je dois partir, j'ai un patient à midi.
— Allez-y.
— On se voit au déjeuner ?

Elle me serra gentiment le bras et s'en alla.

Je consultai ma montre. J'envisageai de partir tôt, de rentrer. J'étais épuisé. J'allais éteindre la lumière et quitter la chambre, quand soudain je me figeai sur place.

Le journal. Où était-il ?

Fébrile, j'observai la pièce, bien rangée, toutes les affaires bien emballées. Nous avions tout passé en revue. J'avais examiné chacun des objets personnels d'Alicia. Et je ne l'avais pas vu.

Comment avais-je pu être aussi négligent ? C'était la faute d'Indira et de son insupportable et inepte bavardage ; elle m'avait distrait et déconcentré.

Où était-il? Il devait être là. Sans lui, il n'y avait presque aucune preuve pour incriminer Christian. Je devais absolument mettre la main dessus.

Je passai la pièce au peigne fin, de plus en plus affolé. Je retournai les cartons, éparpillai leur contenu sur le sol. Je fouillai dans ce bazar, mais il ne s'y trouvait pas. Je déchirai les vêtements, sans succès. J'éventrai le carton à dessins, le secouai pour faire tomber les croquis, mais le journal n'y était pas. Je m'attaquai ensuite aux placards, enlevai tous les tiroirs, vérifiai qu'ils étaient vides, puis les jetai violemment par terre.

Mais il n'était nulle part.

Chapitre 3

Julian McMahon, du Trust, m'attendait à l'accueil. C'était un grand type aux cheveux roux qui nourrissait une affection particulière pour les expressions du type « entre vous et moi », « en fin de compte » et « pour faire court », qui surgissaient sans cesse dans son discours, souvent dans la même phrase. C'était une personne plutôt aimable – le visage amical du Trust. Il souhaitait s'entretenir avec moi avant mon départ.

— Je sors du bureau du professeur Diomedes. J'ai pensé que vous deviez être mis au courant : il a démissionné.

— Ah. Je vois.

— Il a pris une retraite anticipée. Entre vous et moi, c'était ça ou affronter une enquête sur tout ce pétrin.

Il haussa les épaules.

— Je ne peux pas m'empêcher d'avoir de la peine pour lui. Ce n'est pas une manière particulièrement glorieuse de terminer une aussi longue et éminente carrière. Mais, en fin de compte, cette sortie lui épargnera les journalistes et toute la publicité. Entre vous et moi, il vous a mentionné.

— Diomedes ?

— Oui. Il a suggéré que nous vous attribuions son poste, répondit-il en m'adressant un clin d'œil. Il a dit que vous seriez l'homme idéal.

Je souris.

— C'est très gentil.

— Malheureusement, en fin de compte, étant donné ce qui est arrivé à Alicia et après l'arrestation de Christian, il est hors de question de garder le Grove ouvert. Nous le fermons définitivement.

— Je ne peux pas dire que cela me surprend. Donc en réalité, il n'y a pas de poste à attribuer ?

— Eh bien, pour faire court, nous projetons d'ouvrir un nouveau service psychiatrique bien plus rentable dans les mois à venir. Et nous aimerions que vous en assumiez la direction. Vous voudrez bien étudier cette proposition, Theo ?

J'avais du mal à cacher mon excitation. J'acceptai avec plaisir. Et j'empruntai une de ses expressions.

— Entre vous et moi, c'est le genre d'opportunité dont je rêvais.

Et cela représentait la possibilité d'aider vraiment les gens, pas seulement de les soumettre à un traitement médicamenteux ; les aider comme je crois qu'ils doivent l'être. Comme Ruth l'a fait avec moi et comme j'ai tenté de le faire avec Alicia.

Les choses se sont bien terminées pour moi. Ce serait être ingrat que refuser de le reconnaître. Il semble que j'aie eu tout ce que je voulais. Enfin presque.

L'an passé, Kathy et moi avons quitté le centre de Londres pour emménager dans le Surrey, là où j'ai grandi. À la mort de mon père, j'ai hérité de la maison ; et bien que ma mère en ait l'usufruit, elle a décidé de nous la laisser et de s'installer en maison de repos.

Kathy et moi avons estimé que le gain d'espace et le jardin valaient la peine de faire la navette pour nous rendre à Londres. J'ai pensé que cela nous ferait du bien. Nous nous sommes promis de réaliser des travaux et avons échafaudé des projets pour rafraîchir la maison et l'exorciser. Mais presque un an après notre emménagement, ils restent inachevés ; elle n'est qu'à demi décorée ; les tableaux et le miroir convexe que nous avons achetés au marché de Portobello sont toujours au bas de murs qui attendent encore d'être repeints. La maison reste à peu de chose près celle dans laquelle j'ai grandi. Mais cela ne me touche pas autant que je l'aurais cru. En réalité, je m'y sens plutôt chez moi, ce qui est ironique.

 Je suis arrivé, je suis entré et j'ai vite ôté mon manteau. Il faisait une chaleur étouffante, comme dans une serre. J'ai baissé le thermostat de l'entrée. Kathy adore avoir chaud, tandis que je préfère le frais ; la température est donc un de nos petits champs de bataille. J'entendais la télé depuis l'entrée. Kathy la regarde beaucoup ces derniers temps. Une bande-son incessante de bêtises qui accompagne notre vie dans cette maison.

 Je l'ai trouvée dans le salon, pelotonnée sur le canapé. Les doigts poisseux et rouges, elle pêchait dans un sachet géant posé sur ses genoux des chips aux crevettes. Elle mange sans arrêt des saletés de ce genre ; ce n'est pas surprenant qu'elle ait pris du poids récemment. Elle n'a pas beaucoup travaillé ces dernières années et elle est devenue assez renfermée, déprimée même. Son médecin veut la mettre sous antidépresseurs, mais je l'en ai dissuadé. J'ai préconisé une thérapie pour extérioriser ses sentiments ; j'ai même proposé de lui trouver un psy. Mais, visiblement, Kathy ne veut pas parler.

 Parfois je la surprends à me regarder bizarrement, et je me demande à quoi elle pense. Essaie-t-elle de trouver le courage de m'avouer sa liaison avec Gabriel ? Mais elle reste assise en silence, comme le faisait Alicia. J'aimerais pouvoir l'aider, mais je ne semble pas pouvoir l'atteindre. C'est là la terrible ironie : j'ai fait tout ça pour garder Kathy, et je l'ai perdue malgré tout.

Je me suis assis sur le bras du canapé et je l'ai regardée un court instant.

— Une de mes patientes a fait une overdose. Elle est dans le coma.

Kathy n'a pas réagi.

— Il semblerait qu'un membre du personnel lui ait délibérément administré une dose trop forte. Un confrère.

Toujours pas de réaction.

— Tu m'écoutes ?

Elle a vaguement haussé les épaules et a répondu :

— Je ne sais pas quoi dire.

— Un peu de compassion serait bienvenue.

— Pour qui ? Pour toi ?

— Pour elle. Je la voyais depuis un petit moment, en séances individuelles. Elle s'appelle Alicia Berenson.

En prononçant ce nom, j'ai bien observé Kathy. Elle n'a pas réagi – pas le moindre soupçon d'émotion. J'ai poursuivi :

— Elle est célèbre, ou tristement célèbre. Tout le monde parlait d'elle il y a quelques années. Elle a tué son mari. Tu te rappelles ?

— Non, pas vraiment.

Elle a de nouveau haussé les épaules et a changé de chaîne.

Ainsi continuions-nous notre jeu de « faisons comme si ».

Apparemment, je fais beaucoup semblant ces temps-ci, avec beaucoup de gens, y compris moi-même. C'est pourquoi j'écris ceci, je suppose. Pour tenter d'esquiver mon monstrueux ego et me comprendre vraiment – si c'est possible.

J'ai eu besoin de boire un verre. Je suis allé dans la cuisine et je me suis versé une rasade de vodka glacée. Quand je l'ai avalée, elle m'a brûlé la gorge. Je m'en suis versé une autre.

Je me suis demandé ce qu'aurait dit Ruth si j'étais retourné la voir comme il y a six ans et que je lui avais tout avoué.

Mais je savais que c'était impossible. Je suis une tout autre sorte de créature à présent, plus coupable, moins capable d'honnêteté. Comment aurais-je pu m'asseoir en face de cette vieille dame fragile, la regarder dans les yeux, ses yeux bleus larmoyants, elle qui a si longtemps pris soin de moi et ne m'a apporté qu'honnêteté, gentillesse et sincérité, et lui révéler à quel point je suis ignoble, cruel, vindicatif et pervers, à quel point je ne la mérite pas, elle et tout ce qu'elle a essayé de faire pour moi ? Comment pourrais-je lui avouer que j'ai détruit trois vies ? Que je n'ai aucune valeur morale ? Que je suis capable des pires actes sans ressentir de remords ? Et que je ne me préoccupe que de moi-même ?

Pire que le choc ou le dégoût, peut-être même la peur que je lirais dans ses yeux quand je lui raconterais, seraient la tristesse, la déception qu'elle ressentirait, les reproches qu'elle s'adresserait. Parce que non seulement je l'aurais déçue, mais je sais qu'elle penserait m'avoir délaissé. Et, au-delà de cela, avoir failli à sa tâche de cure par la parole. Parce qu'aucun thérapeute n'avait aussi bien essayé qu'elle – elle avait dû travailler des années durant avec une personne abîmée, oui, mais si jeune, presque un adolescent, et animé d'un tel désir de changer, d'aller mieux, de guérir. Et pourtant, malgré les centaines d'heures de psychothérapie – de parole, d'écoute et d'analyse –, elle aurait été incapable de sauver son âme.

La sonnette retentit et me tira de mes pensées. Cela n'arrivait pas souvent, une visite le soir. Pas depuis notre emménagement dans le Surrey. J'avais même oublié la dernière fois que nous avions invité des amis.

— Tu attends quelqu'un ? criai-je à Kathy.

Elle ne répondit pas. Le son de la télé devait l'empêcher de m'entendre. J'allai ouvrir. À ma grande surprise, c'était l'inspecteur Allen. Il portait une écharpe et un manteau, et ses joues étaient rouges.

— Bonsoir, monsieur Faber, me dit-il.

— Inspecteur Allen ? Que faites-vous ici ?
— Je passais dans le quartier et j'ai pensé en profiter pour faire un saut chez vous. Il y a eu quelques développements dont je voudrais vous parler. Le moment est-il bien choisi ?
— Eh bien, pour être honnête, j'étais sur le point de préparer le dîner, alors...
— Ce ne sera pas long.

Il sourit. Il n'allait manifestement pas tolérer de refus, alors je le laissai entrer. Il semblait heureux d'être à l'intérieur. Il ôta ses gants et son manteau.

— Il commence à faire sacrément froid. Assez pour que nous ayons de la neige, je parie.

Ses lunettes étaient embuées ; il les enleva et essuya les verres avec un mouchoir.

— Je crains qu'il ne fasse un peu chaud ici, m'excusai-je.
— Pas pour moi. Il ne fait jamais trop chaud à mon goût.
— Vous vous entendriez bien avec ma femme.

Kathy arriva à point nommé dans l'entrée. Elle me regarda, puis regarda l'inspecteur, perplexe.

— Que se passe-t-il ? demanda-t-elle.
— Kathy, voici l'inspecteur Allen. Il s'occupe de l'enquête sur la patiente dont je t'ai parlé.
— Bonsoir, madame Faber, dit-il.
— L'inspecteur Allen veut me parler. Nous n'en aurons pas pour longtemps. Monte prendre ton bain, je t'appellerai quand le dîner sera prêt.

Je fis un signe à l'inspecteur en direction de la cuisine.

— Après vous.

Il jeta un coup d'œil à Kathy, se tourna, puis avança. Je le suivis, laissant Kathy dans l'entrée ; je l'entendis ensuite monter lentement l'escalier.

— Puis-je vous offrir quelque chose à boire ? demandai-je à l'inspecteur.

— Merci. C'est très aimable. Une tasse de thé, ce serait parfait.

Je le vis diriger les yeux vers la bouteille de vodka posée sur le comptoir. Je souris.

— Ou quelque chose de plus fort, si vous préférez ?

— Non, merci. Un thé m'ira très bien.

— Comment le prenez-vous ?

— Bien infusé, s'il vous plaît. Avec un nuage de lait. Sans sucre. J'essaie d'arrêter.

Il me parlait et mon esprit dérivait. Je m'interrogeai sur la raison de sa visite. Devais-je m'inquiéter ? Il se montrait si aimable que j'aurais difficilement pu me sentir en danger. Et puis, rien ne pouvait me piéger, n'est-ce pas ?

J'allumai la bouilloire et me tournai vers lui.

— Alors, inspecteur ? De quoi vouliez-vous me parler ?

— De M. Martin, principalement.

— Jean-Félix ? Vraiment ? m'étonnai-je. Et de quoi s'agit-il ?

— Eh bien, il est venu au Grove récupérer le matériel d'art d'Alicia et nous avons parlé de choses et d'autres. C'est un homme intéressant, ce M. Martin. Il organise une rétrospective de l'œuvre d'Alicia. Il semble juger que le moment est bien choisi pour la réévaluer en tant qu'artiste. Étant donné toute la publicité, je crois bien qu'il a raison.

Il me regarda d'un œil inquisiteur.

— Vous pourriez avoir envie d'écrire quelque chose à son sujet. Je suis sûr qu'un livre pourrait être intéressant.

— Je ne l'avais pas envisagé. Mais quel rapport y a-t-il entre la rétrospective de Jean-Félix et moi, inspecteur ?

— Eh bien, M. Martin a été particulièrement enthousiasmé par le nouveau tableau. Qu'Elif l'ait endommagé n'a pas semblé l'inquiéter. Il a affirmé que ça lui ajoutait une qualité particulière. J'ai oublié ses mots exacts, je ne m'y connais pas tellement en art. Vous vous y connaissez, vous ?

— Pas vraiment.

Je me demandais combien de temps il faudrait pour qu'il en vienne au fait et pourquoi je me sentais de plus en plus mal à l'aise.

— Bref, M. Martin admirait la toile, et puis il l'a soulevée pour l'observer de plus près, et il a fait une découverte.

— Quoi donc ?

— Ceci.

Il retira un objet de la poche de son veston. Je le reconnus tout de suite.

Le journal intime.

La bouilloire tinta. Je l'éteignis et versai l'eau bouillante dans une tasse. Je remarquai que ma main tremblait un peu pendant que je touillais.

— Ah, c'est bien, dis-je. Je me demandais où il était.

— Coincé au dos du tableau. Dans l'angle gauche en haut du cadre. Et bien coincé.

C'était donc là qu'elle l'avait caché. Au dos du tableau que je détestais. Le seul endroit où je n'avais pas cherché.

L'inspecteur caressa la couverture noire délavée et froissée en souriant. Il ouvrit le journal et le parcourut.

— Fascinant. Les flèches, la confusion.

— C'est le portrait d'un esprit perturbé.

Il le feuilleta pour arriver à la fin et se mit à lire :

— Il avait peur. Du son de ma voix. Il a saisi mon poignet et a planté une aiguille dans la veine.

Je fus pris de panique. Je ne connaissais pas ces phrases. Je ne les avais jamais lues. C'était la preuve de ma culpabilité, et elle était entre de mauvaises mains. J'eus envie de lui arracher le carnet et de déchirer les pages, mais j'étais tétanisé. J'étais piégé. Je bégayai :

— Je crois vraiment qu'il vaudrait mieux que…

J'étais trop nerveux. Il décela la peur dans ma voix.

— Oui ?

— Non, rien.

Je ne fis aucune autre tentative pour l'arrêter. Quoi qu'il arrive, tout serait considéré comme une preuve de ma culpabilité. Il n'y avait aucune issue. Et le plus étrange, c'est que j'étais soulagé.

— Je crois que vous ne passiez pas du tout dans mon quartier par hasard, inspecteur, lui dis-je en lui tendant sa tasse de thé.

— Ah. Non, vous voyez juste. Il m'a semblé plus avisé d'éviter de vous annoncer le motif de ma visite sur le pas de la porte. Mais le fait est que cela donne à mon intervention un tout autre éclairage.

Je m'entendis répondre :

— J'ai hâte d'entendre la suite. Voulez-vous poursuivre la lecture ?

— D'accord.

J'étais étonnamment calme en m'asseyant sur la chaise près de la fenêtre. Il s'éclaircit la voix et commença.

— Theo vient de partir. Je suis seule. J'écris ceci aussi vite que possible.

Tout en écoutant, je regardai passer les nuages blancs. Enfin, il s'était mis à neiger. Dehors, des flocons tombaient. J'ouvris la fenêtre et tendis le bras. J'en attrapai un et le regardai disparaître, s'évanouir sur mon doigt. Je souris.

Et j'en saisis un autre.

Photocomposition Belle Page

Achevé d'imprimer en juillet 2019
par La Nouvelle Imprimerie Laballery
pour le compte des éditions Calmann-Lévy
21, rue du Montparnasse 75006 Paris

CALMANN
LÉVY s'engage
pour l'environnement en réduisant
l'empreinte carbone de ses livres.
Celle de cet exemplaire est de :

1,300 kg éq. CO_2
Rendez-vous sur
www.calmann-levy-durable.fr

PAPIER À BASE DE
FIBRES CERTIFIÉES

N° d'éditeur : 55-4981-0/06
N° d'imprimeur : 906414
Dépôt légal : juin 2019
Imprimé en France.